L'ALTUS

HORS-SÉRIE

ISBN : 978-2-74-853700-0

Loi n° 49-956 du 16 juillet 1949
sur les publications destinées à la jeunesse,
modifiée par la loi n° 2011-525 du 17 mai 2011.
Mise en pages : DV Arts Graphiques à Saint-Nazaire

ALEXANDRE ROBERT

L'ALTUS

SYROS

CHAPITRE 1.

MARCELIN LE FUNAMBULE

On dit que la campagne se meurt. Que les bras et les âmes la délaissent pour aller s'entasser dans les grandes villes et leurs banlieues. Mon prof d'histoire-géo appelle ça la désertification rurale. De temps en temps, la télévision diffuse les images de l'exode. Des ruelles silencieuses, des maisons vides aux volets clos, des meubles anciens où s'accumule la poussière, des visages marqués de rides et d'ombres, sur fond de musique triste. La voix grave d'un journaliste nous informe que là, le dernier bistrot a fermé, qu'ici, l'école est dépeuplée, qu'ailleurs, il n'y a plus de bureau de poste, ni de médecin ; que les villages s'endorment et ne se réveilleront plus. Tout cela existe probablement, je ne dis pas le contraire. Mais pas chez moi, pas à la Marquèse. Ici, les bâtiments neufs poussent comme des champignons après la pluie, les quartiers se déploient et les rues se prolongent. Des mâts et des antennes se dressent vers le ciel. On creuse des trous pour y asseoir des maisons ou pour chercher de l'or. Dans un bruit d'enfer.

Je ne me suis pas présenté. Je suis Tom. C'est comme ça que m'appellent mes amis. Nous sommes tous nés à la Marquèse. Nous avons grandi là, heureux parmi les vaches, les moissonneuses-batteuses et les épis de maïs. Tout a commencé à changer lorsque je suis entré au collège, il y a trois ans. Cette année-là, Maloney Cops, une gargantuesque compagnie minière, a acheté des centaines d'hectares autour du village. Les premières semaines, de grosses pelleteuses jaunes se sont attelées à transformer les champs et les prés en terrains vierges et plats, puis d'autres pelleteuses encore plus grosses se sont mises à grignoter les sols, à y creuser des galeries et des puits à ciel ouvert. Des cubes de béton, de tôle et de verre ont poussé autour des trous, pour abriter les machines à sonder, à digérer la terre. Un réseau de routes ultra-larges s'est répandu autour de la mine pour que les camions puissent circuler avec leur précieuse marchandise. Plus loin, des entrepôts, des usines, des bureaux et des commerces se sont élevés, tandis que de nouveaux quartiers d'habitation fleurissaient autour du village, pour que dorment les chercheurs d'or. Évidemment, ce ne sont pas de vrais chercheurs d'or. Ce qu'ils extraient de leurs trous sombres est encore plus précieux. Ils appellent ça les terres rares, des métaux dont on se sert pour fabriquer les ordinateurs, les téléphones, les voitures électriques, et un tas d'autres choses.

Mais tout ça n'est qu'un décor pour mon histoire. L'histoire qui a changé ma vie. Elle a débuté il y a quelques mois, en avril, tandis que l'air commençait enfin à se réchauffer. C'était un vendredi, celui qui marquait le début des vacances de printemps. Il avait fait très beau toute la journée. Une soirée un peu spéciale s'annonçait. Ce n'était pas la première fois que je sortais avec mes amis, sans parents pour nous embêter, mais cette nuit-là promettait un grand moment de joie en plein air, avec permission de minuit. L'hiver avait été long et rude cette année ; au cours des mois précédents, nos sorties s'étaient limitées à des soirées jeux vidéo chez les uns et les autres.

Un peu avant la tombée de la nuit, je suis passé chercher Marcelin chez lui. Autrefois, sa maison était la dernière du village. Une haute maison de pierre, mangée par le lierre, avec de grands Z symétriques sur ses volets en bois et un platane un peu bancal qui marquait la limite du jardin. Depuis l'arrivée des chercheurs d'or, la rue avait été prolongée bien au-delà de l'arbre tordu et de la maison de Marcelin, par un quartier de pavillons modernes. La porte du garage était ouverte, comme d'habitude. Mon ami était déjà prêt à partir, caché dans l'ombre. Je l'avais entendu s'approcher avant de le voir, au bruit familier de son fauteuil roulant. Il s'est avancé dans la lumière chaude du soleil couchant. Son visage pâle aux traits fins s'est illuminé. Il a ajusté ses lunettes, qui avaient la fâcheuse habitude de lui tomber sur le nez.

– Prêt pour la première grande soirée du printemps ? m'a-t-il lancé.

– Prêt !

J'ai saisi les poignées du fauteuil et nous nous sommes engagés sur la route de la mine. Marcelin ne marchait pas. Il ne pouvait plus marcher. Depuis des années, sa maladie lui grignotait les muscles, lui paralysait les membres petit à petit. Mais nous en parlions rarement. Le fauteuil me semblait particulièrement lourd, ce soir-là. Pourtant Marcelin ne pesait que quarante kilos tout mouillé.

– Tu es chargé ! C'est parce que tu as pris la lampe ?

– Ouais, je crois qu'on en aura besoin cette nuit.

Il s'agissait d'un éclairage puissant que l'on pouvait fixer ou poser n'importe où et orienter comme on le souhaitait. La lampe et sa grosse batterie d'alimentation étaient rangées dans un sac sous l'assise, ce qui expliquait le poids du fauteuil.

Les maisons se succédaient, autour de nous. Dans ce quartier nouveau, tout semblait parfaitement réglé. Le bitume tout neuf, la teinte uniforme des volets métalliques, l'alternance des crépis, d'un pavillon à l'autre. Blanc cassé, saumon, gris pâle, puis blanc cassé à nouveau. Toutes les deux maisons, un lampadaire ; toutes les six maisons, un local à poubelles ; toutes les vingt-quatre maisons, une armoire de boîtes aux lettres. Toutes les quarante-huit maisons, un square bordé de haies de thuyas aux arêtes tranchantes. Au bout de la route, entre les ultimes toits de tuiles bleues, on pouvait distinguer la bande ocre des chantiers. C'est là que nous nous rendions, au creux de la mine, notre trou de terre. C'était notre terrain de jeu favori. Parce qu'il était vertigineux, mystérieux, parce qu'il évoluait en permanence, au gré des prospections. Parce que nous n'avions pas le droit d'y aller. Parce que nous étions seuls au monde, dans notre trou. Parce qu'il nous appartenait, en somme.

Après la dernière maison, le ciel s'est dévoilé. Il avait pris une teinte indigo, à l'exception d'un fin ruban au-dessus de l'horizon, qui semblait hésiter entre le rose et l'or. La lune grosse et ronde nous souriait déjà.

– La moto de Will est là, a murmuré Marcelin en désignant l'arrêt de bus.

En vérité, ce n'était pas une moto. Nous n'avions pas encore l'âge d'en avoir une. C'était plutôt une mobylette déguisée, avec de gros pneus de cross, et un réservoir d'essence doré. Mais elle ressemblait terriblement à une vraie. Et elle faisait encore plus de bruit qu'une vraie. Plus bas, j'ai enfin aperçu les silhouettes de Will et Léa, sur le trottoir qui longeait le grillage barbelé interdisant l'accès au chantier. Ils se tenaient par la main.

Léa a fait un geste de salut tandis qu'ils s'avançaient vers nous.

– Ils ont bouché la petite ouverture dans le grillage qu'on utilisait pour passer, près de l'entrepôt dix-sept, a déclaré Will.

Will était un garçon plutôt élancé, au teint bronzé, au regard bleu sombre et aux cheveux bruns et raides. Il portait un jean et un blouson de cuir noir un peu usé, dont les manches étaient décorées de deux bandes jaunes. Will était mon meilleur ami, ex aequo avec Marcelin et Léa.

– … Mais on peut toujours passer par le chenal, a complété Léa.

– Ça fait un sacré détour, a bougonné Marcelin.

– Pas forcément, a répliqué Léa, ça dépend où nous allons… Il y a un nouveau puits à la place des anciens vergers. Je l'ai aperçu depuis la route, dans le car pour aller au collège… Il est gigantesque… et on ne l'a pas encore exploré !

Elle avait attaché ses cheveux châtains avec un élastique. Ses yeux noisette brillaient dans les derniers rayons du jour. Un badge à l'effigie du WWF était épinglé sur son blouson en jean.

Nous avons entrepris de longer le grillage jusqu'à l'extrémité du quartier neuf. J'avais emporté des chips, des canettes de Coca, une gourde de citronnade, une lampe frontale et ma console portable. Les sacs des autres renfermaient des denrées assez similaires, parce que les chips et les boissons excessivement sucrées constituaient la base de notre alimentation lorsque nous étions ensemble.

Que comptions-nous faire dans ce chantier de mine glauque en pleine nuit ? me demanderez-vous. Eh bien, tout ce que nous faisions habituellement en plein jour, n'importe où ailleurs. Jouer à la console, aux cartes, aux jeux de rôles, discuter des heures durant. Nous avions un peu passé l'âge du chat ou de la marelle, mais cache-cache ou la chasse à l'homme demeuraient très acceptables, surtout dans une mine mystérieuse (et peut-être hantée).

Enfin, nous sommes parvenus au chenal. C'était une tranchée bétonnée qui plongeait au cœur du chantier. Elle avait été construite pour drainer les eaux et les boues rejetées par les forages et ressemblait à un large canal aux bords évasés, vers lequel convergeaient des tranchées plus petites et toutes sortes de tuyaux. Dans la mine, le chenal courait de puits en puits et grossissait comme une rivière, jusqu'au grand et profond bassin qui s'étalait devant nous. Au fond du réservoir à ciel ouvert s'ouvraient de gigantesques canalisations qui alimentaient un cours d'eau souterrain traversant le village. Là où la tranchée se jetait dans le bassin, le grillage s'interrompait brièvement : c'était notre porte d'entrée dans le chantier. Le chenal n'était pas praticable par temps de pluie ou lorsque les forages étaient intenses, à cause des écoulements qui pouvaient le transformer en véritable torrent. Mais ce soir-là, il était presque sec. Quelques flaques boueuses reflétaient la lune. Il suffisait de se faufiler dans l'intervalle non grillagé près de l'embouchure du chenal, puis de se laisser glisser le long des parois comme sur un toboggan pour se retrouver au fond. La descente s'est avérée un peu délicate pour le fauteuil roulant de Marcelin, mais en le guidant et le freinant tous ensemble, nous sommes parvenus à le faire atterrir en douceur sur le chemin de béton.

– Ça va aller pour le retour, les gars ? s'est-il inquiété. Comment vous allez me remonter ?

– En poussant ! a lancé Will en s'engageant dans la tranchée.

Nous avons avancé jusqu'au nouveau puits, celui qui avait été creusé pendant l'hiver, et que nous n'avions encore jamais vu. À la lumière de nos lampes, il s'est enfin révélé. Ce n'était pas un simple puits, un simple trou dans le sol. C'était un cratère gigantesque, qui aurait pu être creusé par la chute de quelque météorite. Profond de cinquante ou peut-être cent mètres, il aurait pu contenir à lui tout seul tout notre village (du moins dans sa version historique). Une route de terre en faisait le tour. Elle partait du niveau du sol et s'enfonçait dans le gouffre en formant un colimaçon.

– On dirait une rizière vietnamienne, avec tous ces étages, a murmuré Léa.

– Moi je trouve que ça ressemble à une arène. Une arène pour géants, avec des gradins immenses, ai-je objecté.

– Ouais, des gradins suffisamment larges pour que deux camions-bennes se croisent, a ajouté Marcelin en braquant sa grosse lampe sur le puits-arène.

– Allons voir au fond, a proposé Will en s'engageant sur la route.

Il nous a fallu près de quarante minutes pour descendre tout en bas. Le silence me semblait absolu. Les faisceaux de nos lampes dessinaient des disques de lumière frémissante sur le sol ocre du puits. Un parfum mêlé de soufre et d'huile de vidange flottait dans l'air. Des engins de chantier parsemaient le champ plat de terre humide, comme des vaches immobiles dans un pré sans herbe.

Leurs bras et leurs arêtes métalliques brillaient dans la clarté lunaire. Sur la paroi verticale encerclant le puits s'ouvraient quatre ou cinq embrasures en forme d'arches, assez grandes pour qu'une pelle mécanique s'y engouffre. Il s'agissait sans doute des accès aux galeries de forage. Tout autour, la paroi et sa route de colimaçon se dressaient comme des murailles sombres, jusqu'à l'horizon circulaire. J'ai contemplé quelques instants le disque du ciel. Des nuages lointains effleuraient la lune par moments, mais aucun n'osait s'attarder devant elle.

– Allons-y ! a lancé Will. Cherchons ce qui pourrait être intéressant...

Ce qui pouvait être intéressant, c'était une notion un peu abstraite et un assemblage chaotique de possibilités : une galerie souterraine ouverte et accessible, des chauves-souris ou autres animaux étranges et merveilleux, un engin de chantier pas verrouillé, un squelette ou une momie, une console portable que quelqu'un aurait égarée, un trésor caché (ou au minimum, une carte menant à ce trésor), des bouteilles de bière (pleines) et toute autre découverte inattendue, drôle ou mystérieuse.

Je me suis lancé à l'assaut des tractopelles tandis que Léa se dirigeait vers les galeries, que Marcelin explorait le sol à l'aide de sa lampe puissante, et que Will grimpait sur les grosses bennes à ordures. Mais nos recherches sont restées vaines. Tous les engins étaient verrouillés, tout comme les accès aux galeries, barrés de grilles et de cadenas. L'inspection du sol, des conteneurs et des baraques préfabriquées n'avait permis de dénicher que quelques outils sans intérêt, paperasses, canettes vides et autres déchets.

– J'ai faim, a dit Marcelin. Mangeons.

C'était une bonne idée. Nous nous sommes installés sur le sol autour de son fauteuil et nous avons sorti les victuailles de nos sacs. Je ne me souviens pas vraiment du sujet de notre conversation, mais c'est sûr que nous avons parlé, longtemps. Nous parlions tout le temps. Du village, du collège, des profs, de musique, de films, de livres, de jeux vidéo, et puis de l'avenir. Pour dire la vérité, la seule personne du groupe qui avait un vrai projet, c'était Léa. Elle voulait être vétérinaire. Oui, je sais, tous les enfants veulent être vétérinaires à un moment. Mais nous n'étions presque plus des enfants. Le projet de Léa était sérieux. Elle connaissait les animaux comme personne, collectionnait les ouvrages d'anatomie, correspondait avec une étudiante véto, s'était renseignée dans le détail sur les études qu'il lui faudrait suivre. Tous ces acquis constituaient la phase 1 de son plan. La phase 2, c'était de faire un stage au zoo de Lamuyre, où elle pourrait assister un vrai vétérinaire, soigner les autruches, les éléphants, les manchots ou les lions. J'ai levé le regard vers elle. Ses yeux étaient cachés dans l'ombre. Le clair de lune dessinait une virgule argentée sur sa nuque. Will, Marcelin et moi n'avions pas d'ambition aussi précise que Léa, mais nous avions des passions. Marcelin, c'était la science, celle de la matière et de la terre : physique, chimie, géologie, cosmologie. Du big-bang aux volcans, de la formule de l'acide acétique aux satellites de Saturne, il savait tout. Will, lui, se passionnait pour la mécanique. Il bricolait beaucoup, avec son père, dans un grand hangar derrière leur maison. Ils retapaient de vieilles tondeuses, de vieilles voitures, de vieux n'importe quoi, mais surtout et pardessus tout des motos. La mobylette déguisée en engin de cross n'était qu'une première étape pour lui. Quant à moi, mon truc c'était la musique. Pas celle qui sort du ventre en silicium froid des ordinateurs, non. Celle qui jaillit comme du vomi des entrailles de chair des vrais musiciens. Munis de vrais doigts, qui pincent les cordes et tapent les peaux. J'écoutais de la musique tous les jours, religieusement, des heures durant, album après album. Je voulais une batterie de rock, pour apprendre à jouer. Lorsque j'avais demandé à mes parents si c'était possible, ils n'avaient pas refusé catégoriquement, mais ils avaient utilisé cette expression que je déteste (même si je l'utilise moi aussi parfois) : une batterie à la maison, *c'est compliqué...*

Tandis que j'entreprenais l'ouverture d'un nouveau paquet de chips, Will s'est levé d'un bond agile et a consulté sa montre.

– Les gars, il est minuit moins dix ! Il est temps de remonter...

Nous n'avions pas de « chef » dans le groupe, mais c'est souvent Will qui nous entraînait avec lui, peut-être simplement parce que c'était dans son caractère d'oser et d'aller de l'avant. En réalité, chacun avait son rôle. Léa était la plus mature et la plus raisonnable d'entre nous, celle qui comprenait le mieux les gens. Marcelin, lui, nous éclairait de ses connaissances techniques et scientifiques. Will donnait l'impulsion, la cadence, nous alimentait en idées lumineuses ou bien loufoques, que les deux autres filtraient. Quant à moi, je n'avais pas le bagout et l'audace de Will, je n'étais pas aussi perspicace que Léa ni aussi savant que Marcelin, mais j'étais un peu de tout ça à la fois, une sorte de ciment, de décodeur au sein de notre groupe.

**

Il nous a fallu presque trois quarts d'heure d'ascension pour parvenir en haut, à l'entrée du colimaçon. C'est là, tandis qu'il balayait une dernière fois les alentours avec sa torche, que Will a aperçu un empilement de pierres taillées, à demi enseveli au pied d'une gigantesque dune de terre et de sable. Nous étions passés juste à côté de ces ruines à l'aller, sans les voir.

– Vous avez vu ça ? On dirait les restes d'une maison...

Marcelin s'est approché de Will et a braqué la torche de son fauteuil sur la vieille bâtisse.

– Nous sommes à peine plus bas que le niveau du sol, ici... Ce sont les restes d'une cave voûtée. La maison qui la surmontait est sûrement détruite, on voit encore les vestiges des murs du rez-de-chaussée. La dune semble récente... elle est probablement faite de déblais.

– Une maison à cette distance du village ? est intervenue Léa, elle doit être très ancienne.

Nous avons avancé vers la ruine.

– Il y a une ouverture, a fait remarquer Marcelin.

C'était une toute petite embrasure, basse et rectangulaire, fermée par une porte en bois en très mauvais état. Ici, pas de barreaux ni de chaînes, mais juste un vieux verrou rouillé. Il ne nous a fallu que peu de temps pour le forcer. Apparemment, les ouvriers du chantier n'étaient pas entrés ici. Ils devaient avoir d'autres centres d'intérêt que les caves de maisons abandonnées. J'ai jeté un coup d'œil à mes amis. Marcelin ne pourrait pas passer par cette porte très étroite avec son fauteuil.

– Je vous attends ici, les gars, faites vite, a-t-il murmuré.

Lorsque j'ai risqué une tête à travers le trou obscur, une odeur puissante de moisissure et d'humus m'a étreint. La hauteur sous plafond était à l'image de la porte, il fallait se baisser un peu pour ne pas se cogner la tête.

– C'est une maison de Hobbit, a soufflé Will en s'avançant le premier.

Nous sommes entrés dans la cave en laissant Marcelin devant le seuil. Des morceaux de meubles brisés, des bouts de verre, de vieux outils, des restes de sacs de jute jonchaient le sol de terre humide. Rien de passionnant. Nous avons inspecté soigneusement toute la pièce, jusqu'au mur du fond, qui s'ouvrait sur une seconde salle. Mais pour y accéder, il nous a fallu franchir un tunnel étroit et très pentu qui plongeait plus profondément dans le sol. J'ai fendu les toiles d'araignées épaisses et lourdes comme des rideaux de laine et me suis glissé dans le boyau parsemé d'éboulis de pierres taillées, de poutres et de déchets divers et variés. La deuxième salle paraissait bien plus grande et encombrée que la première. Son plafond voûté s'inscrivait dans la continuité de celui de l'entrée, mais le sol était plus bas d'un mètre et demi, ce qui nous permettait de nous tenir debout. Sur plusieurs rangées, tous les deux mètres, des colonnes de pierre jaillissaient et montaient au plafond en se rejoignant en arches. Ici, ce n'était plus des débris épars de meubles qui traînaient à terre, mais des meubles entiers – chaises, armoires, tables, tabourets, étagères – qui formaient une sorte de labyrinthe impénétrable. Nous nous sommes mis en quête de *quelque chose d'intéressant*. Je me suis penché sur une étagère posée à même le sol où s'empilaient des grimoires reliés de cuir. J'en ai saisi un. À l'intérieur, les pages de parchemin jaunies étaient couvertes de griffonnages à peine déchiffrables et s'effritaient sous mes doigts.

– Will, Tom, venez voir ! s'est exclamée Léa.

J'ai lâché mon grimoire et l'ai rejointe, de l'autre côté d'une arche. Elle tenait un petit coffre de bois sombre sur lequel s'était accumulée de la poussière grasse.

– Il était posé sur cette table...

– Ouvre-le ! a lancé Will en s'approchant.

– Je n'y arrive pas...

Elle nous a tendu le coffre pour que nous essayions à notre tour, mais le couvercle était coincé.

– C'est étrange, a murmuré Léa, le couvercle est équipé d'une charnière, mais il n'y a ni poignée ni verrou ni serrure. Pourquoi il ne s'ouvre pas ?

– C'est complètement bloqué, ai-je dit. Je vais l'apporter à Marcelin. Il pourra jeter un œil pendant que nous continuons à fouiller ici. Il aura peut-être une idée.

J'ai franchi le tunnel en me contorsionnant, j'ai traversé la première salle et j'ai retrouvé Marcelin au-dehors. La lumière argentée faisait briller les montures d'acier de ses lunettes. Je lui ai tendu le coffre qu'il a inspecté sous toutes les coutures.

– Je compte sur toi, ai-je dit, il faut ouvrir ce truc...

Marcelin n'a pas répondu. Il semblait intrigué par l'objet. Je suis retourné à l'intérieur et je me suis accroupi au pied de mon étagère à grimoires. La plupart des livres étaient vraiment dans un état pitoyable. Seul le cuir des reliures avait résisté au temps et à l'humidité. Les rares bribes de texte que je pouvais déchiffrer étaient obscures, énigmatiques ou bien complètement insensées. Des caractères latins, une langue ou des noms que je ne comprenais pas. Sur la tranche de chaque grimoire, trois lettres étaient inscrites : *F. O. A.*

– *F. O. A.*, vous savez ce que ça signifie ? ai-je lancé aux autres.

– Viens voir par ici, Tom, m'a répondu Léa.

J'ai définitivement laissé tomber mes vieux grimoires pour m'intéresser à sa découverte. Elle a braqué sa lampe sur le mur qui nous séparait de la première pièce. Près du plafond, au-dessus de l'ouverture, figurait une inscription gravée dans la pierre : *F. O. A. 1781*.

– Qu'est-ce que c'est ?

– Ça ressemble au nom d'une marque de bière, a murmuré Will.

– Mais non, a objecté Léa, ce sont les initiales de celui qui a construit la maison, suivies de l'année de construction...

Soudain, un cri nous est parvenu de l'extérieur. Au même instant, le trou du tunnel s'est violemment illuminé, le temps d'un battement de paupière. Le temps d'un éclair.

– Marcelin !

Nous nous sommes précipités vers la sortie. J'ai franchi le seuil le premier. Marcelin était là, assis sur son fauteuil, le cou un peu tordu, comme si sa tête pesait une tonne, les bras pendant mollement de chaque côté de son corps, le visage blême, l'œil hagard. J'ai noté que le petit coffre était toujours fermé et posé sur ses genoux. Ses lunettes étaient tombées sur le sol. Je lui ai attrapé le bras et l'ai secoué doucement.

– Marcelin, que s'est-il passé ?

– On a entendu du bruit, il y a eu comme un éclair, a ajouté Léa en se baissant pour ramasser les lunettes.

Notre ami semblait choqué, désorienté. Ses yeux fixaient un genre de mur invisible. Sa mâchoire tremblait un peu. Puis il s'est ressaisi et a tourné son visage vers moi, semblant m'apercevoir enfin.

– Le coffre, a-t-il murmuré.

– Que s'est-il passé ?

– Je l'ai ouvert...

J'ai saisi le coffre délicatement et j'ai tenté de l'ouvrir.

– Il est toujours coincé, pourtant... Comment tu as fait ?

– Je n'ai rien fait de particulier... je l'ai ouvert, c'est tout...

– Qu'est-ce que tu as vu à l'intérieur ? a demandé Léa.

– J'ai vu une lumière bleue, aveuglante comme un soleil, et puis... moi... c'était moi...

Will a soupiré.

– Ça commence à être bizarre tout ça, a-t-il murmuré. On ferait bien de rentrer...

– Oui, a dit Léa en lui posant la main sur l'épaule.

– Qu'est-ce qu'on fait du coffre ? ai-je demandé.

– On le laisse ici, a-t-elle répondu. Il sera mieux caché que n'importe où ailleurs. Personne n'était entré dans cette cave depuis des années, il n'y a pas de raison que ça change.

Léa m'a pris le coffre et s'est enfoncée dans la bâtisse en ruine. Lorsqu'elle en est ressortie les mains vides, nous nous sommes mis en route jusqu'au chenal. Juste avant d'atteindre le bassin terminal, nous avons escaladé la paroi de la tranchée de béton en poussant tous ensemble le fauteuil de Marcelin. Enfin, nous avons franchi le grillage pour nous retrouver dans la rue déserte.

Le retour a été silencieux.

**

La découverte de cette cave en ruine et de ce petit coffre m'avait laissé un goût étrange. Un goût amer et sucré de mystère, de crainte et d'inachevé. Cette lumière bleue intense, cet éclair, nous l'avions perçu du fond de la cave, Léa, Will et moi. Ce n'était pas un rêve. Nous avions peut-être enfin déniché *quelque chose d'intéressant*. Il faudrait y retourner, assurément, mais pas tout de suite. J'avais un emploi du temps chargé pour les jours à venir. Ce week-end-là, je partais avec mes parents chez mon oncle et ma tante, à plus de cent kilomètres de la Marquèse, pour fêter l'anniversaire de mes cousins (ils sont jumeaux). Nous y restions jusqu'au dimanche soir. Puis, lundi et mardi, je devais passer toute la journée à la ferme du père Augustin, qui se trouve à la sortie du village, à vingt minutes de marche de chez moi. Vacances de printemps obligent, j'avais un petit boulot qui me permettait de gagner un peu d'argent. Il consistait à nettoyer les silos, les réservoirs et les fosses qui allaient être utilisés durant l'été pour recueillir le grain moissonné. J'avais dégoté ce job l'année précédente, avec Will, mais mon ami avait rapidement déserté la ferme pour aller rejoindre son garage et ses motos. Moi, j'avais continué, et je m'y étais fait. C'était un travail pas trop compliqué, mais salissant et fatigant. D'accord, je n'avais pas l'âge de travailler pour de vrai, mais le père Augustin me payait quand même pour ça (avec des billets froissés et encore tièdes tout droit sortis de son bleu de travail). La Maloney Cops avait acheté une partie des terres agricoles autour du village pour construire sa mine, mais il en restait, des terres agricoles. Et il y avait toujours des fermes, heureusement.

J'ai donc passé le week-end chez mes cousins et le lundi chez le père Augustin à racler le fond des cuves pour en sortir des tonnes de la bouillasse malodorante formée par les grains qui avaient pourri au fond durant l'hiver. Lorsque j'ai quitté la ferme, vers cinq heures de l'après-midi, le père Augustin m'a donné un panier empli de légumes de son immense potager (en plus de mon salaire, bien sûr). De l'ail, des carottes, du chou, des fèves, deux belles laitues, quelques radis, trois ou quatre concombres et des navets. En voyant ce beau panier bien garni, la première chose qui m'est venue à l'esprit, c'est qu'il fallait que je partage cette nourriture avec Sam. J'ai donc pris la direction de son repaire.

Je ne vous ai pas encore présenté Sam. Je le connaissais depuis longtemps, comme tout le monde ici. Enfin, disons que tous les villageois le connaissaient. Sam n'avait pas de maison, mais il avait un « repaire », caché au fond d'une ruelle près de l'église. C'était une sorte de cabane qu'il avait construite en utilisant deux vieux murs de pierre qu'il avait prolongés et reliés avec des cloisons en bois. Il avait ajouté une charpente rudimentaire et un toit de tôle ondulée. Ça ne valait pas une vraie maison, bien sûr ; il n'y avait pas d'électricité, ni l'eau courante, et les cloisons laissaient passer une partie du vent glacial en hiver.

Mais Sam avait pu installer quelques meubles de récupération, et il se chauffait et cuisinait avec des bouteilles de gaz. Le curé lui donnait de l'argent de temps en temps, et certains villageois lui laissaient quelques pièces ou lui apportaient à manger, du dentifrice, ou des vêtements. Parfois, il accomplissait de petites tâches en échange d'un salaire dans les fermes, ou chez les vieux. Mais je crois qu'il n'avait jamais eu de vrai travail. Il n'aimait pas le travail : non pas qu'il était paresseux, mais parce qu'il pensait que l'argent ne devait pas être ce qui justifiait de se lever tous les matins (c'est ce qu'il m'a dit, une fois). L'argent, il l'utilisait surtout pour acheter des piles pour son radiocassette, et aussi pour payer les bonbonnes de gaz. Et le vin.

Je me suis dirigé vers l'église qui trônait au centre du village. Les rayons dorés du soleil déjà bas rampaient sur les toits et sur leurs milliers de tuiles qui brillaient de la même teinte ocre que le cœur de la terre. Je me suis demandé un instant si nos tuiles étaient faites de terres rares. Au loin, un chien aboyait. Dans les jardins, les cerisiers et les pommiers s'étaient couverts de blanc et de rose. Après avoir passé l'église, je me suis engouffré dans une allée pavée si étroite qu'aucune voiture ne pouvait s'y engager. Sam était là, devant son repaire, assis sur une caisse en bois. Il était occupé à trier de petits objets métalliques : vis, boulons, écrous, patins de frein usagés, éléments de dérailleur. Un cadre de vélo un peu rouillé était couché à côté de lui et deux roues sans pneu étaient adossées à l'un des murs de pierre du repaire. Quelques outils jonchaient le sol tout autour, ainsi qu'un vieux poste à cassettes au son épouvantable, nasillard et saturé. Robert Plant chantait *When the levee breaks*. Lorsque Sam a relevé la tête et m'a aperçu, un large sourire a illuminé son visage. C'était un chouette sourire, auquel il manquait juste quelques dents. Il avait trente, peut-être trente-cinq ans. Il était assez grand, le corps fin et sec, la peau tannée, les cheveux ras, une barbe un peu embroussaillée. J'ai posé le panier sur les pavés et j'ai longuement fixé le poste. Toute mon éducation musicale, je la devais à Sam.

– Tu te mets au vélo ? ai-je demandé.

– La ville s'agrandit, Tom, a-t-il répliqué de sa voix un peu râpeuse. Bientôt, j'aurai besoin d'une auto pour en faire le tour…

Son regard s'est arrêté un instant sur le panier, puis s'en est retourné aux vis et aux boulons. Il ressemblait à un homme fatigué. Autrefois, je l'avais connu bavard et terriblement drôle. Je me demandais parfois pourquoi il n'avait jamais tenté de trouver un vrai travail, une vraie maison. Je crois finalement qu'il aimait cette vie sans contrats, sans paperasse, sans box Internet ni assurance vie. Mais les choses avaient changé depuis quelques années, comme si une partie du monde, de ses règles et de ses normes, était en train de nous rattraper. Maintenant, il fallait avoir une boîte aux lettres et une adresse mail, un compte en banque, des papiers en règle et un smartphone. Sam se sentait étranger à ce monde-là. Il devait penser qu'il était trop tard pour s'adapter. Ou il ne voulait pas.

J'ai contemplé les roues adossées au mur.

– Elles sont petites ces roues, Sam, pour un vélo...

– Celles-ci, c'est pour ma charrette. Je me fais une charrette.

– Une charrette ? Où est-ce que tu vas la mettre ?

Son regard s'est assombri. Il avait terminé de ranger sa quincaillerie dans de petites boîtes en plastique transparent. Il s'appliquait désormais à caser les boîtes dans un récipient plus grand, en tôle, qui avait jadis contenu des biscuits.

– Ils vont me virer, Tom...

Je me suis figé subitement. Puis, malgré moi, je me suis baissé, jusqu'à poser un genou sur le sol pour être à sa hauteur. Ses yeux tremblaient un peu.

– Te virer ? Comment ça, te virer ? C'est chez toi, ici.

– Non. Enfin si... Ce carré de friches, c'était chez moi, mais ce chez-moi ne m'appartient pas... Ils vont construire une maison, ici. Ou deux...

– Pourquoi ?

– Parce qu'il y a de plus en plus de monde à la Marquèse. Les places sont chères désormais, surtout ici, au cœur du village.

– Qu'est-ce qu'on peut faire ? Tu vas aller où ?

– Je ne sais pas...

– Tu peux venir chez moi... mes parents seront OK...

– Non, tes parents ne seront pas OK. Et je ne veux pas...

Il avait sans doute raison pour mes parents, qui risquaient de me répondre « *C'est compliqué* ».

– Ne t'en fais pas trop pour ça, Tom, a-t-il poursuivi. Ça ne va pas se faire tout de suite... Je vais trouver une solution.

La musique s'était tue. La cassette était terminée. Je percevais un vrombissement lointain. C'était le bruit de la mine des chercheurs d'or. Sam avait fini de ranger ses petites boîtes. J'avais terriblement envie de lui raconter notre sortie nocturne dans le nouveau puits, la cave en ruine, le petit coffre. Mais je me suis retenu.

– Ce sont des légumes du père Augustin, ai-je murmuré. Si tu peux, rapporte-lui son panier lorsqu'il sera vide.

**

Le lendemain, je suis retourné travailler chez le père Augustin jusqu'à la nuit. Le jour d'après, un mercredi, j'ai envoyé un message à Marcelin, Will et Léa pour leur proposer de se retrouver quelque part. Léa m'a répondu qu'elle serait absente pour les trois jours à venir, qu'elle passait chez sa grand-mère. Will, quant à lui, était disponible et très partant pour une petite session de jeu vidéo. J'étais adepte de jeux effrayants impliquant de bons gros monstres : loups-garous, vampires, extraterrestres assoiffés de sang. Mon ami, lui, était porté sur les sports mécaniques : courses de voitures, de motos, d'avions de combat, de bateaux...

Je me suis rendu chez Will dans l'après-midi. Il a refermé la porte de sa chambre et a sorti de sous son lit une caisse en plastique contenant tous ses jeux. Il était vêtu de son tee-shirt jaune fétiche. Ses mains et ses bras dorés ont disparu dans la caisse et se sont mis à remuer bruyamment les boîtes. Je me suis assis sur le lit. Dans le miroir de la grande armoire, le reflet de mon visage me semblait un peu pâle. J'ai levé les yeux vers les murs de la chambre couverts de posters. Des motos, d'autres motos, et encore des motos.

– Hey ! s'est soudain exclamé Will. *Zombie Speed Truck 7* ! Je n'y ai jamais joué, il est encore dans l'emballage !

– Ça a l'air génial ! De quoi ça parle ?

– Une course-poursuite entre morts-vivants pilotant des camions surpuissants dans les rues d'une mégapole ravagée par un virus mortel !

Nous avons tous les deux poussé des cris de joie. Will a introduit le disque dans la console et l'écran de la télé s'est illuminé. Une heure plus tard, alors que la partie battait son plein, la porte de la chambre s'est ouverte. Un homme d'une quarantaine d'années s'est avancé sur le seuil. Il ressemblait terriblement à Will. Il portait une sacoche en cuir dont la lanière barrait un tee-shirt blanc couvert de cambouis.

– Bonjour m'sieur ! ai-je lancé.

– Salut Tom ! C'est quoi ce jeu ?

– *Zombie Speed Truck 7* ! a hurlé Will. C'est une tuerie !

Le père de mon ami a souri, il a embrassé la chambre du regard, puis il a sorti une boîte en carton de sa sacoche.

– Will, j'ai enfin reçu les bougies pour la Honda. Tu veux qu'on essaie de remonter le carbu ?

– Génial, s'est exclamé Will en lâchant sa manette. Allons-y !

Nous avons délaissé les camions et les zombies pour nous rendre dans le hangar, au fond du jardin. C'était un vaste espace qui sentait l'huile brûlée, l'essence et le caoutchouc. De vieilles armoires et des établis étaient appuyés contre les murs. Des outils et des morceaux de motos encombraient le sol. Au centre de la pièce trônait un pont élévateur sur lequel reposait un engin à deux roues désossé. Le père de Will s'est approché du pont et s'est assuré que les chaînes de levage reliées au plafond étaient bien attachées au cadre de la moto. Puis une chorégraphie parfaitement réglée s'est mise en place, dans laquelle le père et le fils se croisaient et tournaient autour de l'engin convalescent, s'échangeaient les tournevis, les douilles et autres marteaux, tout en commentant l'état des durites et des papillons. Au bout de quelques minutes, je me suis adressé à mon ami.

– Will, je...

– Attends, passe-moi la clé de douze, Tom.

Je lui ai tendu l'outil qui ressemblait le plus à une clé de douze pour moi.

– Non, Tom, ça c'est une pince...

– Will, je vais rentrer, il est tard et j'ai pas mal de devoirs...

– Déjà ? Non, vieux, reste avec nous, on va remonter le carbu ! Et je n'ai pas fini de te mettre une raclée à zombie-chose-truc...

– La prochaine fois !

– OK... Alors on demande à Marcelin de venir aussi, je suis sûr qu'il adorera le jeu !

Sur le chemin du retour, j'ai envoyé un message à Marcelin pour lui proposer de venir faire une partie avec nous quand il serait libre. Le lendemain, un jeudi, c'était mon dernier jour de travail chez le père Augustin. Je suis rentré en milieu d'après-midi. Arrivé à la maison, j'ai tenté d'appeler Marcelin, sans succès.

Le vendredi, je me suis réveillé assez tôt (pour un jour de vacances). J'ai pris mon petit déjeuner avec mes parents. Savez-vous que ma mère fabrique la meilleure citronnade de la galaxie ? J'ai toujours connu cette citronnade, et j'en bois des seaux entiers, en toute saison, matin, midi et soir, lorsque je suis à la maison. Après le petit déjeuner, je suis remonté dans ma chambre, je me suis assis au pied de mon lit et j'ai levé les yeux vers mon poster géant à l'effigie de quatre musiciens anglais coiffés au bol. Mon doigt s'est baladé sur le papier glacé noir, gris et blanc, avant de venir effleurer mes joues, presque aussi lisses que le poster. Encore quelques années à patienter avant d'avoir des rouflaquettes dignes des leurs. J'ai ouvert la commode dont l'étage inférieur ne contenait aucun vêtement. À la place des slips et des maillots s'alignaient des centaines de CD de musique, classés par artiste, puis par ordre chronologique de sortie des albums. Il fallait que j'en choisisse deux : un premier album à écouter tout de suite pour bien commencer la journée, et un autre, pour y piocher la chanson qui serait ma nouvelle sonnerie de téléphone pour les prochaines semaines. Changer de sonnerie en fonction de mon état d'esprit était un petit rituel que je pratiquais régulièrement et presque religieusement, mais je m'efforçais de ne pas le faire trop fréquemment, pour avoir le temps de m'habituer à chaque nouvelle sonnerie. Ce jour-là, j'ai choisi *Fire*, de Jimi Hendrix. En manipulant mon portable, je me suis rendu compte que je n'avais toujours aucune nouvelle de Marcelin et j'ai décidé de me rendre chez lui dans l'après-midi.

Vers quinze heures, je suis sorti et j'ai marché jusqu'à la dernière maison du village, celle avec les volets en Z. Mon ami n'était pas chez lui. Son père m'a accueilli un peu froidement. Il avait l'air épuisé et très soucieux. Il m'a expliqué que Marcelin était parti avec sa mère à Abaucourt, et qu'ils reviendraient d'ici quelques jours. Il s'est excusé de ne pouvoir m'en dire plus.

Je suis reparti dépité. Le fait qu'ils se soient rendus à Abaucourt ne laissait pas de place au doute. C'est à l'hôpital d'Abaucourt que Marcelin était suivi médicalement. Que se passait-il ? Son état s'était-il aggravé ? J'ai échangé quelque SMS avec Léa et Will durant le week-end, mais eux non plus n'avaient pas de nouvelles. Le dimanche soir, enfin, j'ai reçu un message de Marcelin.

Salut vieux. Je rentre mardi. Ne t'en fais pas.

Il n'a pas répondu à mes messages suivants.

J'ai consacré la journée du lundi à faire mes devoirs. Un jour de boulot sur les deux semaines de vacances, ça me semblait honnête. Le mardi, j'ai espéré un signe de Marcelin toute la matinée, sans succès. Au début de l'après-midi, je me suis à nouveau rendu chez lui. La voiture de sa mère était garée devant la maison, à côté d'une autre voiture que j'ai reconnue aussitôt. C'était le tas de ferraille de l'oncle de Marcelin. Il ne venait pas souvent. Que se passait-il ? Une réunion familiale ? Je n'ai pas osé sonner et je suis rentré chez moi.

Tard dans l'après-midi, j'ai enfin reçu un message de Marcelin. Apparemment, il l'avait envoyé aussi à Léa et Will.

Salut les amis. Rendez-vous demain, 14h au Patio.
Marcelin.

Le lendemain, j'ai donné rendez-vous à Léa et Will en bas de chez moi (c'était sur leur chemin) vers treize heures trente. Ils sont arrivés à l'heure, main dans la main, devant la palissade de mon jardin. Le temps était gris, ce jour-là. Un murmure sourd montait du chantier, au-delà des derniers toits. Nous nous sommes dirigés vers le centre du village et nous sommes parvenus en quelques minutes au Patio. Le Patio n'était pas un vrai patio, comme dans les villas romaines ou grecques de l'Antiquité. C'était juste une sorte d'arrière-cour attenante au cimetière. Une arrière-cour de rien, qui n'appartenait à personne. Un espace public au sol pavé, sans réelle fonction, emprisonné entre un mur de pierre (qui le séparait du cimetière) et une rangée de maisons aux dos aveugles, avec un platane au milieu, et quelques bancs où personne ne s'asseyait. C'était un de nos espaces de jeu favoris, autrefois, avant la mine et ses chercheurs d'or. Nous pouvions y rester des heures parce qu'on y était tranquilles. Personne n'y venait jamais. Personne n'avait de raison d'y venir.

Tandis que nous attendions Marcelin, je contemplais le manège des oiseaux qui faisaient des allers-retours entre le platane et le cimetière. Léa s'est approchée de moi.

– Des mésanges, a-t-elle dit. Les petits vont bientôt s'envoler pour la première fois. Ils doivent avoir faim...

J'ai complètement changé de conversation :

– Quand est-ce qu'on retournera là-bas ?

– Tu veux dire dans la cave en ruine ? a-t-elle demandé avec un petit sourire.

Will s'est approché à son tour :

– Vous voulez vraiment y retourner ? C'était chouette de tomber sur cette cave, mais au bout du compte, qu'est-ce qu'on a trouvé ? Des meubles pourris, des livres pourris, des toiles d'araignée pourries...

– Et le coffre, a murmuré Léa.

– Le coffre est vraiment bizarre, ai-je ajouté. Ça ne t'intrigue pas ?

Will n'a pas répondu. Il fixait la ruelle derrière moi. Ses yeux étaient écarquillés. Sa bouche tremblait. Je me suis retourné.

Marcelin se tenait à l'entrée du Patio, à quelques mètres de nous, debout sur ses deux jambes. Il est resté immobile quelques instants, puis il s'est avancé. Je n'en croyais pas mes yeux. Lorsqu'il avait neuf ou dix ans, il parvenait encore à se déplacer, péniblement, avec des béquilles. Mais depuis quatre ans, il était cloué dans son fauteuil. Je ne pouvais détacher mon regard de ses mocassins de cuir qui foulaient les pavés. Un pas devant l'autre. La rigidité de sa démarche était à peine perceptible. Ses bras flottaient librement autour de son corps. Il avait un petit bandage à la main droite. Je me suis aperçu que ma bouche, elle aussi, tremblait un peu. Je n'avais jamais vu Marcelin ainsi. Il ressemblait à un acrobate, à un funambule. Je ne l'avais jamais vu marcher pour de vrai, sans fauteuil ni béquilles.

Je ne l'avais jamais vu pleurer.

**

Nous avons passé l'après-midi au Patio, sous le ciel gris et bas, assis sur l'un de ces bancs qui n'accueillaient personne, d'ordinaire. Marcelin nous a raconté tout ce qu'il avait vécu depuis notre soirée dans le puits-arène.

– Après la soirée, je suis rentré chez moi et je me suis couché (enfin, mon père m'a aidé à me coucher – il n'était pas de très bonne humeur à cause de l'heure...). Je me suis réveillé très tard le matin du samedi. J'avais un terrible mal de crâne et un goût de métal dans la bouche. Et puis je commençais à sentir des picotements dans tout mon corps, surtout les jambes. Les picotements se sont amplifiés au cours de la journée, jusqu'à devenir vraiment insupportables. Je n'ai pas dormi la nuit suivante. Le dimanche matin, mes parents ont appelé le médecin. Mais il n'a rien trouvé de particulier en m'examinant. Il m'a seulement donné du paracétamol qui a un peu soulagé mon mal de crâne, mais pas les picotements.

« Le lundi matin, tout est vraiment parti en saucisse. J'avais de plus en plus mal. Après le petit déj' (je n'avais rien mangé), je me suis brossé les dents. Mon verre à dents, que j'ai depuis au moins sept ou huit ans, m'a explosé dans la main. C'était un verre à moutarde Daredevil. Il était un peu fissuré depuis longtemps, mais je l'adorais. Je me suis coupé, il y avait du sang partout. J'ai complètement disjoncté, j'en avais assez d'avoir mal. Je me suis mis à beugler comme un âne. Mes parents ont à nouveau appelé le docteur. Il est venu et m'a soigné la main. Il a dit que j'étais épuisé nerveusement et que c'était peut-être ça qui provoquait les douleurs. Qu'il fallait peut-être aller à l'hôpital pour faire des tests. Le jour d'après, ma mère m'a emmené à Abaucourt. J'y suis resté une semaine. Elle a loué une chambre d'hôtel juste à côté de l'hôpital.

« On m'a fait des tas d'examens qui n'ont rien donné. Mais à partir du deuxième jour, j'ai commencé à aller mieux. Je pouvais dormir un peu et j'avais de moins en moins mal. Les picotements s'atténuaient. Je me suis réveillé en pleine nuit, entre le jeudi et le vendredi, je crois. Sûrement à cause d'un rêve bizarre. J'avais un peu froid, parce que mes draps étaient par terre. C'est là que je me suis rendu compte que quelque chose clochait. Je ne mets jamais mes draps par terre, d'habitude, même lorsque je fais le pire des cauchemars. Tout simplement parce que je n'en ai pas la force. J'ai allumé ma lampe de chevet et j'ai regardé la chambre, puis les draps sur le sol. De bons draps d'hôpital, bien blancs, qui avaient été coincés sous le lourd matelas par l'aide-soignant qui avait fait le lit. J'ai regardé mes jambes. J'ai essayé de les bouger. Et elles bougeaient. Alors j'ai repensé au verre Daredevil. Il n'avait pas explosé par hasard. Il avait explosé parce que je le serrais fort, avec une force que je n'avais pas auparavant. J'ai essayé de me lever, et j'ai réussi, pour la première fois depuis... des années. J'ai fait quelques pas. C'était vraiment dur. Mais je me suis entraîné toute la nuit, dans ma petite chambre. Plutôt que d'appeler l'infirmier, j'ai fait des allers-retours entre le lit et le radiateur. Je n'y croyais pas. C'était comme un rêve. Le plus beau rêve que j'aie jamais fait. À un moment, j'ai entendu du bruit : c'était une ronde d'infirmier. Je me suis jeté sur le lit et j'ai fait semblant de dormir. Quand l'infirmier s'est éloigné, je me suis remis à faire les cent pas. Je me suis couché au petit matin. J'ai dormi comme un bébé. Plus de douleurs, plus de rêves... rien.

« Vers dix heures du matin, j'ai demandé à voir le médecin. Je lui ai dit que je marchais, que j'étais guéri, pas seulement des picotements et du mal de crâne, mais aussi de la maladie qui paralysait mes muscles. Ça l'a bien fait rigoler. Mais quand j'ai sauté du lit et que j'ai commencé à parcourir la pièce en chantant, ça l'a calmé tout de suite. C'est à ce moment-là que ma mère est entrée dans la chambre. Elle est tombée dans les pommes en me voyant. Heureusement, il y avait plein de médecins autour.

« Ils m'ont refait toute une panoplie de tests. Moi je voulais rentrer, mais ils n'ont rien voulu savoir. Ils m'ont examiné sous toutes les coutures, m'ont fait faire des exercices musculaires, des examens de tissus, de l'imagerie comme s'il en pleuvait. Ils ne comprennent pas... ils disent juste que... »

– Que tu es guéri, a poursuivi Léa.

– Pas tout à fait. On ne guérit pas de cette maladie. Normalement, elle ne fait qu'empirer. Ils disent...

– Que c'est comme si tu n'avais jamais été malade, ai-je complété.

Marcelin a regardé le ciel gris. Il souriait.

– Vous savez à quoi j'ai pensé, ces derniers jours ? a-t-il murmuré. J'ai pensé à des choses stupides, comme la couleur des nouvelles chaussures que j'allais m'acheter, et puis la couleur du vélo que j'allais m'acheter, et puis les couleurs de tout un tas d'autres trucs que je vais m'acheter, même si mes parents doivent hypothéquer la maison pour ça. Mais j'ai surtout pensé à vous trois. Aux têtes que vous feriez lorsque vous me verriez sur mes pieds, à l'entrée du Patio. Je ne rêve que de ça depuis trois jours, les mecs.

Il nous a regardés un par un. Je me suis dit qu'il allait peut-être se remettre à pleurer, mais non.

– Vos têtes étaient vraiment marrantes. Vous ne m'avez pas déçu...

**

À travers les larges feuilles du platane, le ciel virait au noir. Marcelin, dont les lèvres semblaient figées dans un sourire, s'est dressé sur ses pieds, a fait quelques pas et a inspiré l'air du soir avant de se retourner vers nous. Will a levé un index théâtral et l'a pointé sur lui.

– Je vais enfin pouvoir t'emmener faire un tour en moto, s'est-il exclamé.

Le sourire de Marcelin s'est élargi. Léa s'est étirée avant de se lever à son tour. Elle a semblé hésiter un instant, puis a demandé dans un souffle :

– Vous croyez que c'est le coffre noir qui...

– Normalement, on ne guérit pas de cette maladie, a murmuré Marcelin.

Il a ôté ses lunettes et les a nettoyées minutieusement avec un mouchoir avant de les reposer sur son nez. Dans la ruelle, les réverbères couleur d'ambre se sont allumés.

– Oui, Léa, c'est le coffre qui m'a fait ça. Il n'y a aucun doute possible.

CHAPITRE 2.

ANNIE

Il nous fallait y retourner. Retourner là-bas, dans la vieille cave, au bord du puits-arène, pour ouvrir le coffre à nouveau. Pour savoir et pour comprendre.

Mais il ne restait plus que deux jours de vacances, plus le week-end, et pas la moindre opportunité de se retrouver une nuit tous les quatre avant la rentrée. Nous avons donc jeté notre dévolu sur le vendredi de la semaine suivante. Le retour à la vie scolaire a été un peu éprouvant. J'ai oublié de vous dire ça, mais vous vous en doutiez sûrement : il n'y a pas de collège à la Marquèse (du moins pas encore). Nous prenions donc le car tous les matins pour nous rendre à Issymes, à dix kilomètres, et nous le reprenions dans le sens inverse tous les soirs. Ce sont les joies de la campagne, et c'est fatigant à la longue. La semaine s'est déroulée sans incident, si ce n'est que Marcelin a fait sensation au collège le premier jour, lorsqu'il est arrivé sur ses deux jambes, chaussé de ses baskets bleues toutes neuves.

Quand le vendredi soir est enfin arrivé, nous nous sommes retrouvés devant l'entrée du chenal. Marcelin marchait presque normalement. Il avait troqué sa lourde lampe habituelle contre une frontale moins encombrante. Le soleil se couchait discrètement à l'abri d'un voile nuageux. Une brise très légère faisait murmurer l'air doux et humide. Nous avons progressé en silence le long du chenal jusqu'au bord du puits-arène. La vieille cave abandonnée n'avait pas bougé. Elle était là, nichée dans un coin de la falaise de terre et de roche. Tandis que nous nous approchions, je me suis dit que nous avions eu de la chance de l'apercevoir la première fois, tant elle se fondait dans le décor. Léa s'est avancée vers la porte et l'a ouverte sans effort. À l'intérieur, dans la première salle, nos lampes ont balayé lentement les murs et le sol encombré de déchets, avant de converger vers l'ouverture qui menait à la pièce basse.

– C'est là ? a demandé Marcelin.

J'ai acquiescé et je me suis glissé dans le petit tunnel à demi obstrué. Après l'avoir franchi un par un, nous nous sommes faufilés entre les meubles jusqu'à la table. Le coffre noir semblait nous attendre. Will l'a saisi et a tenté de l'ouvrir, sans succès. Il l'a tendu à Léa qui a essayé sans plus de réussite. Après elle, j'ai entrepris de faire bouger le couvercle en tirant de toutes mes forces. Ce n'était pas simplement coincé, ça ne s'ouvrait pas, ça ne semblait pas fait pour ça, comme si la petite boîte n'était en fait constituée que d'un unique morceau de bois.

– Comment tu as fait l'autre soir ? ai-je soufflé à Marcelin en lui passant le coffre.

Il n'a pas répondu et a essayé à son tour. Dans la lumière bleutée de nos frontales, les muscles et les vaisseaux de son cou ont sailli tandis qu'il tirait comme un âne avec ses doigts maigres. Rien à faire.

– Et si tu essayais doucement, sans forcer, sans y penser, a suggéré Léa.

– Oui, bonne idée.

Il a reposé le coffre sur la table, s'est mis à siffloter gaiement et a tendu une main pour soulever le couvercle avec détachement et légèreté, comme s'il ouvrait un placard pour prendre une boîte de corn-flakes. Mais le coffre n'a rien voulu savoir.

– Et si nous allions dehors ? a proposé Will. Lorsque tu l'as ouvert, l'autre fois, tu étais dehors.

Nous sommes donc sortis avec le coffre et avons tenté notre chance une nouvelle fois, mais, même à l'extérieur, dans l'air doux où flottait désormais un léger crachin, il ne s'est pas ouvert. J'ai regardé le ciel presque éteint. Des gouttes minuscules et fraîches se posaient sur ma peau.

– Retournons à l'intérieur. Nous allons sortir le grand jeu.

Nous sommes redescendus dans la deuxième salle. J'ai posé la petite boîte noire sur la table, j'ai ouvert mon sac à dos et en ai sorti un pied-de-biche.

– Il pèse une tonne… au moins, je ne l'aurai pas amené pour rien…

J'ai noté que Léa aussi avait apporté un outil : un burin. Quant à Will, il était en train d'extraire une grosse masse de son sac. J'ai saisi le coffre et l'ai d'abord observé sous tous les angles, pour déterminer où j'allais insérer la lame du pied-de-biche, et aussi parce que j'avais un peu peur de le casser ; je voulais le contempler une dernière fois avant de peut-être l'abîmer. Il n'était pas vraiment noir, plutôt chêne sombre, décoré de motifs en relief assez grossiers mais harmonieux. Enfin, j'ai glissé la lame dans la fente qui séparait le couvercle du reste, du côté opposé aux charnières, et j'ai abaissé le levier du pied-de-biche, très délicatement au départ, puis énergiquement, avant d'y mettre toutes mes forces. Mais rien ne s'est produit malgré mes efforts. Lorsque j'ai renoncé, Will s'est saisi de la lourde masse qu'il avait posée sur la table et l'a brandie au-dessus de lui.

– À mon tour, a-t-il dit, je vais tenter la méthode casse-noix.

– Arrête, Will ! s'est exclamée Léa, tu vas le casser !

– Non, tu crois ? Il a résisté à tout, et Tom...

– Ça ne sert à rien, ça ne marchera pas...

– Pourquoi tu dis ça ?

– Parce qu'il aurait dû s'ouvrir depuis longtemps avec le pied-de-biche... Tu risques de casser ton marteau ou ton bras, ou le coffre, et je ne veux rien de cela.

Will a abaissé sa masse en fixant Léa, puis son regard s'est posé sur le coffre, le petit coffre en bois qui semblait si fragile.

– Tu as raison, a-t-il murmuré, alors qu'est-ce que...

Il a été interrompu par un bruit de chute, derrière, tout près de nous ; un choc, un grognement de surprise et de frayeur, des chaussures qui dérapent sur les éboulis de pierre et de bois. J'ai braqué ma lampe en direction du tunnel. À travers les toiles d'araignées déchirées, dans le faisceau bleuté, une ombre s'est esquissée le temps d'un éclair puis a disparu.

– Hé ! ai-je hurlé en m'élançant vers l'ouverture, suivi par mes amis.

J'ai remonté le tunnel en trombe, j'ai franchi la première salle et je me suis retrouvé dehors. Le crachin s'était épaissi ; l'air était devenu opaque. Ma lampe jetait un trait de lumière à travers les nappes d'eau, comme un sabre laser. L'ombre s'était évaporée. Juste derrière moi, Léa et Will scrutaient aussi la nuit avec leurs torches.

– Quelqu'un nous espionnait, a dit Léa.

Marcelin, qui était resté en arrière, est sorti à son tour.

– Ouais, a-t-il sifflé, mais ce quelqu'un a perdu quelque chose...

Il a tendu une main, la paume tournée vers le ciel. Elle contenait un téléphone portable. Pas un smartphone d'aujourd'hui, rutilant et plat, avec un écran digne d'un drive-in, non, un petit portable gris avec des boutons et un cadran monochrome, tout juste bon à envoyer des SMS, et encore. Will s'est approché et a examiné l'appareil.

– Le type qui a perdu ça doit sortir tout droit de la préhistoire...

– C'est un téléphone de policier, a dit Léa. Ils ont souvent de vieux modèles...

– Ah bon ?

– Oui, j'ai vu ça dans un film...

– Peut-être que c'était un vieux film ?

– Tu crois que c'est la police qui nous espionne ? me suis-je inquiété.

Léa n'a pas répondu. Marcelin s'était emparé du téléphone et le triturait.

– Le clavier est verrouillé, a-t-il soupiré. Il faut faire un code à quatre chiffres si on veut accéder au contenu...

J'ai levé les yeux. Peu à peu, la bruine se changeait en pluie. Un doux murmure montait du sol, caressé par des millions, des milliards de fines gouttes.

– Il commence à faire sacrément froid et nous ne sommes pas en sécurité ici, a bougonné Will. Rentrons.

– Et le coffre ? ai-je demandé.

– On le laisse ici, a répondu Léa. De toute façon, il ne s'ouvre pas...

Elle avait raison. Nous nous sommes dirigés en silence vers la sortie du chantier. Tandis que nous descendions le long du chenal, au fond duquel un petit torrent se formait, Marcelin m'a tendu le vieux téléphone.

– Garde-le, je crois que ce sera plus facile de le cacher pour toi que pour moi.

Je l'ai glissé dans la poche de mon pantalon. Comme au retour de notre première expédition, je me sentais à la fois excité et frustré. Cette tentative était un échec. Mais à présent, j'en étais sûr, et j'osais enfin utiliser le mot (au moins dans ma tête) : le coffre était *magique*. Une boîte en bois ordinaire de cette taille aurait été déchiquetée par le gros pied-de-biche en acier. Le coffre noir était maintenu clos par quelque force mystérieuse. Et lorsqu'il daignait s'ouvrir, un miracle se produisait (ça n'était arrivé qu'une fois, mais c'était suffisant pour moi). Le problème, c'est que si nous ne pouvions plus l'ouvrir, savoir tout ça ne servait à rien. C'était comme posséder la plus puissante des consoles de jeux et ne pas pouvoir la sortir de l'emballage. Et puis, il était probable que toute cette histoire nous attire des ennuis, si ce n'était déjà fait. J'ai pensé à Aladin, Cendrillon, Gollum, Jack et son haricot, Anakin Skywalker... Ils avaient tous eu des sacrés soucis après avoir goûté à la magie en pensant qu'elle pourrait changer leur vie ou résoudre leurs problèmes. Et nous, nous n'avions pas de problème. Le seul qui en avait eu un, c'était Marcelin, avant que le coffre ne le guérisse miraculeusement. C'était peut-être pour ça qu'il ne s'ouvrait plus : il n'y avait plus de problème à résoudre. J'ai levé les yeux vers mon ami, qui faisait subir les pires outrages à ses chaussures neuves en marchant au milieu du petit ruisseau. Il s'est retourné et m'a fait un clin d'œil, comme s'il lisait dans mes pensées.

– Tu vas ruiner tes chaussures, mec ! lui ai-je lancé.

– Ouais... je devrais faire attention, mais c'est marrant... mes parents ne roulent pas sur l'or, mais ils ont des économies, ces temps-ci, et ils ne me refusent rien ! Ils pourront m'en repayer une paire. Je crois que j'aurais dû prendre les rouges...

Nous sommes enfin sortis du chenal et nous nous sommes engagés sur le trottoir du quartier nouveau où les lampadaires s'alignaient sous la pluie, comme des soldats. Nous longions les façades uniformes lorsqu'un cri a déchiré la nuit.

C'était un hurlement aigu de douleur, de peur et de rage. Je me suis figé. Mon cœur s'est mis à bondir. Léa s'est élancée la première, vers l'endroit d'où venait le cri. Nous nous sommes engouffrés dans son sillage, sans réfléchir, comme si nous étions reliés par des fils invisibles.

Je n'ai plus vu que les reflets d'ambre qui dansaient sur le trottoir, le blouson humide de Will qui courait juste devant moi. Je n'ai plus entendu que nos pas précipités dans les flaques, ma respiration qui s'emballait, mon cœur qui cognait. Léa a bifurqué dans un couloir de béton étroit qui menait au square. Il n'y avait plus de lampadaire, par ici. Les ténèbres nous ont enveloppés. Lorsque mes yeux ont fini par s'habituer à l'obscurité, je les ai vus. Une première ombre, au milieu du carré de graviers ceinturé de thuyas. Une autre, sur le sol, au fond. Derrière moi, Marcelin a rallumé sa lampe frontale et a braqué le faisceau sur la première silhouette. L'homme s'est retourné vers nous. Il se tenait bras écartés, les poings serrés, les muscles tendus comme la peau d'une caisse claire. Lorsque le faisceau a bougé, j'ai aperçu l'autre ombre, une fille assise sur le sol. Son nez saignait ; ses lunettes étaient cassées. Elle serrait la lanière de son petit sac à main.

– Laissez-la tranquille, a dit Léa.

C'était une bonne réplique, je n'en aurais pas trouvé de meilleure dans ces circonstances. Et puis je n'aurais jamais été capable de prononcer ces mots aussi calmement que Léa. L'homme ne semblait pas vraiment enchanté de nous voir. Ses traits m'étaient familiers. Ses cheveux chargés de pluie lui tombaient sur les yeux. Un petit bouc noir et fin encadrait sa bouche.

– Dégagez, les mômes, a-t-il craché, allez faire des pâtés de sable sur la plage !

– Non, on ne dégage pas, a répliqué Will en s'avançant devant Léa.

L'une de ses mains a effleuré l'épaule de sa petite amie, pour la pousser doucement en arrière. L'autre main tenait la masse qu'il avait sortie de son sac. En voyant l'outil briller dans la lumière crue, j'ai réalisé que c'était sérieux, que nous allions nous battre pour de vrai. J'ai amorcé un mouvement d'épaule pour défaire les bretelles de mon sac à dos et attraper le pied-de-biche qu'il contenait. Mais c'était trop tard. L'homme s'est jeté sur Will, a esquivé le coup de masse et a fait décrire un large crochet à son poing. Will s'est déporté en arrière au dernier moment. La masse lui a échappé des mains et il est tombé sur le sol, tandis que l'homme balançait un coup de pied à Léa. Je me suis précipité vers lui, mais il était plus rapide et plus fort. Il m'a attrapé par le cou, m'a jeté à terre.

J'ai senti un choc sourd et la morsure des graviers sur ma nuque, juste avant qu'un genou ne s'enfonce dans ma poitrine. L'homme était sur moi. Une lueur noire s'était allumée, tout au fond de ses yeux. J'ai senti sa folie et sa colère. Je connaissais cette colère, je l'avais déjà croisée, des années auparavant. Il a levé très haut son poing, mais Will, qui s'était redressé, s'est jeté sur lui avant qu'il ne l'abatte sur mon visage. La charge brûlante qui écrasait ma poitrine s'est soudain évaporée. Will et le type ont roulé tous les deux dans les graviers mouillés. L'homme a encore pris le dessus et s'est agenouillé sur Will pour le frapper. À cet instant, une troisième ombre est apparue, juste derrière eux. L'ombre tenait un bâton qu'elle a brandi. J'ai perçu un coup étouffé, comme le tampon sur la membrane de la grosse caisse. L'homme au bouc a poussé un cri de bête sauvage qui s'est élevé par-dessus les toits du quartier nouveau, puis son corps a vacillé et s'est écroulé sur le côté. Les graviers ont crissé. C'est à ce moment-là que j'ai cru m'évanouir, que ma conscience s'est effritée. J'ai fermé les yeux. J'ai senti le pied-de-biche, dans mon sac à dos, sur lequel j'étais couché, et la pluie fraîche sur mon visage.

Quelqu'un m'a pris la main. J'ai ouvert les yeux. Léa était penchée au-dessus de moi. Ses doigts ont effleuré ma joue. J'ai tourné la tête. Will et Marcelin étaient un peu plus loin, accroupis près de la fille aux lunettes cassées. Mon regard s'est reposé sur Léa. Je ne voyais pas son visage, plongé dans les ténèbres, je devinais juste sa silhouette, sentais son souffle. Derrière elle, une ombre plus grande se dressait. L'homme au bâton de bois.

– Tu n'es pas blessé, vieux ?

– Sam ? C'est toi ?

**

Durant les dix ou quinze minutes qui ont suivi, je me suis laissé guider par les autres comme un pantin. L'homme au bouc noir ne bougeait plus. Il était toujours allongé au milieu du square. La pluie fouettait son blouson en cuir. Sam s'est penché sur lui quelques instants, avant de se retourner vers nous et de nous dire qu'il fallait partir. Quelqu'un m'a aidé à me relever, puis nous nous sommes tous engouffrés dans l'étroit couloir qui menait à la rue. Je me souviens seulement de la clarté orange des lampadaires, des façades et des trottoirs luisants qui défilaient, des ombres floues devant moi et de la main de Marcelin qui serrait mon bras, comme s'il aidait une vieille dame à traverser la rue. Lorsque nous sommes arrivés au Patio, la pluie se tarissait. Là, j'ai enfin retrouvé mes esprits. Nous étions tous plantés autour du platane, silencieux. Je me suis approché de la fille aux lunettes cassées.

– Il t'a fait du mal ?

– Non... enfin si, il m'a giflée, parce que je m'accrochais à mon sac...

– Tu le connais ?

– Non, je n'ai jamais vu ce type… je rentrais chez moi et il m'a suivie pour me piquer mon sac.

J'ai réalisé que je la connaissais. Enfin, disons que je l'avais déjà vue. Elle avait à peu près le même âge que nous et habitait à la Marquèse, dans le grand manoir du centre-ville. Il me semblait qu'elle fréquentait le collège d'Issymes, tout comme nous. Mais je ne lui avais jamais adressé la parole auparavant. Et je ne l'avais jamais vue traîner avec personne, ni à la Marquèse ni au collège.

– Je suis Tom, ai-je dit. Et voici Léa, Will, Marcelin et Sam…

– Je m'appelle Annie.

Elle était grande et fine, presque maigre, pâle, vêtue d'un long manteau de feutre. Ses cheveux châtains étaient assemblés en chignon serré. J'ai fixé le verre brisé de ses lunettes qui lui donnait un air presque comique.

– C'est pas grave, j'en ai une autre paire, a-t-elle murmuré.

Comme je ne répondais rien, elle a fait une sorte de grimace qui ressemblait vaguement à un sourire avant de tourner les talons et de se diriger vers la sortie du Patio.

– Hé ! où est-ce que tu vas ? lui a lancé Léa.

– Je rentre chez moi, il est tard.

– Attends, on va t'accompagner, tu ne peux…

– Non, c'est pas loin, j'habite au manoir, juste à côté.

Elle a disparu dans la ruelle.

Je me suis tourné vers les autres. Will avait passé un bras autour de la taille de Léa. Je me suis approché de lui et je lui ai posé la main sur l'épaule.

– Ça va, Will ? Tu n'es pas…

– Tout va bien, mon vieux, grâce à Sam…

Marcelin s'est adressé à Sam.

– Il est mort, le type ? a-t-il chuchoté.

– Non, il n'est pas mort. Juste sonné.

– Il l'a bien cherché ! s'est exclamé Will. C'est un sale…

– Il avait un couteau sur lui, l'a interrompu Sam. Il aurait pu le sortir…

– Vous l'avez reconnu ? a demandé Marcelin.

– Oui, a murmuré Léa. Pas tout de suite, parce qu'il a beaucoup changé. Sa tête me semblait familière, mais je ne parvenais pas à me souvenir de qui il s'agissait… Et puis ça m'est venu lorsque nous avons quitté le square.

– Moi aussi, j'ai l'impression de l'avoir déjà vu, ce gars, ai-je dit, mais je ne sais toujours pas qui c'est…

Léa s'est avancée vers l'arbre à l'écorce lisse qu'elle a effleuré du bout des doigts. L'éclat du lampadaire dressé dans la ruelle a fait scintiller ses yeux lorsqu'elle a annoncé :

– C'est Michaël Beuldecke.

**

Lorsque Léa a prononcé ce nom, tout un pan de mon enfance, de notre enfance, a rejailli du fond de ma mémoire, là où je l'avais soigneusement enterré. Comme je l'ai écrit plus haut, j'ai grandi à la Marquèse, heureux parmi les vaches, les moissonneuses-batteuses et les épis de maïs, et puis surtout parmi Marcelin, Will, Léa et quelques autres.

Mais sur ce joli tableau champêtre, il y avait une tache. Une grosse tache gluante, moche, malodorante et particulièrement difficile à nettoyer. Cette tache s'appelait Michaël Beuldecke. Il était bien plus âgé que nous, six ou sept ans de plus. Nous le surnommions Mollard Boy, parce qu'il avait notoirement la salive un peu chargée et de couleur verte, et surtout parce qu'il avait la fâcheuse habitude de cracher à la figure des gens lorsqu'il était contrarié (et il était souvent contrarié). Ce trait de caractère ne l'avait pas rendu particulièrement populaire dans le village. De toute façon, sa popularité n'avait jamais été très éclatante, peut-être à cause des insultes, des agressions, des vols, des bagarres et autres larcins qui mouchetaient son sillage. Je n'étais pas son souffre-douleur ; il s'en prenait à n'importe qui. Mais ceux qui étaient plus jeunes que lui constituaient ses victimes privilégiées. Comme les autres enfants, j'ai croisé la route de Mollard Boy à maintes reprises et j'ai dû essuyer des insultes et même des coups plus d'une fois. Mais deux anecdotes particulières me viennent à l'esprit aujourd'hui.

La première remonte à mes sept ou huit ans. C'était au début de l'automne. Avec quelques copains, nous jouions aux billes, à la Sablière, près de l'étang. La Sablière était un lieu formidable, un mini gisement de sable jaune de quelques dizaines de mètres carrés, en pleine forêt, au cœur des bouleaux et des châtaigniers. Comme souvent, le jeu était une course. Nous avions maçonné un admirable et gigantesque circuit dans le sable, fait de grandes lignes droites, de collines, de bosses, de chicanes et de virages en épingle, le long duquel étaient disposés des pièges diaboliques : trous remplis d'eau sur la piste, branches barrant le passage, patate-qui-pue et poteau-de-la-mort. Chaque joueur faisait progresser sa bille à tour de rôle sur le circuit en tirant une seule fois à chaque tour (seules les techniques de la pichenette et du pointage étaient admises). Le but était bien entendu d'avancer le plus loin possible pour arriver le premier au bout du circuit. Lorsque la bille sortait de la piste ou tombait dans un trou d'eau, c'était retour à la case départ. Si elle touchait le poteau-de-la-mort, le joueur devait tirer les yeux fermés au tour suivant. Si elle entrait en contact avec la patate-qui-pue (symbolisée par un gros galet placé à la sortie d'un virage dangereux), elle y restait collée et le joueur devait passer son tour deux fois de suite. Celui qui finissait en tête gagnait les billes des autres. Ce jour-là, j'étais en veine (du moins, c'est ce que je croyais). J'avais déjà gagné cinq billes (et n'en avais perdu que deux), et je me trouvais en tête dans la partie en cours. Will avait touché le poteau-de-la-mort au tour précédent, et lorsqu'il a tiré à l'aveugle, sa bille a filé directement se coller à la patate-qui-pue, comme attirée par un aimant. J'ai hurlé de rire en voyant la petite boule de verre jaune finir misérablement sa course contre le gros galet.

Mais mon numéro a été brutalement interrompu par la sensation d'une vive brûlure sur ma tempe gauche. Quelque chose de dur, lourd et pointu venait de la percuter à toute vitesse. Mon rire s'est transformé en cri de douleur.

J'aurais pu tomber, mais un de mes amis m'a retenu. Sur le sable, à mes pieds, la bogue épineuse d'une châtaigne, celle-là même qui venait de me meurtrir le front, semblait me contempler. Lorsque je me suis retourné, j'ai aperçu Mollard Boy qui me regardait avec un sourire de satisfaction. Il devait avoir dans les quatorze ans et arborait un petit duvet de moustache. Il s'est avancé et m'a poussé avec beaucoup de force. Cette fois, je suis tombé pour de bon. Will s'est jeté sur lui, mais Mollard Boy lui a décoché une gifle si puissante que la tête de mon ami a semblé se décrocher. Will s'est effondré sur le circuit en hurlant.

– Les billes, filez-moi toutes les billes, a ordonné Beuldecke.

Personne n'avait envie de se prendre une raclée, alors on a ramassé les billes qui traînaient sur le sable, et celles que contenaient nos sacs et nos trousses. Mollard Boy les a toutes empochées avec un sourire de triomphe. Avant de partir, il a pris soin de détruire entièrement notre circuit, puis il s'est approché de moi et a enfoncé un genou dans ma poitrine, comme il l'a fait des années plus tard, par une nuit pluvieuse. J'ai hurlé de douleur. Il a empoigné mon cou. J'ai cru qu'il allait m'étrangler. Mais il ne l'a pas fait. Il s'est contenté de se pencher sur mon visage, et d'y déposer un mollard d'une taille colossale. Puis il s'est relevé, a ricané un dernier coup et s'est éloigné en sifflotant.

Fin de l'anecdote ? Non, pas tout à fait. Deux ou trois jours plus tard, par une magnifique journée d'automne, j'ai enfin osé ressortir de chez moi. Je suis allé sonner chez Will et nous sommes retournés dans le petit bois où se trouvait la Sablière. C'était peut-être une façon pour nous de nous réapproprier les lieux après ce traumatisme. Là-bas, je suis resté assis dans le sable quelques minutes à ruminer sur notre mésaventure, lorsque Will, qui s'était éloigné, m'a appelé. Je l'ai rejoint au bord de l'étang baigné de soleil.

– Regarde ça...

Tout près de la berge, sur le fond sableux, s'étalait une petite mosaïque de couleurs vives et scintillantes. Nos billes... toutes nos billes. Il les avait jetées, là, à quelques mètres de la Sablière. Nous les avons récupérées, ce qui nous a valu d'être trempés, puis nous avons décidé de prévenir nos amis et de rendre chaque bille à son propriétaire, parce que nous étions des types bien. Sur le coup, j'étais bien content d'avoir retrouvé les billes. Mais plus tard, je me suis dit que j'aurais préféré ne pas les retrouver. Michaël Beuldecke s'était débarrassé de son butin, parce que ce butin ne l'intéressait pas. Il nous l'avait pris juste pour le plaisir de faire mal. Finalement, c'est ce qui me terrifiait le plus chez lui.

La seconde anecdote remonte à mes dix ans, peu de temps avant que Beuldecke ne quitte la Marquèse. Je sortais juste de la boulangerie. J'avais enfourché mon vélo et m'apprêtais à m'élancer, à dévaler la rue principale pour rentrer à la maison. J'étais plutôt grand pour mon âge, et mon vélo avait presque la taille d'un vélo pour adulte. Une main s'est posée sur mon épaule. C'était lui, Mollard Boy. Il ne portait plus le duvet de moustache.

Il se rasait, désormais. Ses pommettes étaient hautes et de petites fossettes avaient fait leur apparition de chaque côté de sa bouche. Il m'a demandé si je pouvais lui prêter mon vélo, là, tout de suite. Il ne me l'a pas ordonné, il a demandé, presque poliment ; il a même inclus un « s'te plaît ». Mais je savais que s'il montait sur mon vélo, c'était les ennuis assurés. Il ne voudrait plus en descendre, ne le rendrait peut-être même pas. Je lui ai répondu que je ne pouvais pas, qu'il fallait que je rentre, et la pression de sa main sur mon épaule s'est accentuée. Il a insisté. Il n'y avait plus de « s'te plaît » cette fois. J'étais coincé, fait comme un rat. À moins que... d'un coup d'épaule, je me suis dégagé brutalement de son emprise et je me suis élancé comme un furieux sur la route. Je n'ai pas réfléchi. La seule chose que je savais, c'est que la descente jouait en ma faveur. Je pouvais accélérer très fort et vite, ce que j'ai fait, pour le distancer dans les premiers mètres. Il ne m'a pas rattrapé. Je ne sais même pas s'il m'a couru après, je ne me suis pas retourné.

Je ne l'ai pas recroisé dans les jours qui ont suivi et j'ai presque oublié cette mésaventure. Mais deux ou trois semaines plus tard, j'ai passé une partie du samedi après-midi chez Marcelin. J'avais garé mon vélo devant sa maison. Lorsque j'en suis ressorti, les deux pneus étaient crevés. Il y avait un énorme mollard vert sur la selle. Il aurait pu le voler, mais il ne l'a pas fait. Le vélo en soi ne lui importait pas plus que les billes. Bien évidemment, mon père est allé voir le maire pour se plaindre, de ce

« petit voyou », de « cette ordure de Beuldecke » et de « ses parents timbrés » (il s'agit ici de la version polie). Mais tout ce bruit n'a pas eu beaucoup d'effet, et je ne pense pas qu'il soit remonté jusqu'aux oreilles de Mollard Boy.

Cet épisode m'avait beaucoup affecté. Je bouillais intérieurement et un mélange de rage, de frustration et de crainte faisait frémir mes entrailles. Il me semblait que désormais, je n'étais plus un gamin anonyme parmi une foule de gamins, pour Beuldecke. Il avait reconnu le vélo, s'en était souvenu des semaines après que j'avais refusé de le lui prêter. J'étais dans le collimateur de Mollard Boy, et c'était inquiétant. Mais mon angoisse a été de courte durée.

Quelques jours plus tard, un incendie a ravagé une bonne partie de l'école du village. Un employé de mairie, qui se trouvait à l'intérieur lorsque le feu est parti, a été gravement intoxiqué par les fumées. Il est resté trois semaines à l'hôpital. Les gendarmes qui ont mené l'enquête ont découvert que l'incendie avait été allumé volontairement, à l'aide d'une petite botte de paille imprégnée de white-spirit et déposée dans le bureau de l'instituteur. L'épicier de la Marquèse, qui disposait d'un impressionnant stock de produits divers et variés, n'avait vendu qu'un flacon de white-spirit au cours des six derniers mois. Mais il se trouvait que cette transaction avait eu lieu le jour même de l'incendie, et l'acheteur était un certain Michaël Beuldecke.

Mollard Boy a disparu du jour au lendemain, et je ne l'ai plus revu, jusqu'à la nuit de l'attaque du square. Sam m'a raconté qu'après l'histoire de l'incendie, Beuldecke a été envoyé à Issymes, dans une maison pour adolescents « difficiles ». Puis, suite à quelque écart de comportement, il a été placé dans un autre établissement plus sécurisé, puis dans un troisième. De fil en aiguille, il a fini par se retrouver dans une vraie prison.

**

Je me suis réveillé tard le lendemain de l'attaque (un samedi), l'esprit encore encombré des émotions de la veille. J'ai écouté un instant le murmure de la pluie sur ma gouttière en contemplant le large trait de lumière grisâtre qui se faufilait entre les rideaux de ma chambre. Le rayon courait jusqu'au mur du fond, où s'étalait le poster des quatre musiciens. Seul l'un d'entre eux, Paul, était éclairé. Il souriait comme un enfant dans l'automne londonien.

Je ne parvenais pas à réaliser que ce type nous avait attaqués si violemment, juste là, à quelques centaines de mètres de chez moi. Je me suis levé et me suis dirigé vers la salle de bains. Il me fallait une bonne douche. Je me suis déshabillé, je suis entré dans la cabine et j'ai ouvert le robinet. J'ai placé ma tête sous le jet et ai laissé l'eau s'écouler le long de mon corps, comme une multitude de petits ruisseaux brûlants. J'ai fermé les yeux. Je n'entendais rien d'autre que le bruit de l'eau sur la faïence, qui ressemblait au son de la pluie sur les graviers du square. Je ne voyais rien d'autre que les ténèbres dans les yeux de Michaël Beuldecke. *Arrête*, me suis-je dit. *Ça ne sert à rien. Oublie-le. C'est un fou. Il frappe au hasard.* J'ai poussé un profond soupir. Les ténèbres se sont évaporées. N'a subsisté que le son de l'eau. Mais en tendant l'oreille, je me suis aperçu qu'il y avait une petite mélodie derrière la pluie. J'ai ouvert les yeux. La brume n'en finissait pas de monter. Cette musique, c'était une sonnerie de téléphone que je n'avais jamais entendue auparavant. Je me suis précipité sur le carrelage glissant. C'était le portable, dans la poche de mon pantalon qui gisait sur une chaise à côté du lavabo. Évidemment, ce qui devait arriver est arrivé. Je me suis vautré en tentant de l'attraper. Ma main s'est refermée sur l'une des jambes du pantalon tandis que mes pieds dérapaient vers l'arrière. Le petit téléphone a jailli de la poche et est tombé sur le sol. J'ai juste eu le temps d'apercevoir les lettres vertes sur le cadran avant que ma tête ne heurte le lavabo : *IHAW*.

Je me suis retrouvé nu, couché sur le sol froid, avec une bosse sur le front. Par la porte coulissante, la douche continuait à cracher sa brume. Je me suis relevé en grognant, j'ai coupé l'eau et ramassé le téléphone. Le clavier s'était verrouillé à nouveau. Lorsque j'ai appuyé sur un bouton, j'ai uniquement pu lire une notification :

1 appel non répondu

IHAW ? Qu'est-ce que ça voulait dire ? Je n'étais même pas certain d'avoir lu ça.

J'ai passé le reste de la journée et la suivante à faire mes devoirs, à écouter de la musique et à regarder la télé, tandis que dehors la pluie n'en finissait pas de tomber. Je gardais le téléphone dans ma poche ou à portée de main au cas où il sonnerait à nouveau. Le dimanche, vers dix-huit heures, alors que je sommeillais à moitié sur le canapé, un bref signal a retenti. J'ai plongé la main dans ma poche et en ai sorti l'appareil, mais je n'ai pas eu le temps d'intégrer ce qui était écrit. C'était un SMS incompréhensible dont je n'ai reconnu aucun mot. Le message a disparu.

1 appel non répondu

1 message non lu

**

Le lendemain, j'ai pris le car très tôt pour me rendre au collège. Aucun de mes amis n'était là. Nous n'étions pas dans les mêmes classes et ils débutaient leurs cours plus tard dans la matinée. À la pause de dix heures trente, à l'issue de deux heures de mathématiques qui avaient empiété sur la récré, je me suis rendu dans la cour pour retrouver Marcelin, Léa et Will. Tandis que je passais à côté du grand préau, j'ai aperçu la fille. La fille aux lunettes cassées (dont les lunettes n'étaient plus cassées). Nous habitions le même village, fréquentions le même collège, mais c'était la première fois que je la remarquais dans cette cour de récré. Je me suis approché d'elle. Elle était seule, assise sur un banc. Elle lisait un cours ou un livre. Je l'ai observée quelques instants, mais je n'ai pas osé m'avancer davantage. Parce que je ne savais pas trop quoi lui dire. La sonnerie stridente qui marquait la fin de la pause a retenti. Il était trop tard pour tenter de retrouver les autres. J'ai filé en classe d'espagnol.

Pendant le cours, alors que nous étions plongés dans une passionnante explication de texte portant sur la fabrication artisanale des *jarapas* de Níjar, ma poche a vibré et le signal discret de la messagerie s'est fait entendre. J'ai dégainé le téléphone et me suis mis à recopier aussi vite que je le pouvais ce qui était écrit sur l'écran, lorsqu'une voix a tonné, juste derrière moi.

– *¿Qué estás haciendo Tomás?*

Je me suis retourné précipitamment. La prof s'est saisie de mon cahier et a examiné le texte que je venais de recopier. Ouf, elle n'avait pas vu le téléphone.

– *¿Estás seguro de que no te equivocaste de idioma?* a-t-elle demandé sur un ton un peu narquois en reposant le cahier.

– *Lo siento, señora Sánchez*, ai-je bafouillé.

Elle s'est éloignée et a repris la leçon. Mon regard s'est posé sur les mots que je venais d'écrire.

Ich kann dich nicht erreichen. Ruf mich an.

**

À la pause déjeuner, j'ai enfin trouvé Will, Léa et Marcelin dans le réfectoire, à notre table habituelle. Je leur ai tout raconté et leur ai montré le message. J'étais presque sûr que c'était de l'allemand, et il se trouvait que Marcelin et Léa faisaient tous les deux de l'allemand. Léa a posé ses yeux sur le texte.

– Ça signifie : « Je n'arrive pas à te joindre, appelle-moi », a-t-elle dit sans hésitation.

– Ouais, a confirmé Marcelin.

– Peut-être que le téléphone appartient à un policier allemand ?

Je leur ai aussi montré le mot que j'avais cru lire en me vautrant dans la salle de bains : *IHAW*.

– Ça ne veut rien dire, je crois, a dit Marcelin.

– Peut-être que c'est le nom de quelqu'un ? a suggéré Will.

– Oui, le nom de celui qui appelait.

Marcelin s'est approché et a saisi la feuille.

– Et si tu l'avais lu dans le mauvais sens ? a-t-il demandé en la retournant.

– Ça fait « MUHI ». Mais j'ai pu me tromper dans les lettres de toute façon.

Léa a pris la feuille à son tour.

– *Mutti*… a-t-elle murmuré.

**

Après le dernier cours de la journée (histoire-géo), j'ai pris le car pour rentrer à la maison. Toute la soirée, j'ai gardé en permanence le téléphone sur moi, ainsi qu'un papier et un stylo, pour être prêt à noter un éventuel nouveau message. Mon attente a été récompensée vers vingt-deux heures. Je lisais tranquillement une BD de *Viperman* dans mon lit lorsque la petite sonnerie de la messagerie a retenti. Je n'ai pas eu besoin de traduction, cette fois-ci. Tout s'éclairait enfin.

Bitte ruf mich an, Annie

**

Le lendemain, à la pause de dix heures trente, je me suis rué hors de la salle de TP de chimie et j'ai filé dans la cour de récréation. Elle était là, sur son banc, avec son bouquin. Je me suis planté devant elle. Elle a levé les yeux et l'espace d'un instant, elle n'a pas semblé me reconnaître. Puis un vague sourire a éclairé timidement son visage.

– Salut, a-t-elle dit.

– Salut, tu t'es remise de tes émotions du week-end ?

– Oui, a-t-elle murmuré. Et toi ?

Je n'ai pas répondu et j'ai mis fin aux amabilités.

– Pourquoi tu nous as suivis dans la vieille cave, sur le chantier, vendredi soir ?

Son sourire forcé a disparu. Elle a rouvert son livre et s'est replongée dedans comme si je n'existais plus.

– Je ne vous ai pas suivis, a-t-elle finalement lâché, comme pour clore la conversation.

J'ai sorti le téléphone de ma poche et le lui ai tendu.

– Ta maman cherche à te joindre depuis trois jours. Tu devrais l'appeler. Tu as perdu ça lorsque tu nous espionnais dans la cave.

Elle a soupiré et a pris le téléphone.

– OK, j'étais là, mais je ne vous espionnais pas. Et je ne vous ai pas suivis.

– Hum... difficile à croire... Qu'est-ce que tu faisais là en pleine nuit, toute seule ?

– Je te raconte tout, si toi tu m'expliques ce que *vous* vous faisiez, et pourquoi ton copain qui est en fauteuil roulant depuis des années s'est subitement remis à marcher.

À cet instant, la fin de la pause matinale a sonné. J'ai levé les yeux vers le ciel gris.

– D'accord, ai-je murmuré. Rendez-vous à la cantine, dernière table au fond près de la fontaine à eau. Midi quarante-cinq pétant.

**

Nous étions déjà tous installés lorsque Annie est arrivée avec son plateau en mains, pile à l'heure. Elle s'est assise à côté de Léa et s'est mise à picorer ses carottes râpées sans un mot. J'ai jeté un œil à mes amis qui semblaient à la fois amusés et intrigués. Une fois ses carottes terminées, elle a repoussé le petit bol vers le fond de son plateau et a approché d'elle la grande assiette qui contenait du riz et du poisson pané.

– Je vous écoute, a-t-elle lâché sans lever le nez.

J'ai regardé tour à tour chacun de mes amis dont les visages étaient chargés de défiance. Will avait les sourcils aussi froncés qu'un samouraï de cartoon.

– Pourquoi est-ce qu'on devrait te faire confiance ? ai-je murmuré.

– C'est à toi de décider, a-t-elle répliqué. Je sais que vous avez trouvé un coffre noir. Je crois savoir de quoi il s'agit, et moi aussi je veux comprendre ce qu'il peut faire. Je ne veux pas vous le voler. D'ailleurs, il n'est pas à vous, et puis si j'avais voulu me l'approprier, je n'avais qu'à retourner dans cette cave la nuit dernière et le prendre.

– Dis-lui ce que nous savons, Tom, a soupiré Léa.

Alors, je lui ai raconté notre aventure dans les moindres détails. Lorsque j'ai posé le point final de mon récit, elle avait terminé ses deux clémentines depuis belle lurette. Elle a enfin levé les yeux vers nous.

– Ce coffre, a-t-elle dit, je crois que c'est l'Altus.

– Qu'est-ce que c'est, l'Altus ? ai-je demandé.

– Je ne sais pas vraiment, en fait... c'est un truc dont parlent les livres, dans la bibliothèque de mon père.

– La bibliothèque de ton père ?

– À la maison, il y a une grande bibliothèque, remplie de livres très anciens. Aussi anciens que la maison elle-même, qui est la plus vieille maison de la Marquèse.

– Quel rapport avec la cave abandonnée ?

– Autrefois, la cave et la maison qui la surplombait faisaient partie du domaine d'Adhémar, un ancêtre de mon père. Puis, il y a plus de cent cinquante ans, la bâtisse a été détruite et on a planté des vergers à la place. Mais la cave, qui a résisté au temps, est à nouveau accessible grâce au chantier de la mine.

– Alors tu n'as pas trouvé la cave par hasard ?

– Non, elle figurait sur une carte, dans l'un des livres de notre bibliothèque. La présence du coffre y était également mentionnée, mais ça ne disait pas ce qu'il y a à l'intérieur...

– C'était la première fois que tu t'aventurais sur le chantier ?

– Oui... je voulais y aller depuis longtemps, mais je n'osais pas. Vendredi dernier, j'ai profité de l'absence de ma mère pour sauter le pas... Je suis sortie à la nuit tombée, pour éviter d'être vue. Ma mère est interprète, à la Commission européenne. Elle s'absente souvent pour plusieurs jours.

– Et ton père ?

Elle n'a pas répondu et s'est levée.

– Il faut que je retourne en cours.

– Attends, Annie, ai-je insisté. Tu crois que tu peux nous aider à comprendre comment fonctionne ce...

– L'Altus, a complété Annie en s'éloignant.

Elle est sortie de la cantine. Nous nous sommes regardés longuement sans dire un mot.

– Vous croyez qu'elle dit la vérité ? a demandé Will.

– Oui, ai-je répondu.

– Le coffre ne s'ouvre pas, a ajouté Léa, et nous avons tout essayé... Si nous voulons nous en servir à nouveau, ou simplement comprendre de quoi il s'agit, elle est notre meilleure chance.

Une fois notre déjeuner terminé, nous avons rangé nos plateaux et quitté le réfectoire. Lorsque j'ai ouvert la porte qui donnait sur la cour, je me suis retrouvé nez à nez avec Annie. Elle semblait nous attendre.

– Eh bien, tu n'es pas allée en cours ?

– Non, a-t-elle dit, mon cours ne commence qu'à quatorze heures, mais je... j'étouffais un peu là-dedans.

– À cause de la cantine, de la nourriture, ou de nous ?

Elle n'a pas répondu et est demeurée silencieuse quelques instants en contemplant les nuages bas qui effleuraient les sommets des cubes de béton. Il commençait à pleuvoir.

– Oui, a-t-elle murmuré.

– Oui ?... C'est à cause de nous ?

– Oui, je peux vous aider à comprendre l'Altus.

– Bien ! s'est exclamée Léa. Comment fait-on ?

– Vous savez où j'habite, a répondu Annie. Alors rendez-vous chez moi ce soir, après les cours. Ma mère ne sera pas rentrée.

Elle a relevé son col, tourné les talons et s'est éloignée.

– Dix-huit heures quinze pétantes, a-t-elle lancé pardessus son épaule.

**

C'est fou comme le monde peut ressembler à une terre inconnue lorsque l'on change de point de vue, même un tout petit peu. Je n'avais jamais mis les pieds sur cette allée aux dalles de grès branlantes encombrées de prêles.

Au bord du chemin, une armée de glycine envahissait la pergola du jardin. Des racines rampaient dans l'herbe humide du printemps. Un manoir aux tours pointues se dressait devant nous comme un géant. Le lierre courait sur ses murs de briques. Sous l'immense auvent, la terrasse de lattes, jonchée de pots de plantes renversés, de bêches et de râteaux, était plongée dans l'ombre. Avant de m'engager sur le petit escalier qui menait à l'entrée, j'ai jeté un coup d'œil à Marcelin, Will et Léa. Ils semblaient découvrir ce lieu étrange avec une petite pointe d'angoisse, tout comme moi. Pourtant, nous le connaissions, ce manoir. Nous passions devant presque tous les jours. Depuis la rue, il n'était qu'une bâtisse parmi les autres, peut-être un peu plus grande, un peu plus saillante. Un élément familier du décor.

Lorsque nous sommes parvenus sur le perron, des bruits de verrous se sont fait entendre de l'autre côté du battant, puis la grande porte s'est ouverte en grinçant. C'était un grincement terrible, sinistre. J'ai serré les dents. La tête d'Annie est apparue dans l'embrasure.

– Allez, entrez, a-t-elle lancé. Ne restez pas là. Il n'y a pas de fantôme.

Elle a refermé le battant derrière nous. Le grincement était encore pire dans ce sens.

– Il faut que l'on graisse cette maudite porte, a-t-elle râlé en poussant soigneusement les trois verrous.

L'intérieur du manoir était parfaitement fidèle à l'idée que l'on pouvait s'en faire depuis le jardin. Dans l'entrée, la faible lueur des lampes murales se reflétait contre le sol de marbre froid. Sur les murs, des voiles de velours rouge foncé montaient jusqu'au plafond mouluré de plâtre jauni. Mais l'élément le plus remarquable demeurait l'escalier tournant et son garde-corps de bois massif ouvragé, autour duquel la bâtisse semblait construite. À chaque instant, je m'attendais à apercevoir la Chose tout droit sortie de *La Famille Addams* déambuler sur la main courante.

– Le mobilier est un peu daté, je sais, mais ne vous inquiétez pas pour moi, il y a quand même l'électricité, l'eau chaude et le Wi-Fi, a déclaré Annie pour répondre à une question que personne n'avait posée.

La cuisine était vraiment chouette, avec ses tomettes, sa grande table en chêne, ses rangées de casseroles de cuivre pendues au mur, son fourneau, son poêle à bois, et tous ses tableaux accrochés, des peintures à l'huile représentant des aliments et des scènes de chasse. Le salon était la pièce la moins typique d'un manoir hanté, peut-être à cause de la télé à écran plat qui couvrait la moitié d'un mur. Annie nous a menés au premier étage, desservi par un grand couloir. Nous avons avancé sur le parquet grinçant jusqu'à la pièce du fond.

– Voici la bibliothèque de mon père...

J'ai pénétré dans la salle aux boiseries fines encombrée de bureaux, de chaises et de fauteuils habillés de velours vert. Les étagères de livres couvraient tous les murs jusqu'au plafond, à l'exception de quelques trouées aménagées pour la porte, la fenêtre, les radiateurs et la vieille cheminée. De petits lustres diffusaient une lueur chaude qui faisait briller les reliures.

– Il n'y a pas l'air d'y avoir beaucoup de BD ?... a remarqué Will.

– Non, pas de bandes dessinées, a répondu Annie. Il y a surtout de la littérature classique, des encyclopédies, des atlas, des livres d'art...

Elle s'est approchée de la cheminée, au fond de la pièce. À côté du conduit s'alignaient des dizaines d'ouvrages épais reliés de cuir. Sur la tranche de chacun d'eux étaient inscrites trois lettres : *F. O. A.*

– Les mêmes lettres que dans la cave, a murmuré Léa.

– « F. O. A. », c'est François d'Odon Adhémar, l'ancêtre de mon père, a expliqué Annie. Tous ces livres sont liés à l'histoire de la famille, de la demeure. J'ai commencé à m'intéresser à eux il y a quelques semaines seulement.

– Pourquoi ? a demandé Will.

– Parce que j'avais fini de lire tous les autres livres.

– Et ceux de la bibliothèque municipale ?

– Je les ai tous lus également.

– Et ceux du CDI au collège ?

– Finis aussi...

– Si tu n'as plus rien à lire, je te prêterai mes BD, a proposé Will.

Elle a souri. C'était son premier vrai sourire.

– Ces livres « *F. O. A.* » ne sont pas très faciles à lire, ni vraiment passionnants. C'est écrit à la main, dans un mélange de vieux français, de latin et de chais pas quoi... Mais deux choses ont attiré mon attention. La première, c'est cette carte...

Annie s'est approchée d'un grand bureau en chêne sur lequel étaient posés deux ou trois grimoires, quelques feuilles, des crayons et un ordinateur portable. Elle a ouvert l'un des livres et nous a montré la carte, dessinée à la main, sur le papier jauni.

– J'ai compris ce qu'elle représentait grâce aux étangs jumeaux, tout en haut. J'ai reconnu tout de suite leur forme bien particulière, et puis le ru et la rivière, qui dessinent une fourche ici... On peut aussi voir le manoir, au centre, entouré de quelques bâtisses, dont l'église, et là, la maison détruite autrefois occupée par le gardien du domaine d'Adhémar. En superposant la vieille carte avec une photo satellite récupérée sur Internet, j'ai pu déterminer l'emplacement de la maison, en plein sur le chantier de la mine... C'est pour ça que je me suis rendue là-bas...

– Cool, a murmuré Marcelin. Et quelle est l'autre chose qui a retenu ton attention ?

– C'est l'Altus, ici... La carte indique qu'il se trouve dans la maison du gardien du domaine. Et plus loin, on en trouve une description plus détaillée.

Elle a tourné quelques pages et nous a montré une gravure réalisée à l'encre de Chine. Elle représentait le petit coffre noir.

– C'est lui, c'est sûr, c'est notre coffre ! s'est exclamé Will.

– Il est désigné sous ce nom, « Altus », ou parfois juste appelé « la Boiste ». Mais je n'ai pas trouvé d'informations sur son rôle, ou sur la façon dont il fonctionne, comment il s'ouvre, d'où il vient… Je n'ai lu que trois ou quatre livres, et il y en a cinquante. Ce que je sais, c'est que ces ouvrages traitent de l'Altus comme s'il était formidablement important, comme s'il avait… des pouvoirs…

– D'après ce que nous savons, ai-je dit, l'Altus a le pouvoir de guérison.

– Peut-être qu'il exauce les souhaits, a proposé Léa.

– Mais je n'ai pas fait de souhait en l'ouvrant, a noté Marcelin.

– Ou les rêves, a soufflé Will.

Annie a refermé son grimoire.

– Quand avez-vous trouvé la cave abandonnée et ouvert le coffre ?

– C'était le onze avril, ai-je dit. Un peu avant minuit… ou le douze, un peu après minuit…

– Je vais lire tous les livres, a-t-elle murmuré. Je finirai bien par comprendre…

**

Le lendemain, un mercredi, je n'avais aucun cours. Léa, qui n'avait pas non plus de cours le matin, avait proposé de m'aider à réviser la biologie, matière dans laquelle mes compétences étaient fort limitées. Je suis donc passé chez elle vers dix heures. Sa mère m'a accueilli et m'a conduit jusqu'à l'entrée de la grande véranda donnant sur le jardin, du côté de la rue, où Léa avait aménagé une sorte de bureau vraiment chouette. Mon amie était déjà installée devant son ordinateur avec une tasse de thé. Un sourire exquis a illuminé son visage lorsqu'elle m'a aperçu.

Nous avons travaillé pendant plus d'une heure sur la structure et les fonctions des cellules vivantes. Je ne pourrais pas affirmer que j'ai tout retenu et tout assimilé, mais j'ai au moins compris que les organismes sont généralement constitués de plein de cellules, et qu'une cellule est un truc souvent tout petit (mais pas toujours) avec un noyau et une membrane externe. À la fin de la leçon, j'ai levé les yeux vers Léa.

– Une cellule, c'est un peu comme une pêche, en somme, ai-je dit : ronde avec une peau autour et un noyau dedans...

– Euh, oui, a-t-elle répondu, mais il y a des cellules de toutes les formes, et...

– Comme les pêches : il y a aussi des pêches plates, des pêches de vignes, des pêches melba, des...

Elle a souri, mais n'a pas eu le temps de répondre. Sa mère est entrée dans la véranda, une lettre à la main.

– Du courrier pour toi, Léa...

Léa a ouvert l'enveloppe. Ses doigts tremblaient un peu. Elle a sorti la lettre et l'a parcourue des yeux. Son regard s'est assombri aussitôt. Il m'a semblé que dans la grande véranda, la température chutait, jusqu'à devenir glaciale. Je n'ai pas osé dire un mot et j'ai fixé la rue, que je pouvais contempler au-delà d'une vitre, de quelques mètres de jardin et d'un pommier. Des silhouettes courbées traînant des cabas à roulettes défilaient derrière la haie. C'était jour de marché. Comme Léa demeurait silencieuse, j'ai finalement osé lui demander :

– Ça va, Léa ?...

– Ils ne m'ont pas prise, a-t-elle murmuré d'une voix sinistre.

– Le zoo ? Le zoo de Lamuyre...

– Oui. Encore raté.

Ses yeux brillaient. Elle s'est tournée vers le mur, là où il n'y avait absolument rien à regarder (à part un mur), comme si elle voulait se cacher. Elle avait un crayon de papier dans les cheveux, qui maintenait son chignon. La courbe délicate de sa nuque se perdait dans la capuche rose pâle de son gilet. J'ai tenté maladroitement de lui remonter le moral.

– On est trop jeunes pour ce genre de stage... Ne t'inquiète pas pour ça, ils te prendront l'année prochaine.

Elle m'a souri tristement.

– Oui...

**

J'ai quitté Léa vers onze heures et demie, mais avant de rentrer à la maison pour le déjeuner, j'ai fait un crochet par l'église pour passer voir Sam. Je venais de réaliser que je ne l'avais pas remercié pour son intervention au square. Je n'arrivais pas à oublier cette agression terrifiante.

La seule chose qui me rassurait, c'était que personne n'avait revu Mollard Boy depuis le fameux soir. Peut-être était-il reparti...

Après l'église, je me suis engouffré dans l'allée pavée. Sam était assis devant son repaire, comme à son habitude. Je me suis approché de lui.

– Qu'est-ce que c'est que ce truc ? lui ai-je lancé en guise de salut.

– Ça ? C'est ma charrette. Elle est prête !

– Mais non, cette bouillasse horrible qui sort de ton radiocassette...

– Ah... oui, il est détraqué. Le son est pire que jamais. Je crois que les haut-parleurs ont pris l'eau, la semaine dernière.

Je me suis agenouillé près du poste. En prêtant l'oreille, derrière le chuintement pénible, on pouvait reconnaître une voix, celle de John Fogerty, qui semblait chanter depuis le fond d'un puits avec une bonne douzaine de patates chaudes dans la bouche. Il expliquait qu'un astre mauvais se levait. Dans son sillage viendraient les ouragans, les éclairs, les tremblements de terre et tout un tas de trucs terribles. Je le savais parce que je connaissais la chanson par cœur. Je me suis redressé et me suis assis à côté de Sam.

– Sam, je voulais te remercier, pour l'autre soir, je...

– Booaff, a-t-il sifflé, t'inquiète...

Mon regard s'est posé sur la petite charrette. Effectivement, elle semblait prête à fonctionner, désormais. Elle était pleine de sacs contenant je ne sais quoi, de boîtes en plastique et de vieilles valises.

– Tu ne vas pas partir maintenant, Sam ? lui ai-je demandé d'une petite voix où pointaient le reproche et l'inquiétude. Tu m'as dit l'autre jour que tu avais encore du temps pour trouver une solution...

– Regarde, a-t-il dit en se levant.

Il a contourné la cabane et s'est avancé sur le carré d'herbe ceinturé par trois maisons de pierre qui lui tenait lieu de jardin. Les quelques déchets qui encombraient jadis le terrain avaient été évacués. Le seul « arbre », un grand prunellier tordu, gisait sur le sol, coupé net à la base du tronc. Au milieu de l'herbe fraîchement tondue, de petits poteaux jaunes régulièrement espacés avaient fait leur apparition.

– Les jardiniers ont coupé l'arbuste et tondu la pelouse il y a quatre ou cinq jours. Le géomètre est passé le lendemain pour faire des relevés. Dans deux ou trois semaines, ils commenceront les fondations. Ils arracheront la souche et raseront mon repaire.

Je me suis avancé à petits pas à travers la pelouse rase. Il m'a semblé soudain avoir revêtu un manteau de plomb qui m'écrasait les épaules, me comprimait la poitrine et le ventre.

– Non, ai-je chuchoté tout bas.

Je me suis tourné vers lui. Sa barbe en désordre brillait dans le soleil acide. Ses yeux tristes et résignés fixaient un point invisible par-dessus la ligne des toits. Je ne savais que dire. Alors je lui ai parlé de la seule chose dont j'avais envie de parler.

– Ce soir-là, lorsque tu nous as trouvés dans le square, nous revenions du chantier de la mine, ai-je murmuré.

– Qu'est-ce que vous faisiez là-bas à cette heure ? C'est dangereux de sortir en pleine nuit.

– Toi aussi, tu sors en pleine nuit tout le temps.

– Moi, c'est différent...

– Sam, on a trouvé un truc dément, là-bas...

* *

Je lui ai tout raconté.

Je ne saurais dire s'il m'a cru. Son regard est resté suspendu dans le vide tandis que je parlais. Ensuite, je suis rentré à la maison et j'ai déjeuné avec mes parents, puis j'ai passé l'après-midi à faire mes devoirs et à jouer aux jeux vidéo. Un cahier dans une main, une manette dans l'autre. Vers dix-sept heures, j'ai reçu un SMS de la part d'Annie.

Tu es vraiment sûr que c'était le soir du 11 avril ?

Pourquoi me demandait-elle ça, quelle importance ? Oui, c'était le onze, j'en étais presque sûr... J'ai saisi mon agenda pour vérifier, j'ai tourné les pages en vitesse, d'une seule main (l'autre tenait toujours la manette de la console – j'étais en pleine partie de *Dracula à Zombieland*). Mercredi dix, jeudi onze, vendredi douze. Oups, je m'étais trompé, c'était le vendredi, le soir des vacances. Douze avril. J'ai attrapé mon téléphone sans lâcher la manette.

Non, c'était le soir du 12. Me suis trompé. Pourquoi ?

J'ai posé le téléphone et j'ai repris mes activités. Quelques minutes plus tard, lorsque mon portable a sonné de nouveau et que l'écran tactile s'est illuminé, j'ai posé la manette pour de bon sans prendre le temps de mettre le jeu en pause. Une horde de zombies s'est jetée sur Dracula, sonnant le glas de ma partie. Je n'y ai pas pris garde.

Le 12 c'était la pleine lune

CHAPITRE 3.

COMPASSION POUR LE DIABLE

J'ai levé les yeux vers l'écran de la télé. Dracula n'était plus qu'un amas de chairs broyées. Une espèce de steak haché de vampire. Mais après tout, ce n'était pas si grave ; il paraît que les vampires sont immortels. Par-dessus l'image de sa dépouille informe gisant au fond d'une ruelle sombre encombrée de poubelles, de rats et de vieux cartons, le statut de ma partie s'affichait en grosses lettres dégoulinantes de sang : *Game Over*. J'ai éteint la console et je me suis replongé dans mon agenda. J'ai tourné fébrilement les pages en partant de celle du vendredi douze avril à la recherche du petit symbole qui m'indiquerait la prochaine pleine lune. Je me suis arrêté à la page du onze mai. Samedi, dans trois jours.

**

Le lendemain au collège, nous nous sommes retrouvés dans la cour à la pause du matin. Annie avait lu trois livres supplémentaires. L'essentiel de ce qu'elle en avait tiré se résumait à deux simples et courtes phrases : (1) L'Altus ne pouvait être ouvert qu'à la pleine lune, le sommet du cycle ; (2) il ne pouvait s'ouvrir qu'une fois par cycle.

Chacun de nous a dû batailler ferme avec les parents pour se rendre disponible le samedi soir suivant. Mais nous y sommes tous parvenus. Notre groupe serait au complet : Léa, Marcelin, Will, Annie et moi.

Le grand soir, j'ai quitté la maison vers vingt heures trente. Nous avions convenu de nous retrouver assez tôt à l'entrée du chenal, pour être sûrs d'être de retour avant minuit, ce qui était un gage de prudence vis-à-vis de futures permissions de sortie éventuelles. J'étais parti en avance, parce que j'avais quelque chose à faire, avant. J'ai pris la direction du centre du village. Le soleil ne s'était pas encore couché, mais la lune dessinait déjà un rond parfait dans le ciel bleu où s'étiraient quelques voiles paresseux. Je me suis engouffré dans cette minuscule ruelle qui m'était si familière et j'ai marché jusqu'au repaire de Sam. Il était là, assis sur son éternelle caisse en bois. L'une de ses mains tenait une bouteille de vin presque pleine. L'autre pendait un peu mollement entre ses genoux. Une deuxième bouteille, vide, gisait sur les pavés. Des dizaines de rectangles blancs et immobiles flottaient derrière mon ami, à l'entrée de la cabane. Je me suis approché. Il s'agissait de cartes à jouer, qui avaient été suspendues sur un fil à linge à l'aide de pinces en plastique.

– Mes cartes ont pris l'eau, a marmonné Sam. Je les fais sécher. Je ne pourrai pas jouer au Solitaire ce soir...

– Elles sont toutes là ? ai-je demandé.

– Non, il en manque une. Devine laquelle...

Je n'ai pas répondu. Les yeux de Sam brillaient un peu trop, me semblait-il. Peut-être que la bouteille vide couchée sur le sol y était pour quelque chose. Soudain, le silence m'a semblé écrasant, troublé seulement, de temps en temps, par le grondement lointain d'une voiture de passage dans la grande rue de la Marquèse. Mon regard s'est posé sur le radiocassette de mon ami. Il était éventré, renversé sur les pavés.

– Tu n'as plus de musique, ai-je dit.

– Il est définitivement hors service, je crois, a-t-il répondu.

– Viens avec moi, Sam. Il faut que tu voies l'Altus. Laisse ta bouteille ici. Tu la retrouveras à ton retour.

À ma grande surprise, il a rebouché la bouteille et l'a posée sur le sol.

– D'accord, mon vieux, a-t-il dit. C'est une belle soirée pour une balade.

**

Un peu avant vingt et une heures, Sam et moi avons quitté le repaire pour nous rendre au lieu du rendez-vous, là où le grillage qui longeait le chantier s'interrompait. Les autres étaient déjà là et m'attendaient en discutant.

Lorsque nous sommes arrivés tous les deux, la conversation s'est soudain arrêtée.

– Tu es venu accompagné ? m'a demandé Annie en regardant Sam d'un air suspicieux.

J'ai réalisé que j'aurais dû leur demander l'autorisation de parler du coffre à Sam et de l'amener avec moi. C'est à cet instant que j'ai compris que l'Altus était notre *secret*, même si nous n'avions jamais utilisé ce mot, même si nous n'avions signé aucun pacte de confidentialité avec notre sang. Personne n'avait parlé du coffre au collège, aux parents, ni à qui que ce soit. Le silence s'était imposé comme une évidence pour chacun de nous. Et moi, j'avais tout révélé à Sam. J'ai tenté de bafouiller quelques explications mais aucun son n'est sorti de ma bouche.

– Je peux partir si vous préférez rester entre vous, a dit Sam tout en faisant mine de tourner les talons.

– Pas question, a protesté Will en s'avançant vers lui. Au fait, Sam, je ne crois pas qu'on t'ait officiellement remercié pour l'autre soir, toi et ton bâton diabolique.

Annie s'est avancée à son tour.

– Oui, merci Sam, je ne sais pas ce qu'il se serait passé sans toi, et sans vous tous.

J'ai jeté un bref coup d'œil à Léa et Marcelin qui fixaient Sam avec une moue d'approbation.

– Maintenant, allons-y, s'est exclamé Will en se mettant en route.

Nous sommes descendus dans la grande tranchée de béton puis nous avons marché jusqu'au cœur du chantier de la mine dans la lumière mourante. Lorsque nous sommes parvenus à la vieille maison détruite, la nuit avait englouti les derniers reliquats du jour. Léa s'est engouffrée dans la cave et en est ressortie quelques instants après avec l'Altus. Nous nous sommes regroupés autour d'elle en silence. Les faisceaux de nos lampes ont convergé vers le petit coffre. Annie a frôlé le couvercle de bois noir du bout des doigts, comme pour en éprouver la réalité.

– Et maintenant, a murmuré Sam, qu'est-ce qu'on fait ?

– L'un ou l'une d'entre nous doit l'ouvrir, a répondu Léa.

– Qui ? ai-je demandé.

Elle a sorti une boîte d'allumettes de sa poche.

– Le sort décidera. On va tirer à la courte paille...

Elle m'a tendu le coffre et a préparé les allumettes.

– Je l'ai déjà ouvert, moi, a dit Marcelin. Je tire une allumette quand même ?

Léa n'a pas répondu, mais lorsqu'elle nous a présenté sa main, six petites têtes rouges dépassaient du creux de son poing fermé.

– Celui qui tire l'allumette cassée ouvrira le coffre, a-t-elle précisé. Qui commence ?

Sans attendre, j'ai saisi une allumette. Longue et entière.

Annie s'est avancée à son tour et en a tiré une. Longue et entière.

J'ai fait signe à Sam de s'approcher. Il ne semblait pas prendre très au sérieux notre petite cérémonie, mais je devinais qu'il s'amusait malgré tout. Lorsqu'il a tiré l'allumette cassée, son petit sourire s'est un peu élargi. Ses yeux ont brillé un peu plus fort.

– OK, a-t-il dit avec une pointe d'ironie dans la voix. Aujourd'hui, c'est mon jour de chance.

Je lui ai tendu le coffre.

– Qu'est-ce que je fais, maintenant ? a-t-il demandé.

– Tu l'ouvres.

– C'est tout ?

J'ai levé les yeux vers la voûte étoilée et sa beauté m'a submergé. Une traînée blanchâtre s'étirait au sud. Par-dessus l'horizon, du côté de la Marquèse, l'astre de la nuit brillait intensément. Sam s'est un peu éloigné de nous et s'est assis sur un tronc couché, au bord de la piste de terre noire. Il a posé le coffre sur ses genoux et l'a ouvert sans attendre, sans hésiter. La lumière qui en a jailli a été si violente que j'ai eu un mouvement de recul. Le visage de mon ami a disparu, l'espace d'un instant, comme si la lueur bleutée avait gommé ses traits. Lorsqu'il a refermé l'Altus, je suis resté aveuglé et hagard quelques secondes. Enfin, nous nous sommes approchés, Léa, Marcelin, Annie, Will et moi. Le sourire un peu narquois de Sam avait disparu. Ses yeux ne brillaient plus de l'éclat de l'alcool. Ils semblaient s'être noyés dans le vide.

– Sam, tu vas bien ?

Il n'a pas réagi.

– Qu'est-ce que tu as vu ? ai-je demandé.

Au bout d'un très long silence, il a répondu à la deuxième question.

– J'ai… j'ai vu le soleil bleu, il tournait sur lui-même, et quand il a disparu, il y avait quelque chose d'autre… Quelque chose que je n'avais jamais vu avant…

Marcelin s'est approché de lui.

– Qu'est-ce que c'était ?

– Je ne sais pas…

– Est-ce que c'était toi ? a insisté mon ami. Tu t'es vu dans le coffre, n'est-ce pas ?

Sam a soupiré profondément, comme pour remettre ses idées en place. Il tremblait un peu.

– Oui, je crois… C'était moi…

– Tu as vu ton visage dans le coffre ? Comme dans un miroir ? lui ai-je demandé.

– Non, pas mon visage, pas mes mains, ni mes pieds… ni rien qui puisse être décrit.

– Ton âme ? est intervenu Will.

– Peut-être que c'était mon âme, ou quelque chose caché tout au fond de mon âme…

– C'est ce que j'ai vu, moi aussi, lorsque je l'ai ouvert, a murmuré Marcelin. L'âme n'a pas de forme ni de couleur, et peut-être qu'elle n'existe même pas… mais quand je l'ai vue, j'ai su que c'était elle…

Sans un mot, Will s'est saisi délicatement du coffre et est retourné dans la cave. Il m'a semblé qu'il le portait comme il aurait porté un nouveau-né. Lorsqu'il est ressorti les mains vides, nous nous sommes dirigés vers le chenal. Sam marchait d'un pas hésitant, comme s'il était ivre, ou comme si un ouragan avait retourné son esprit. Ou peut-être un peu des deux, ai-je pensé.

Lorsque nos chemins se sont séparés, au croisement de la grande rue du quartier nouveau, il n'était que vingt-trois heures. J'ai proposé à Sam de le raccompagner jusqu'au repaire, mais il a refusé. Je n'ai pas insisté et je suis rentré chez moi sous les éclats mêlés des étoiles, de la lune et des réverbères.

**

Le lendemain matin, un dimanche, je me suis réveillé vers dix heures. Mes yeux encore englués de sommeil se sont posés sur mon grand poster caché dans la pénombre. Un seul des quatre musiciens était éclairé. Il s'appelait John. Dans son regard plein de malice, la joie se mêlait à une sorte de détachement, de raillerie. Cette même dérision que j'avais lue dans les yeux de Sam, la veille, lorsqu'il s'apprêtait à ouvrir l'Altus. À cette pensée, je me suis vivement redressé sur mon matelas, puis j'ai bondi hors du lit et je me suis habillé en vitesse. Sans prendre le temps d'avaler un petit déjeuner, je suis sorti de la maison et j'ai foncé vers le repaire de mon ami. Arrivé sur place, je ne l'ai pas trouvé. Rien ne semblait avoir bougé depuis la veille au soir, hormis la bouteille de vin presque pleine, qui gisait désormais, vide, sur les pavés, à côté de sa sœur jumelle. La petite charrette contenant toutes les affaires de Sam patientait toujours au bord de la ruelle.

– Sam ?

Je l'ai appelé à plusieurs reprises, j'ai attendu de longues minutes assis sur la caisse en bois, puis j'ai décidé d'aller voir à l'église et de faire un tour dans le quartier. Sam demeurait introuvable. Je suis finalement rentré à la maison à l'heure du déjeuner.

Le lendemain, au collège, j'ai retrouvé Will, Léa, Marcelin et Annie qui s'inquiétaient également pour Sam. Mais personne ne l'avait vu. Le soir, après les cours, je suis passé au repaire accompagné de Will, mais notre ami n'était pas réapparu. Le mardi, j'y suis retourné. Le curé, que j'ai croisé, m'a déclaré qu'il n'avait pas vu Sam depuis plusieurs jours. Je commençais à être drôlement inquiet.

Le mercredi, je n'avais pas cours l'après-midi. J'ai quitté le collège après le déjeuner pour rentrer à la Marquèse. Je suis descendu à l'arrêt habituel, situé à trois ou quatre cents mètres de chez moi. Lorsque le car s'est remis en route et s'est éloigné, j'ai aperçu une voiture garée sur le trottoir d'en face. Elle me faisait des appels de phares. J'ai traversé et me suis approché du véhicule. La vitre du conducteur s'est abaissée et son visage est apparu. Une onde de surprise et de soulagement m'a parcouru le corps.

– Monte, a dit Sam.

**

Ce n'était pas une limousine, pas un bolide ni un gros 4 × 4 de frimeur, juste une chouette petite voiture qui semblait neuve. J'ai claqué la portière et bouclé ma ceinture. Le poste diffusait une chanson. Un très vieux blues, que j'avais déjà entendu auparavant, mais dont je ne me rappelais pas le titre. Les mots du chanteur jouaient à cache-cache entre les riffs aigus de la guitare. Sa voix était à la fois proche et lointaine. Il me semblait qu'il était là, assis sur la banquette arrière, sa guitare sur les genoux, mais qu'il venait du fond des âges, d'une époque et d'un pays dont il ne restait plus la moindre trace.

– *Dust my broom*, de Robert Johnson, a murmuré Sam. Enregistré en 1936.

Il était vêtu d'un jean, d'un tee-shirt et d'un sweat à capuche que je ne lui avais jamais vus. Je l'ai contemplé. Sa barbe me semblait un peu moins longue et ébouriffée qu'auparavant. Son teint était plus pâle. C'était bien lui, c'était bien Sam, mais quelque chose avait changé dans ses traits, un petit détail que je ne parvenais pas à identifier.

– Le disque était déjà dans le poste, je n'ai touché à rien, a-t-il poursuivi. Vingt-neuf chansons, c'est tout ce qu'il nous reste de ce type. Une vieille légende raconte qu'il a dû vendre son âme au diable pour pouvoir jouer de la guitare de cette façon.

Il a démarré et s'est engagé sur la route du quartier neuf. Nous avons traversé les lotissements, aux axes ponctués de ronds-points surmontés de gazon impeccable, et où les immeubles avaient poussé pour accueillir les chercheurs d'or. Sam s'est garé sur le parking d'une résidence assez coquette. Nous sommes sortis de la voiture et nous avons emprunté une petite allée de bitume sombre bordée de haies de buissons, de jeunes bouleaux et de lampadaires gris. Sam s'est arrêté devant l'Interphone d'un bâtiment de quatre étages et s'est mis à en triturer le clavier.

– Le code était inscrit sur un Post-it que j'ai trouvé dans la poche de mon pantalon, a-t-il murmuré. L'appartement est au quatrième.

Nous avons pris l'ascenseur et traversé un large couloir qui sentait la moquette neuve. Sam a déverrouillé une porte à l'aide d'une carte magnétique. Je l'ai suivi dans le bel et vaste appartement. Dans le salon, une baie vitrée s'ouvrant sur un balcon laissait entrer la lumière du printemps. J'ai contemplé les murs éclatants, les meubles simples et élégants, le style épuré de la décoration. Une basse électrique était adossée au canapé de tissu beige. J'ai noté l'absence de télévision. Sam s'est approché d'une grande commode où était posée une chaîne hi-fi ultra-moderne d'une taille impressionnante. Il a pressé le bouton *Play*. Aussitôt, la musique a jailli à un volume déraisonnable. Elle m'était familière, cette musique, et j'ai souri malgré moi. Les congas, maracas et mille autres percussions résonnaient aux quatre coins de la pièce. Les cris déments semblaient sortir de nulle part et de partout à la fois. Au bout de quelques secondes, le piano est apparu. *S'il vous plaît, permettez-moi de me présenter*, a demandé Mick Jagger.

– Ici aussi, le disque était déjà sur la platine, je n'ai touché à rien, a dit Sam en forçant sa voix pour que je l'entende malgré le vacarme.

– Cette chanson, c'est encore une histoire de diable, non ? ai-je noté.

– Viens par là, a-t-il répondu.

Il m'a conduit dans la chambre, vaste et lumineuse elle aussi, où tout semblait neuf et parfaitement à sa place. Seuls les draps défaits sur le grand lit indiquaient que la pièce avait été utilisée. Ici, le son de la musique était un peu atténué. Sam s'est assis sur le matelas.

– Samedi soir, je suis rentré au repaire, a-t-il commencé. J'ai fini mon vin puis je me suis couché. Je me suis réveillé ici, dans ce lit. Au départ, j'ai été pris d'une espèce de crise de panique. Je ne comprenais pas ce qu'il m'arrivait. Puis je me suis calmé un peu. J'étais habillé d'un pyjama bleu marine, avec des petits moutons blancs un peu partout. Un pyjama... je ne me rappelle pas avoir mis un pyjama depuis mes onze ou douze ans... Mes habits étaient là, en vrac au pied du lit. Enfin, je ne sais pas s'il s'agit vraiment de mes habits. Bref, ils étaient là, alors je les ai mis... Dans la poche gauche du pantalon, il y avait un bout de papier avec un numéro de téléphone et un numéro de compte en banque, ainsi que le Post-it avec le code de la porte en bas collé sur la carte magnétique. Dans la poche droite, il y avait une carte à jouer, la seule que je n'avais pas suspendue sur le fil, samedi, parce que je ne la trouvais plus. L'as de pique...

– L'as de pique ? me suis-je exclamé. Qu'est-ce que ça veut dire, selon toi ?

– Je n'en sais vraiment rien, mon vieux...

– Et le numéro de téléphone, tu l'as appelé ?

– Oui, avec le téléphone fixe de l'appartement, qui est sur la petite table à l'entrée, où étaient aussi posés les clés et les papiers de la voiture. J'ai composé le numéro, et un banquier m'a répondu. Je lui ai donné mon nom et le numéro de compte. Il m'a assuré qu'il n'y avait aucun souci avec mon compte, que tout était normal et en ordre...

– Tu lui as demandé combien...

– Oui, je lui ai demandé. Il y a beaucoup d'argent sur ce compte. Pas une somme extravagante, pas une incroyable fortune, mais suffisamment d'argent pour que je vive confortablement jusqu'à la fin de mes jours sans travailler.

Tandis qu'il parlait, j'ai enfin compris pourquoi son visage me paraissait différent. C'était à cause de ses dents. Il n'en manquait pas une. Il s'est levé et est retourné dans le salon. Un terrible solo de guitare faisait trembler les murs. Sam a ouvert la baie vitrée et nous sommes sortis sur le balcon baigné de lumière.

– J'ai peur de ce qui va arriver maintenant, a-t-il soufflé. Je suis retourné au repaire, lundi. Rien n'a changé, il est toujours là... plus pour longtemps, mais toujours là. Mes souvenirs aussi sont bien là, dans ma tête... Les quinze années que j'ai passées à la Marquèse n'ont pas été effacées... Hier, je suis allé sonner chez mes nouveaux voisins. C'est un couple, ils sont sympas. Ils travaillent tous les deux dans la comptabilité, chez Maloney Cops. Ils disent qu'ils sont contents que j'aie emménagé, parce que l'appartement tout neuf était vide depuis six mois, depuis la construction de l'immeuble. Ils sont heureux d'avoir enfin de la compagnie à l'étage... Il n'y avait personne, ici, Tom... Je n'ai volé la vie de personne. C'est seulement de l'argent...

– Et tu ne l'as pas volé, cet argent ! L'Altus te l'a donné... Nous n'avons rien fait de mal, Sam...

– Je sais, mais tout a un prix...

Il a souri et est rentré à l'intérieur, où je l'ai suivi. La chanson était terminée. L'appartement baignait dans un silence de cathédrale.

– On se la réécoute ? a-t-il demandé en appuyant sur *Play*.

À nouveau, congas et maracas ont envahi l'espace. Sam a fermé les yeux, puis a baissé un peu le volume pour que je puisse l'entendre.

– Cette chanson parle bien du diable, mais ici, il n'est nullement question de pacte...

– Qu'est-ce qu'elle raconte, alors ?

– Que le diable est partout...

Le piano a fait son entrée. Le chant également. Mais il m'a semblé que la voix avait changé. C'était une voix terrifiante, un hurlement poussé par un monstre ignoble depuis le fond d'un puits ou d'un tombeau.

– ... en chacun de nous.

**

Quelques jours plus tard, j'ai reçu un message d'Annie.

Je crois que j'ai trouvé comment fonctionne l'Altus

Mais je ne suis pas sûre de tout comprendre

Rdv au Patio, demain, 15h

Le lendemain, le soleil brillait d'or et les arbres en fleur se dandinaient dans la brise fraîche de l'après-midi. Nous étions tous là, plantés sur les pavés du Patio, regroupés autour d'Annie. J'avais prévenu Sam en l'appelant sur le téléphone fixe de l'appartement. Annie a inspiré profondément, a ajusté les montures de ses lunettes sur son nez, puis a ouvert le petit carnet où elle consignait les résultats de ses recherches.

– Pour le moment, a-t-elle dit, je n'ai rien trouvé dans le texte principal qui explique clairement les effets de l'Altus, ou ses modalités... mais par endroits, il y a des sortes de petites saynètes, avec des illustrations, des gravures. Ce sont souvent des dialogues entre des animaux, comme dans les fables de La Fontaine. Dans le passage qui m'intéresse, il s'agit d'une conversation entre une ourse et un agneau. J'ai essayé de la retranscrire :

L'Agneau trottine vers l'arbre foudroyé. L'Ourse de Suie saute de son perchoir et s'approche de l'Agneau dont les yeux brillent comme deux pierres de lune.

OURSE DE SUIE : Ouvre la boiste et tu verras l'Altus.

AGNEAU : Qui est l'Altus ?

OURSE DE SUIE : L'Altus est celui que tu veux être.

AGNEAU : Comment est-il ?

OURSE DE SUIE : Je ne sais pas, Agneau, ni toi ne sais. Car il se cache au fond de ton cœur, tout au fond. Il est celui que ton anme ambitionne, convoite et espère en secret.

– Qu'est-ce que ça veut dire, à votre avis ? a demandé Annie.

– Pour moi, a répondu Marcelin, ça signifie que l'Altus te transforme en ce que tu désires être par-dessus tout, même si ce désir est inconscient. Même si tu ne le sais pas...

Sam a fait quelques pas à travers le Patio. La brise faisait frémir sa barbe.

– Moi, je ne savais pas que je voulais devenir un homme riche, a-t-il chuchoté. Un homme riche avec un appartement, des dents toutes neuves et un pyjama-moutons...

– Moi je savais que je voulais marcher, ne plus être malade, a dit Marcelin. C'était mon plus grand désir.

– Alors il n'y a pas de petit ange caché dans la boîte, a conclu Léa. Personne ne décide à notre place. Ce que nous devenons dépend uniquement de nous. L'Altus, ce n'est pas le coffre. C'est nous.

– Si ça tourne au désastre, ce sera notre faute, ai-je complété.

– Comme dans le conte des *Trois Souhaits*, est intervenu Will.

– Les *Trois Souhaits* ?

– L'histoire d'un pauvre bûcheron et de son épouse, auxquels une gentille fée accorde trois souhaits. Mais au moment de choisir ses vœux, le couple s'embrouille et gâche chacun d'entre eux en demandant n'importe quoi.

– Je crois que c'est encore pire que dans les *Trois Souhaits*, a soupiré Annie. Ici, on ne décide pas. Imaginez que votre désir le plus profond, c'est d'être le président de la République, ou une licorne, ou une barquette de carottes râpées...

– Une licorne, ce serait vraiment cool ! s'est exclamé Will.

– Ou un monstre... a murmuré Marcelin.

Nous nous sommes regardés longuement, sans un mot. Le vent frais faisait chuchoter les branches. Il m'a semblé un instant percevoir une respiration, un cœur vivant, un rythme de samba derrière le bruissement des feuilles. Le battement infini des congas. J'ai soupiré profondément et mon souffle s'est mêlé à la brise. Le bruit des percussions s'est éloigné puis a disparu.

– Personne ne va devenir un monstre, a tranché Léa. L'Altus ne nous a apporté que des choses bonnes, jusqu'à présent.

– Oui, a dit Marcelin.

– Alors on continue ? a soufflé Will.

– Oui, on continue, ai-je dit.

– Mais on n'en parle à personne, a poursuivi Annie. Personne d'autre que nous six ne doit être au courant. Personne d'autre ne doit ouvrir le coffre.

**

Le temps nous a menés aux portes de l'été. Le neuf juin, nuit de la prochaine pleine lune, tombait un dimanche. Malgré les vacances imminentes, il était bien plus difficile de négocier une sortie auprès des parents un dimanche soir qu'un samedi ou un vendredi. C'est pour cette raison que Marcelin n'est pas venu, ce soir-là. C'est aussi pourquoi j'ai failli ne pas en être. Je n'ai pas eu la permission, alors j'ai été contraint de sortir de ma chambre et de la maison en cachette, ce qui s'est révélé être une opération plutôt délicate. Sam non plus n'était pas là. Il n'avait pas de téléphone portable et demeurait injoignable sur le fixe de son appartement. J'avais noté à plusieurs reprises au cours du mois passé que Sam s'absentait longuement de son nouveau chez-lui pour aller je ne sais où, en voiture la plupart du temps. Peut-être ne supportait-il pas d'être enfermé, lui qui avait passé toute sa vie au grand air. Peut-être profitait-il de son argent pour faire je ne sais quoi. Ce qui m'inquiétait un peu, c'est qu'il ne disait pas un mot de ses journées. Peut-être que tout ça ne me regardait pas, tout simplement.

Nous nous sommes donc retrouvés, Léa, Will, Annie et moi, sur le chantier de la mine, devant la maison détruite, vers vingt-deux heures, peu après le coucher du soleil. Le temps était doux et sec. L'air sentait l'été tout proche, l'écho de flonflon d'une fête foraine me parvenait, assorti d'un parfum de barbe à papa, mais peut-être était-ce juste dans ma tête. Léa a sorti ses allumettes, les a préparées et nous les a tendues, cachées dans son poing. Will et

Annie, l'un après l'autre, ont tiré une allumette longue. C'était à mon tour. Mon cœur s'est mis à battre fort, beaucoup trop fort. J'ai fixé Léa. Elle aussi semblait soudain effrayée. J'ai résisté à l'envie de tout arrêter, de dire aux autres que tout ça était malsain. J'ai tendu un bras un peu tremblant et saisi une allumette. Longue et entière.

Léa a poussé un profond soupir. Elle a ouvert sa main qui contenait l'allumette cassée, l'a jetée au loin, puis a ramassé le coffre qu'elle avait posé sur le sol devant elle.

– OK, a-t-elle murmuré.

CHAPITRE 4.

LE RETOUR DE L'ESPRIT BLANC

C'est le souffle aigu et râpeux d'un harmonica qui m'a tiré du sommeil le lendemain, à sept heures pétantes. *La robe de Mary ondule, tandis qu'elle danse sous le porche*, chantait Bruce Springsteen. J'ai ouvert les yeux et j'ai aperçu Ringo, seul dans son auréole de lumière. Il avait l'air plutôt content, comme à son habitude. Ce lundi matin, je prenais le car seul pour me rendre au collège, mais je pourrais retrouver les autres à la pause de dix heures trente. Retrouver Léa. J'espérais qu'elle allait bien, qu'elle n'avait pas changé. J'ai éteint le radio-réveil et j'ai sauté du lit.

À dix heures trente-deux, je me suis rué hors de la classe de mathématiques, j'ai dévalé les gradins du collège quatre à quatre pour atterrir dans la cour et j'ai foncé vers le préau. Ils étaient déjà là, tous, attroupés autour de Léa.

– Alors ? ai-je demandé.

– Alors, rien, a-t-elle répondu avec un sourire charmant.

– Rien ?

– Rien. Je me suis réveillée comme d'habitude, dans mon lit, ce matin. Je n'ai pas les cheveux roses, je ne me suis pas transformée en licorne, je ne suis pas subitement devenue riche… Tout est en place, rien n'a bougé…

– Peut-être que l'Altus ne fonctionne plus, a proposé Marcelin avec une pointe de déception dans la voix.

– Ouais, a dit Will, c'est peut-être de l'obsolescence programmée, comme pour les lave-vaisselle.

– Ou peut-être que ton désir le plus profond, c'était d'être toi-même, a murmuré Annie au moment où la fin de la récréation retentissait.

Après les cours, je suis rentré en car accompagné de Will. Tandis que derrière la vitre, les bâtisses grises d'Issymes défilaient, mon ami échangeait silencieusement des SMS avec Léa, rentrée chez elle plus tôt que nous. Lorsque les dernières maisons ont laissé place à une mer de colza doré, il a relevé le nez et s'est tourné vers moi.

– Elle n'a pas changé, mec, pas du tout, a-t-il dit. Mais j'avoue que cette nuit j'étais inquiet, et que je n'ai pas réussi à m'endormir. Alors je suis sorti de chez moi hyper tôt ce matin, vers cinq heures, et je suis allé me planter devant sa maison pour voir si tout allait bien. Je n'ai rien vu, bien sûr, je ne peux pas voir à travers les murs ou les volets. D'ailleurs, il faudrait que j'en touche deux mots à l'Altus, lorsque ce sera mon tour…

– Oui, ai-je répondu, un super pouvoir ! Ça me botterait bien aussi. Mais lequel ?

– Au fait, ce matin, pendant que j'attendais bêtement devant chez Léa, j'ai vu passer la voiture de Sam. Il n'était même pas six heures... Il a pris la route d'Abaucourt. C'est bizarre, non ?

Le car a pénétré dans le quartier nouveau, à la périphérie de la Marquèse. Comme je restais silencieux, Will s'est penché vers moi et m'a dévisagé.

– Ça va, Tom ?

– Non, je m'inquiète pour Sam. J'avais déjà remarqué qu'il s'absentait tout le temps. Il y a quelque chose qui cloche. Que va-t-il faire à Abaucourt ou je ne sais où, alors qu'il ne connaît personne, là-bas, qu'il n'a aucune famille ? Et pourquoi il ne nous dit rien ?

– Peut-être qu'il a décroché un travail ?

– Un travail ? Non, Sam est contre le travail, et puis il n'a plus besoin de travailler, maintenant...

– Peut-être que ce ne sont pas nos affaires...

– Si. C'est à cause de moi (ou grâce à moi, je ne sais pas) que Sam a ouvert l'Altus. S'il fait des bêtises ou se met dans le pétrin, c'est ma faute...

– OK, je comprends... Tu commences les cours à quelle heure, mercredi ?

– Dix heures quarante-cinq.

– Parfait... je passerai te chercher à cinq heures trente du matin. On va le suivre et on sera fixés. Ça te va ?

– Cinq heures trente pétantes, ai-je répété tandis que le car s'immobilisait à l'arrêt Marquèse-Hôtel de Ville.

**

Le mercredi, je me suis réveillé en sursaut dans le noir. Juste à côté de mon oreille gauche, le haut-parleur du radio-réveil vomissait une bouillie de sons tordus, dissonants, saturés, un mélange de sifflements, de raclements, de bruits de moteurs ou de ventilateurs entrecoupés de paroles incompréhensibles et de musiques non identifiées. J'ai tendu le bras pour l'éteindre. Le chuintement affreux a semblé se prolonger puis s'est changé en grondement persistant. C'était la clameur de la pluie, qui battait furieusement les gouttières, les tuiles et le béton de la terrasse. Mauvaise nouvelle. J'ai soupiré, pas vraiment enchanté à l'idée de faire vingt kilomètres (ou peut-être plus) en moto sous un tel déluge. Il était cinq heures et quart. J'ai sauté du lit et j'ai filé me préparer en prenant garde à ne pas réveiller mes parents. Dehors, Will m'attendait déjà sur sa moto garée devant la maison, comme un chevalier prêt à partir au combat. J'ai enfilé mon casque, je suis monté derrière lui et la bécane s'est engagée sur la route du quartier nouveau en pétaradant furieusement. Par chance, la pluie semblait se calmer un peu. Elle s'est réduite à un léger crachin lorsque nous sommes parvenus devant la résidence de Sam. La petite voiture blanche de notre ami était là. Nous nous sommes cachés derrière un abri de bus pour attendre. Sam est sorti de son immeuble quelques minutes plus tard. Il poussait un diable sur lequel était posée une grosse caisse en bois qu'il a chargée dans le coffre du véhicule.

– Qu'est-ce qu'il fabrique avec cette caisse à six heures du matin ? a sifflé Will. Pour un type qui n'aime pas travailler, il y va fort...

Je n'ai pas répondu et j'ai remis mon casque. Sam est entré dans la voiture et s'est engagé sur la route principale en direction d'Abaucourt. Will a entrepris de le suivre en gardant ses distances, ce qui n'était pas très difficile : le rideau de bruine nous camouflait, les routes étaient désertes, Sam ne roulait pas très vite et les feux rouges de la petite voiture nous guidaient à travers le paysage ouvert. Je ne dirais pas pour autant que ce fut agréable. Il ne faisait pas vraiment froid (nous étions au mois de juin), mais la pluie et le vent nous gelaient les chairs jusqu'à la moelle. Parfois, la moto glissait dangereusement sur le bitume détrempé malgré ses pneus de cross. Peu à peu, la campagne s'est allumée d'une lueur sombre et grise. Même le colza en fleur avait la couleur du granite. Après avoir traversé un petit village aux toits pointus qui ne semblait même pas avoir de nom, Sam a quitté la route principale et s'est engagé sur une voie plus étroite et sinueuse.

– C'est la direction de Merzeuil, m'a informé Will en hurlant pour que je puisse l'entendre.

Quelques kilomètres plus loin, nous avons pénétré dans l'agglomération de Merzeuil, que je ne connaissais pas vraiment. Sam a tourné dans une rue bordée de hautes maisons tandis que le crachin se changeait de nouveau en pluie. La voiture a disparu sous un porche, sur notre droite. Will a ralenti et s'est approché de l'ouverture. La moto est montée sur le trottoir et s'est immobilisée. Les gouttes, tranchantes comme des cutters, me glaçaient les os. Mon ami a retiré son casque et l'a posé sur la moto. Son blouson noir trempé brillait dans la lumière grise. Will était indissociable de ce cuir aux fines bandes jaunes qui lui allait comme un gant. Je me rappelle avoir un jour voulu essayer le blouson, mais il ne m'allait pas du tout. Il n'était ni trop grand ni trop petit, mais il ressemblait à un déguisement sur moi. Lorsque Will l'enfilait, le blouson devenait une partie de lui-même, un prolongement de sa chair.

Nous avons avancé à pas de loup sous le porche sombre. Il s'ouvrait sur une cour intérieure, une espèce de grand parking glauque où stationnaient quelques voitures et camions utilitaires en piteux état et où s'entassaient par endroits des palettes et des caissons défoncés, des tonneaux de métal rouillé et des bidons en plastique. Nous nous sommes réfugiés derrière un amoncellement de déchets où se côtoyaient les restes d'un portique de balançoire, des tuyaux de gouttière en PVC, des pneus et diverses pièces de métal dont j'ignorais l'usage. Au fond du parking, la petite voiture blanche était garée face à un grand hangar en béton de trois ou quatre étages. Sam a déchargé la caisse en bois de son coffre pour la placer sur son diable, avant de disparaître dans le bâtiment. Tout près de nous, un chat gris se faufilait entre les pneus et les flaques d'huile aux reflets dorés et verts. La pluie glaçante n'en finissait pas de nous fouetter, sans doute pour nous punir d'espionner notre ami. Mon pantalon était entièrement trempé, comme si j'avais plongé tout habillé dans une piscine.

Nous sommes parvenus jusqu'au bâtiment, que nous avons longé sur quelques mètres. Plusieurs petites portes en métal, toutes fermées, étaient disposées le long du mur. La seule entrée praticable semblait être celle par laquelle Sam était passé. Nous nous sommes accroupis pour scruter l'intérieur. C'était une sorte d'entrepôt abritant un grand nombre de caisses en bois posées sur des palettes. Il n'y avait personne. Nous avons pénétré dans la bâtisse. Un enchevêtrement de rails, de tuyaux, de gaines et de boîtiers électriques en tapissait le plafond. D'immenses chaînes pendaient jusqu'au sol de béton gris recouvert de sciure. Un chariot élévateur équipé de fourches porteuses stationnait dans un coin de la salle. Nous avons progressé lentement, plaqués contre un mur. Nous devions enjamber des cubes en plastique, sans doute des boîtes d'appâts destinées à tuer les rats. Au fond de la pièce, une ouverture aménagée dans le mur crachait une lumière crue et blafarde de néon et un brouhaha indistinct de sons de chantier et de conversations. Des voix d'hommes, qui parlaient fort, juraient et s'interpellaient mutuellement. Nous ne pouvions voir ce qu'il y avait derrière ce mur, mais ce n'était sûrement pas une bibliothèque ou un dortoir.

– Il y a une autre porte, de notre côté, a chuchoté Will, qui me précédait.

C'était une porte entrouverte donnant sur une pièce plongée dans le noir. L'absence de lumière suggérait qu'il n'y avait personne dans cette salle-ci.

– Allons voir, ai-je dit.

Nous sommes entrés en silence. J'ai allumé la torche de mon téléphone portable, tout comme Will. C'était une salle d'assez petite taille, également encombrée de caisses en bois. Je me suis approché de la première malle et j'ai tenté de l'ouvrir, mais elle était clouée. Il m'aurait fallu un pied-de-biche.

– Viens voir par là, a soufflé Will, qui s'était avancé tout au fond. Celle-ci est ouverte...

Je l'ai rejoint. Il était accroupi devant une caisse contenant des boîtes métalliques rondes qui ressemblaient un peu à de grosses bonbonnes de gaz. Il a saisi le couvercle de l'une d'elles et a commencé à le dévisser. Lorsqu'il l'a retiré, une poudre blanche est apparue. Elle semblait pure comme la neige dans la lueur de nos torches.

– Ça ressemble à de la cocaïne, a murmuré Will.

J'ai effleuré la poudre du bout des doigts et je l'ai reniflée. Elle ne sentait pas grand-chose, mais je ne connaissais pas vraiment l'odeur de la cocaïne.

– Ce n'est pas possible, ça ne peut pas être ça, ai-je bafouillé.

– Comment Sam a-t-il pu être impliqué dans un trafic comme celui-ci en si peu de temps ?

– Peut-être que c'est de là que vient...

– Son argent ?

– Non ce n'est pas possible, ai-je soupiré. L'argent vient de l'Altus...

– ... mais tout a un prix. L'Altus a apporté l'argent à Sam, et tout le trafic qui va avec...

– Pourquoi il ne nous a rien dit, si...

Je n'ai pas eu le temps de terminer ma phrase. Une explosion a retenti tout près de nous, comme une toux mécanique et monstrueuse. Elle a été suivie par un grognement rageur, qui a fait trembler et vibrer mes mâchoires.

– C'est le chariot élévateur qui a démarré, a chuchoté Will, il est juste derrière la cloison... Quelqu'un est là, il faut se carapater en vitesse ! Si ce sont des trafiquants de drogue et qu'ils nous trouvent ici, on va avoir de très très gros problèmes !

Nous nous sommes faufilés entre les rangées de caisses pour rejoindre la porte de la petite salle. Je l'ai entrouverte et j'ai jeté un œil. La grande embrasure par laquelle nous étions entrés dans le hangar n'était qu'à quelques mètres. Je me suis retourné vers Will.

– Je crois que la voie est libre jusqu'à la cour. On fonce !

Je me suis élancé, suivi par mon ami. C'est là que j'ai aperçu le type. Je n'avais pas noté sa présence auparavant parce qu'il était accroupi, occupé à trifouiller je ne sais quoi dans une boîte à outils. Il s'est redressé si brusquement que j'ai failli lui rentrer dedans. Il a semblé aussi surpris que nous. J'ai poussé une sorte de hurlement.

Il était gigantesque. Sa barbe noire coulait par-dessus son tee-shirt usé. Ses bras étaient comme deux énormes jambons tatoués des épaules aux poignets. Il devait faire trois mètres de haut, ou peut-être quatre. Un énorme couteau, presque aussi long qu'un sabre de corsaire, pendait à sa ceinture. Il ressemblait à un mélange de Wyatt le biker, Chewbacca et Rackham le Rouge. Nous avons fait demi-tour précipitamment.

– Hé ! a crié le type en s'élançant à notre poursuite.

J'ai filé derrière Will qui sautait par-dessus les caisses, se glissait entre les établis et les chaînes pendant du plafond. *Nous sommes faits comme des rats*, ai-je pensé. *La sortie, c'est de l'autre côté.* Soudain, Will a obliqué sur la gauche, où le mur s'ouvrait sur un escalier que je n'avais pas remarqué auparavant. Nous avons gravi les marches quatre à quatre en soufflant comme des phoques. Le type était toujours à nos trousses. Je distinguais ses pas lourds et rapides dans le boyau sombre.

– Arrêtez ! a-t-il aboyé.

Le colimaçon n'en finissait pas de tourner et de monter. Combien d'étages ? Je n'en savais rien.

– Aïe, aïe ! a hurlé Will.

L'escalier touchait à sa fin. Une porte nous barrait le passage. Mon ami s'est jeté contre elle. La barre anti-panique s'est abaissée et nous avons jailli au-dehors, où une pluie furieuse nous a accueillis. Nous avons repris notre course folle à travers le rideau d'eau grise et déchaînée qui masquait l'horizon. Il m'a fallu quelques secondes pour comprendre que nous étions sur le toit du hangar. Will a stoppé net devant le précipice.

– L'échelle ! a-t-il hurlé. On peut l'atteindre !

C'était de la folie. Son doigt désignait une échelle métallique arrimée au mur du bâtiment, dont le sommet pointait à deux mètres en dessous de nous. Pour l'atteindre, il aurait fallu sauter et l'attraper au vol. Spider Man était probablement capable de faire ça, pas moi. Ni Will. La pluie battait ma peau avec rage. Les gouttes ricochaient sur nous comme de petits graviers d'argent, puis filaient vers le sol à la vitesse d'une balle de fusil, pour s'écraser sur le béton encombré d'objets pointus. Un milieu hostile. Will a enjambé le parapet métallique qui cernait le toit et est passé de l'autre côté. Je lui ai saisi le bras.

– T'es malade, mec, on va mourir !

Derrière nous, la porte s'est ouverte et la large silhouette du type est apparue. Will a crié. Ses chaussures ont dérapé sur le bord du toit. Ses mains ont agrippé la barre métallique du parapet. J'ai attrapé ses bras et son poids m'a fait basculer vers l'avant. La barre s'est enfoncée dans mon ventre. À mon tour, j'ai hurlé. Je ne crois pas avoir hurlé aussi fort de ma vie, même la fois où j'ai fait tomber mon Étoile de la Mort en Lego cinq cent mille pièces de l'étagère. L'averse furieuse et froide grondait de colère. L'eau noire pénétrait dans ma chair. Les gouttes-balles de fusil brillaient comme de l'or gris. Lorsque Will s'est balancé pour tenter désespérément d'atteindre le bord du toit avec ses pieds, la barre de métal m'a cisaillé encore un peu plus le ventre et mes semelles ont dérapé à leur tour sur le béton glissant. Mon corps a ployé vers le vide qui nous aspirait. À cet instant, un bras qui devait appartenir à un ours ou un gorille s'est enroulé autour de mes épaules pour me retenir. Le corps massif du type s'est plaqué contre le parapet. Son autre bras s'est tendu vers le vide. L'énorme main a agrippé la manche de Will, juste sous ma prise. L'homme a émis un grognement terrible et a tiré avec moi. Le corps de mon ami est remonté lentement vers le toit tandis que les gouttes, elles, n'en finissaient pas de filer dans l'autre sens. Enfin, Will a pu poser un pied sur le rebord. Mon ventre s'est décollé de la barrière mais il me semblait que la barre métallique y avait laissé une empreinte indélébile.

Lorsque Will s'est retrouvé du bon côté du parapet, nous nous sommes assis tous les trois au bord du toit. Le déluge ne s'était pas arrêté, bien au contraire. Je me suis penché vers mon ami et je l'ai serré par les épaules. Sa mâchoire tremblait à s'en décrocher. Puis j'ai enfin osé me tourner vers le type. L'expression de son visage était parfaitement illisible. Peut-être un mélange d'exaspération, de lassitude et de soulagement. Les gouttes fouettaient son crâne rasé et coulaient comme des ruisseaux sur son visage pour se perdre dans les fils de charbon et d'argent de sa barbe. Quatre grosses lettres étaient imprimées sur son tee-shirt sans manches sale et usé : *LCPS*. La pointe du gigantesque couteau qu'il portait à la ceinture trempait dans une flaque d'eau.

– Nous sommes vraiment désolés, monsieur ! ai-je bafouillé.

– On s'est perdus, a ajouté Will en fixant le couteau d'un air pas rassuré.

Le type l'a regardé quelques instants en fronçant les sourcils.

– Qu'est-ce que tu reluques comme ça ?

– Moi ? Rien du tout, euh... c'est votre truc, votre sabre, euh...

– C'est pas un sabre, crétin, c'est ma lame à pâtons, a-t-il grogné en se relevant. Vous êtes siphonnés, tous les deux. Vous auriez pu vous tuer, c'est dangereux, ici. Filez en vitesse sinon j'appelle la police.

– La police ? a répété Will en se levant à son tour.

– Tirons-nous, ai-je dit en l'agrippant par la manche.

Nous avons dévalé l'escalier, traversé le hangar et sommes sortis dans la petite cour.

– Plus vite, a soufflé Will, partons d'ici avant qu'il ne change d'avis.

Mais plutôt que de presser le pas, je me suis presque arrêté.

– Tu es sûr que c'était de la cocaïne ? ai-je murmuré.

Will a ralenti lui aussi et a levé les yeux vers le ciel gris. La pluie se calmait enfin.

– Qu'est-ce que ça pourrait être d'autre ?

– Tu crois vraiment que ce sont des trafiquants ? Pourquoi il nous aurait laissés partir ?...

– Ben...

– Regarde derrière le hangar, ai-je dit en me retournant. Il y a une autre cour... Ici, nous sommes dans l'arrière-cour. L'entrée principale est de l'autre côté.

– L'entrée principale de quoi ?

– C'est justement la question... On doit pouvoir accéder à l'autre entrée par une rue parallèle à celle que nous avons empruntée.

– Tu veux qu'on aille jeter un œil ?

– Oui. On ne prend pas le risque de retraverser le hangar.

Nous sommes repassés sous le porche et nous avons remonté la rue jusqu'à un croisement, où nous avons pris à droite. Au bout de quelques mètres, à l'intersection suivante, nous avons obliqué à nouveau à droite. Quelques pas plus loin, un large portail s'ouvrait sur une cour. Nous avons reconnu le hangar d'où nous venions. De ce côté-ci, la cour était plus propre et plus accueillante : pas de déchets traînant sur le sol, des haies et des arbres en fleur ceinturant un large parking propre et désert. Il ne pleuvait plus. Quelques rayons d'or perçaient les nuages. Une brume étrange montait des flaques d'eau. À côté du portail, sur le pilier, était accroché un panneau gravé, qui ressemblait un peu à une plaque de médecin. Il annonçait, en lettres noires sur fond blanc :

LCPS

Les Compagnons du Pain et de la Soupe

Pain et soupe préparés sur place

Distribution gratuite pour tous à 12 h 30 et 18 h 30
Bienvenue chez vous

– Ce ne sont pas des trafiquants de drogue, ai-je murmuré.

– Mais qu'est-ce que Sam fabrique ici ? a sifflé Will.

– J'épluche les légumes, a répondu une voix familière.

Sam était là, juste de l'autre côté de la grille. Nous ne l'avions pas entendu s'approcher.

– Grand Bill m'a prévenu de la présence de deux gamins givrés, a-t-il ajouté. J'ai deviné que c'était vous… Pourquoi m'avez-vous suivi ?

Je n'ai pas osé répondre. Je frissonnais, tout comme Will. Il m'a semblé soudain que mes vêtements mouillés pesaient une tonne.

– Vous êtes trempés, a poursuivi Sam en ouvrant le portail. Venez, un bol de soupe vous fera le plus grand bien.

**

Quelque chose a changé

C'est le message un peu énigmatique que j'ai reçu, de la part de Léa, quelques jours après l'épisode des compagnons du pain (et de la soupe). C'était un samedi.

Vous êtes libres demain matin ? RDV 10h chez moi

Évidemment, j'étais libre. Le lendemain, lorsque je me suis réveillé, j'ai aperçu George sur le mur de ma chambre. Un demi-sourire charmant ourlait son visage de lumière. Je me suis levé, j'ai pris mon petit déjeuner, et j'ai quitté la maison pour me rendre chez Léa. Will était déjà là. Marcelin a rappliqué quelques minutes après, suivi d'Annie. Nous nous sommes regroupés dans la grande véranda. Au-delà de la vitre épaisse, du pommier et de la petite haie, les silhouettes grises des rares passants allaient et venaient sous le ciel voilé. Le temps était doux et sec. Léa portait un pull léger bleu pâle et un pantalon de toile beige. Ses cheveux étaient tirés en chignon.

– J'ai reçu un coup de téléphone, hier matin, a-t-elle annoncé. C'était un certain monsieur Michel. Il voulait savoir si j'avais bien demandé à mes parents d'envoyer l'attestation d'assurance… Au départ, je n'ai pas compris de quoi il s'agissait, puis j'ai réalisé que je connaissais ce nom : Michel, c'est le secrétaire administratif du zoo de Lamuyre ! J'ai bafouillé quelque chose, j'ai dit que j'allais m'occuper des papiers, puis j'ai raccroché…

– Tu as finalement été acceptée pour un stage d'été au zoo, me suis-je exclamé, c'est génial !

– Félicitations, a bougonné Annie sur un ton agacé. Mais est-ce que ça valait vraiment le coup de tous nous faire venir pour nous annoncer ça ?

– Ce n'est pas ça, Annie, a répondu Léa. Il y a quelques semaines, j'ai reçu une lettre pour me dire que je n'étais pas retenue pour ce stage… Entre-temps, quelque chose a changé.

– C'est l'Altus ? a demandé Marcelin.

– Oui. Je suis allée fouiller dans ma boîte mail pour retrouver mes échanges avec le zoo de Lamuyre. J'ai découvert un message de ma part, envoyé il y a deux mois, une candidature spontanée, avec une lettre de motivation vraiment géniale, un CV au top, et même une lettre de recommandation de mon prof de SVT ! Je me rappelle très bien le mail que je leur avais envoyé, le *vrai*. Il était banal, il n'y avait pas tout ça... C'est grâce à ce message de candidature génial qu'ils m'ont acceptée en stage, mais ce n'est pas moi qui l'ai écrit !...

– Si, a murmuré Marcelin. C'est toi qui l'as écrit, mais dans une autre...

Une explosion tonitruante a déchiré l'air lorsque l'immense baie vitrée de la véranda s'est brisée en mille morceaux. Les éclats de verre ont jailli sur nous comme l'écume d'une vague. Aujourd'hui, il me semble que tout le monde a crié, mais c'est le hurlement d'Annie qui s'est élevé par-dessus tous les autres et les a recouverts. C'était un hurlement de douleur et de panique. Ses mains s'étaient agrippées au dossier d'une chaise. Son visage avait l'apparence de la cire brute des cierges. Ses lèvres tremblaient. Son bras saignait. Elle fixait avec stupéfaction le gros pavé qui gisait au pied du bureau, parmi les débris scintillants. Lorsque j'ai tourné la tête, j'ai aperçu Mollard Boy. Il se tenait près du pommier, dans le jardin, à quelques mètres de nous. Il a poussé un long rugissement de joie sauvage et nous a gratifiés d'un geste du doigt avant de s'élancer vers la rue, de sauter par-dessus la haie et de disparaître. Will s'est précipité dans le jardin en grognant de rage.

– Non, Will ! a crié Léa tandis qu'il se fondait, lui aussi, derrière les lauriers.

Je me suis jeté à sa poursuite. Je crois que j'ai croisé le regard de Léa à cet instant, mais je ne saurais dire ce que ses yeux me disaient. Quoi qu'il en soit, elle n'a pas prononcé de mot. Le seul son que j'ai entendu alors que j'enjambais la haie, c'est le gémissement de sa mère qui entrait dans la véranda pulvérisée. Puis mes baskets ont claqué sur le trottoir. Will, était là, juste devant. Il démarrait sa moto au kick, comme un acrobate. Le moteur a rugi. J'ai sauté sur la selle derrière lui.

– Accroche-toi ! a-t-il aboyé.

L'engin a bondi avec un grondement féroce. Quelques passants gris nous observaient, effarés. Ils m'ont semblé incroyablement lents, vieux et tristes.

– Il est monté dans une voiture noire. Il a tourné à gauche au coin ! a hurlé Will.

La moto a plongé dans la courbe en dérapant. L'une de mes mains était agrippée au blouson de mon ami, l'autre serrait la poignée derrière le siège. Nous avons rebondi sur un dos-d'âne. J'ai senti mon cœur remonter dans ma gorge, alors j'ai serré les dents. Les trottoirs et les façades filaient à toute vitesse sur les côtés, comme mes pensées, désordonnées, floues. Juste devant nous, une camionnette a freiné brusquement. Impossible de s'arrêter à cette allure, impossible de la contourner à cause du bus qui arrivait en sens inverse en poussant un cri de pachyderme. Will a décidé de contourner quand même. La moto s'est enfoncée à toute vitesse dans l'étroit couloir séparant les deux véhicules. J'ai fermé les yeux. Quelque chose a frôlé mon genou gauche. Quelque chose d'autre a bousculé mon épaule droite. Will a encore accéléré. Lorsque j'ai ouvert les yeux, la camionnette et le bus étaient bien loin derrière nous et nous nous engagions dans un nouveau virage. Les pneus ont gémi. Je crois que j'ai crié, mais je n'en suis pas sûr. À la sortie de la courbe, le paysage a changé. Les maisons anciennes et dépareillées ont laissé place aux rangées de pavillons neufs. Sur les trottoirs, les bouleaux préadolescents ont remplacé les platanes centenaires. Au bout de la rue, j'ai aperçu le dos d'une voiture noire.

– On le tient ! s'est exclamé Will.

Je crois qu'à cet instant, j'aurais préféré qu'il nous sème. Nous avions besoin d'aide. Il fallait prévenir Sam, par n'importe quel moyen. J'ai lâché la poignée arrière pour attraper mon téléphone dans la poche de mon blouson. D'une main, j'ai trouvé le numéro de l'appartement de Sam dans mon répertoire et je l'ai appelé, mais personne n'a décroché. Alors, j'ai envoyé un SMS à Marcelin. J'ai tapé le message tandis que la moto dérapait de nouveau en virant à droite. L'envoi s'est réduit à sa plus simple expression : **trouv sam**

– Il se dirige vers le chantier, a rugi Will.

Nous sommes passés devant une série de maisons en construction qui exhibaient leurs squelettes de parpaings. Tout au bout, le pied d'une gigantesque grue rouge barrait l'horizon. Derrière les blocs de béton qui lestaient le colosse métallique, des collines de terre ocre sont apparues. Juste avant la grue, la rue prenait fin. Une petite route de service barrée par une palissade s'ouvrait sur la droite. La voiture noire a viré brutalement et a pulvérisé la barrière avant de s'enfoncer dans le chantier. Will l'a suivie et nous nous sommes élancés à notre tour sur la voie de graviers destinée aux engins, à travers les dunes de terre nue. Ce chantier-là ne faisait pas partie de la mine, c'était un chantier de terrassement destiné à préparer le terrain pour de nouvelles constructions. En essayant de ranger mon téléphone dans ma poche, j'ai constaté que l'appareil photo s'était mis en route par erreur. J'en ai profité pour prendre des photos du paysage dans tous les sens, n'importe comment, et les envoyer à Marcelin. J'ai manqué de tomber à plusieurs reprises. C'était de la folie. J'ai rangé mon téléphone.

– Arrête Will, ai-je aboyé. On va se tuer !

La moto a décollé sur une bosse et a rebondi vingt mètres plus loin sur le gravier dans un vacarme métallique. J'ai poussé un grognement. Will a remis les gaz pour se lancer à l'assaut d'une côte. Le moteur a hurlé. À nouveau, nous nous sommes envolés. J'ai serré les dents. Mes paupières se sont fermées en attendant le choc. Les roues ont touché brutalement le sol. Une douleur aiguë est remontée dans mon ventre. Will a serré les freins et l'engin s'est immobilisé en faisant gémir les graviers. J'ai ouvert les yeux. Le ralenti de la moto ronronnait paisiblement. Lorsque la poussière s'est dispersée, j'ai aperçu la voiture de Mollard Boy, à cinquante mètres de nous, stationnée au milieu de la piste. La portière du conducteur était grande ouverte. Sur le côté, tout près du véhicule, sept baraques de chantier en tôle bleue, dont chacune avait la taille d'une caravane, étaient alignées sur la terre ocre et nue. J'ai scruté le paysage vide. Toute la végétation avait été arrachée. Le ciel gris et bas semblait tenir en équilibre sur les dunes du chantier désert. Seule la grue rouge dépassait de l'horizon accidenté. Nous sommes descendus de la moto et nous nous sommes approchés avec mille précautions. J'ai noté que le moteur de la voiture tournait toujours. Nous nous sommes dirigés vers les baraques. Une barre de fer scellait la porte de la première. À moins d'être magicien, Mollard Boy ne pouvait être dedans. Nous sommes passés à la deuxième baraque. Verrouillée de l'extérieur également. Les quatre suivantes l'étaient tout autant. Mais quelqu'un avait déverrouillé la porte du septième et dernier cabanon de fer. Elle était entrouverte.

– Il est là, a murmuré Will.

– Bien sûr qu'il est là, ai-je chuchoté, mais qu'est-ce qu'on fait ? Il ne se cache pas, il nous attend. Il sait très bien qu'on sait qu'il est là-dedans. On ne va quand même pas rentrer à l'intérieur et se prendre un coup de couteau ?

– Ce fumier nous a reconnus à travers la vitre de la véranda, Tom. Et maintenant, il sait où habite Léa. Est-ce qu'on va le laisser s'en sortir et s'en prendre à elle ?

Il avait raison. Mollard Boy était de retour à la Marquèse après des années d'absence. Il avait croisé notre route dans le square, nous avait identifiés, et désormais nous étions ses ennemis, tous, y compris Léa. J'ai levé les yeux vers Will. Les siens tremblaient de rage. Chez lui, les émotions pouvaient prendre le pas sur tout le reste. La colère, la joie ou la tristesse envahissaient l'espace, recouvraient tout, le rendaient aveugle au passé, au futur, aux conséquences, aux autres. Seuls comptaient ici, maintenant, et la passion qui le submergeait. Souvent, je l'admirais pour ça. Parfois, je l'enviais. Ce jour-là, j'avais peur. Une peur terrible. Il est entré dans la cabane. Je l'ai suivi.

C'était une petite baraque de chantier, de celles où les ouvriers peuvent se laver, se reposer, ou bien manger quand il pleut. À gauche de la porte d'entrée se trouvait une petite cabine de douche. Will l'a ouverte et inspectée, puis s'est retourné vers moi pour me faire signe qu'elle était vide. La cabane se prolongeait par un étroit couloir qui menait à la pièce de vie. Mon cœur battait si fort qu'il semblait au bord de l'explosion. Nous nous sommes engagés avec d'infinies précautions dans le corridor. Un pied après l'autre. Les seuls sons audibles étaient ceux de nos respirations et les craquements du plancher. Mes pensées se bousculaient et s'entrechoquaient jusqu'à former une bouillie indescriptible. Mon poing serré tremblait. Il était juste enroulé sur lui-même. Il n'y avait rien à l'intérieur. Parce que je n'avais rien à y mettre, rien pour me défendre ou pour attaquer, pas même une brosse à dents ou un mouchoir en papier. Soudain, j'ai pensé à ma ceinture. Je pouvais l'enlever et m'en servir comme arme. Mais je risquais de perdre mon pantalon et... de toute façon, c'était trop tard : nous étions au bout du couloir. La pièce de vie est apparue. C'était une sorte de kitchenette, avec un évier rudimentaire, une table centrale entourée par des bancs et quelques placards. Deux fenêtres munies de barreaux se faisaient face. La pièce était vide, il n'y avait aucune trace de Mollard Boy.

– Où est-il ? a chuchoté Will. Il n'y a pas d'autre pièce.

J'ai fouillé chaque recoin du regard. Apparemment, la cabane n'avait jamais servi. Elle semblait parfaitement propre et neuve. J'ai actionné les interrupteurs et le robinet de l'évier. Pas d'électricité, encore moins d'eau.

– Fouillons les placards, a proposé Will.

Mais c'était ridicule. Aucun n'était suffisamment grand pour que Mollard Boy ait pu s'y cacher.

– Peut-être que... ai-je commencé.

À cet instant, un claquement métallique a déchiré le silence. La porte d'entrée ! Nous nous sommes précipités dans le couloir. Nous l'avions laissée entrouverte. Elle était fermée à présent. De l'autre côté, quelqu'un manipulait la barre métallique. Je me suis jeté de tout mon poids sur la poignée. Trop tard, la porte était désormais verrouillée de l'extérieur. J'ai tenté de forcer l'ouverture, mais le battant de tôle n'a rien voulu savoir. Will a poussé un long hurlement de rage.

– Il était caché dans sa voiture, ai-je murmuré tout bas. Il nous a eus...

Je me sentais frustré et vexé de me retrouver stupidement prisonnier d'un adversaire qui était non seulement plus fort mais aussi plus malin que nous. Mais en même temps, je ressentais le soulagement d'avoir évité une confrontation directe qui aurait pu virer au drame. Je me suis assis sur l'un des bancs, j'ai sorti mon téléphone et j'ai composé le numéro de Marcelin. Pas de réponse. J'ai alors tenté de joindre Léa, sans succès.

– Il est toujours là, a chuchoté Will. Il rôde autour de la cabane. Qu'est-ce qu'il fait ?

J'ai levé les yeux et aperçu une ombre floue passer furtivement derrière la fenêtre. Tandis que j'essayais de joindre Annie en vain, la cabane s'est mise à bouger légèrement. Nous avons perçu des bruits de pas et de tôle malmenée au-dessus de nos têtes.

– Il est monté sur le toit.

– Hé ! a hurlé Will.

Au bout de quelques instants, les bruits sur le toit ont cessé.

– Chut, écoute...

J'ai perçu un autre son, plus près de nous, le son d'un filet d'eau qui coule et s'écrase sur une surface dure.

– C'est dans la douche, a dit Will.

Nous nous sommes rués dans le couloir et avons ouvert la porte de la cabine de douche. Quelques gouttes coulaient encore du pommeau.

– Mais… il n'y avait pas d'eau au robinet, ai-je soufflé.

Will s'est penché dans la douche, a effleuré la flaque qui s'était formée sur le bac et s'est reniflé les doigts. Quelque chose a semblé se coincer dans sa mâchoire. Lorsqu'il m'a regardé, toute trace de colère l'avait quitté. Ses traits n'exprimaient plus que de la terreur.

– Tom… c'est du white-spirit…

La sonnerie de mon téléphone a retenti. Je l'ai sorti de ma poche en tremblant. C'était Marcelin.

– Marcelin, vous êtes où ? Il faut venir tout de suite on est vraiment dans la… Marcelin ? Allô ? Allô !

Je ne distinguais que des éclats de mots incompréhensibles.

– Marcelin ! Marcelin !

La communication s'est interrompue.

– Il a arrosé tous les murs et le toit, a crié Will, il va mettre le feu…

Soudain l'odeur m'a frappé. Celle de l'acier chauffé à blanc, de la peinture qui se décolle, noircit, se met à grésiller puis s'enflamme. Une fumée épaisse et grise a envahi l'intérieur de la petite cabane. À travers les fenêtres de la pièce de vie, j'ai aperçu des flammes orange qui dansaient et léchaient les barreaux. Sous l'action de la chaleur, la tôle s'est mise à se déformer en poussant d'horribles gémissements métalliques. J'ai commencé à tousser. Ma peau était brûlante. Une main s'est refermée sur la mienne et l'a serrée.

– On est foutus, Tom !

Une nouvelle sonnerie, différente, a retenti. Will a sorti son téléphone en toussant.

– Léa ! a-t-il hurlé, où êtes-vous ? On est enfermés, Léa, je n'entends rien !

Il s'est précipité vers la porte et a tenté de l'enfoncer en poussant des grognements. J'ai essayé de l'aider. Le métal ardent me brûlait la peau. La fumée acide m'empoisonnait le corps, endiguait mes pensées, noyait ma conscience dans un lac ténébreux. Brusquement une quinte de toux m'a terrassé et je suis tombé sur le sol. Will continuait à s'acharner contre le battant brûlant en gémissant. À travers le voile épais, il m'a semblé que son nez saignait. Je sentais que j'allais sombrer, me perdre pour de bon dans le lac ténébreux, lorsque j'ai entendu le son lointain de la messagerie de mon portable. Je l'ai saisi. J'ai dû lutter pour garder les yeux ouverts.

1 nouveau message de Marcelin

Une nouvelle quinte de toux m'a plié en deux. Mes paupières ont fini par se fermer et je me suis recroquevillé sur moi-même. Au-dehors, une sonnerie stridente a retenti, comme le bip d'un détecteur de fumée : *bîp bîp bîp bîp bîp bîp bîp*. Il y avait quelqu'un, là, juste devant la porte... J'ai tenté de rouvrir les yeux malgré l'air acide et brûlant. Je distinguais à peine le rectangle bleu du téléphone.

Il luisait et tremblait comme une oasis au cœur d'un désert de fumée ocre et noire. Ma main a effleuré l'écran et le message est apparu.

Éloignez-vous de la porte

Dans un ultime effort, je me suis relevé, j'ai agrippé Will par la poitrine et je l'ai tiré en arrière. À cet instant, une explosion a retenti, qui a déchiré le battant métallique de la porte. À travers l'ouverture, j'ai aperçu le visage de Sam. Le plancher s'est enflammé. *Bîp bîp bîp bîp bîp bîp bîp.* Des mains ont saisi mes chevilles et m'ont tiré vers l'air frais et bleu. J'ai laissé mes yeux se fermer.

**

Le *bîp bîp bîp bîp bîp bîp bîp* s'était tu, enfin. Un autre son l'avait remplacé : *Blûp blûp blûp.*

J'ai cru un instant que c'était le chant de ma conscience. *Blûp blûp blûp.* Le bruit des petites bulles d'âme et de lucidité qui remontaient à la surface du lac ténébreux avant d'éclater, juste à la lisière, entre les flots noirs et l'air bleu. En réalité, c'était le bruit de l'eau dans la bouteille en plastique que tenait Annie pour me faire boire, comme on donne le biberon à un bébé. Combien de temps étais-je resté dans les vapes ? Pas longtemps, apparemment : la cabane de tôle brûlait toujours furieusement. Les flammes montaient très haut ; une gigantesque colonne de fumée noire se répandait dans le ciel incroyablement bleu. *Quel temps magnifique*, ai-je pensé.

– C'est l'été, ai-je dit tout haut. Dans trois jours les grandes vacances commencent !

– Tom, ça va ? Tom !

J'étais allongé sur le sol, entouré de Marcelin et Annie. Je me suis redressé brusquement. Will ? Où était Will ? Il était là, juste un peu plus loin. Il tenait Léa dans ses bras. De longs cheveux cachaient son visage. Sam aussi était là. Il s'est approché de nous.

– Ça va, vieux ?

– Oui, ça va. Merci les mecs...

– La porte était complètement bloquée à cause de la chaleur. On a dû utiliser un marteau-piqueur qui traînait juste à côté comme bélier...

– C'était quoi, ce bruit ? *Bîp bîp*...

Sam a sorti un petit boîtier de sa poche.

– C'est... c'est mon bip.

– Ton bip ?

– J'ai fait la formation pour devenir pompier volontaire, a-t-il expliqué. Je commence à peine mais j'ai déjà fait un stage... Ils m'ont donné le bip la semaine dernière. Le bip signifie que les pompiers sont en route... et que je devrais être avec eux...

Mon regard s'est posé sur Annie. Un bandage enserrait l'un de ses avant-bras. Elle a sorti quelque chose de sa poche.

– Ton téléphone, Tom... La coque a un peu fondu quand le plancher a commencé à brûler, mais il fonctionne toujours. J'ai regardé toutes les photos que tu as prises. Elles sont très floues. Impossible d'identifier la plaque de la voiture de Beuldecke.

– Mollard Boy ! Il est où ?

– Envolé, a répondu Sam.

– C'est grâce aux photos que tu m'as envoyées qu'on a pu vous retrouver, a poursuivi Marcelin. Grâce à la grue rouge. On peut la voir de n'importe où à la Marquèse. Il suffit de lever la tête.

Je me suis retourné et j'ai croisé le regard de Léa, agenouillée sur le sol, toujours dans les bras de Will. Elle m'a souri.

– Écoutez, a murmuré Marcelin. Vous entendez ?

À travers le souffle léger de la brise tiède, j'ai perçu le hurlement lointain d'une sirène.

– Les pompiers, s'est exclamé Sam. Filons d'ici...

**

Cet épisode terrible ne nous a pas laissés indemnes. Annie a dû expliquer à sa mère l'origine de sa blessure (une coupure peu grave sur l'avant-bras). Les parents de Léa ont porté plainte à la gendarmerie pour la destruction « inexpliquée » de la véranda. Quant à moi, j'avais une brûlure vraiment douloureuse à la main, que ma mère a découverte avec stupéfaction. Tandis qu'elle me soignait avec une pommade, je lui ai raconté que je m'étais appuyé par mégarde sur une pièce de métal chaud en bricolant avec

Will sur sa moto. J'ai eu droit à de terribles froncements de sourcils et à un long sermon sur les mille et un dangers de la mécanique non encadrée par des adultes. Je n'ai pas osé mettre mes vêtements roussis avec le linge sale, et je les ai cachés sous mon lit pour une durée indéterminée.

Nous sommes demeurés inquiets et sur le qui-vive pendant plusieurs jours. Après une longue discussion, nous avions décidé de ne rien révéler à quiconque au sujet de Michaël Beuldecke. En dehors de nous, personne ne l'avait reconnu. Si les parents ou la police mettaient le nez dans nos affaires, ils risquaient de remonter de fil en aiguille jusqu'à l'attaque du square, à nos escapades nocturnes, au coffre noir… et il était hors de question de compromettre notre exploration de la magie de l'Altus à cause de ce taré de Mollard Boy.

Le mardi suivant, c'était le dernier jour de classe. Nous nous sommes tous retrouvés (à l'exception de Sam, bien entendu) dans la cour du collège au milieu de l'après-midi. Annie nous a annoncé qu'elle partait le soir même pour l'Allemagne avec sa mère, et qu'elle y resterait deux semaines. Elle emportait avec elle deux livres « *F. O. A.* » pour avancer dans la compréhension de l'Altus.

– Je vous enverrai des SMS si je tombe sur des infos intéressantes, a-t-elle dit juste avant que ne retentisse la sonnerie annonçant les deux dernières heures de cours de l'année scolaire.

**

Les trois mois qui venaient de s'écouler m'avaient épuisé. À l'issue de ce dernier jour de classe, je suis rentré directement à la maison. Je me suis couché très tôt après le dîner et je me suis réveillé en milieu de matinée. J'ai passé ma première journée de vacances à écouter de la musique. Le soir, je me suis assis en tailleur devant ma commode et j'ai contemplé longuement les centaines de CD dont je ne pouvais voir que les tranches alignées. Avec la fin des cours, un nouveau cycle commençait, non ? Alors il fallait changer la sonnerie de mon téléphone. Après notre aventure épouvantable avec Mollard Boy, j'avais besoin de bienveillance, de grâce, de douceur. J'ai choisi *Heart of Gold*, de Neil Young.

La semaine suivante, Léa et Will sont partis pour quelques jours chez les grands-parents de Will, qui habitent près de la mer. C'étaient leurs premières vacances ensemble, rien que tous les deux (plus la grand-mère, le grand-père et les cousins de Will, ainsi que les chats, les chiens et toute la basse-cour, mais sans parents). De mon côté, j'avais convenu avec le père Augustin que je l'aiderais pour les grosses moissons de l'été, mais le travail ne commencerait qu'en juillet. D'ici là, j'étais totalement libre. Alors, j'ai profité de ces quelques jours de tranquillité pour ne rien faire du tout, et pour aller traîner avec Marcelin. Le vendredi, nous avons tous reçu un SMS, ou plus exactement une série de SMS, de la part d'Annie, qui contenaient un dialogue un peu bizarre.

AGNEAU : Que faisais-tu sur cet arbre foudroyé, Ourse ?

OURSE DE SUIE : Ce n'est pas un arbre, c'est mon amie Martre.

AGNEAU : Que lui est-il arrivé, à cette pauvre Martre ?

OURSE DE SUIE : Elle a ouvert la boiste dans la lune ronde et froide de Carnaval. Mais comme elle est un peu frivole, a oublié qu'elle l'avait déjà ouverte auparavant, cette boiste, dans la lune ronde de Saint Jean.

AGNEAU : Alors l'Altus l'a changée en arbre foudroyé ?

L'Ourse de Suie ne répond pas. Elle pleure.

**

Will et Léa, puis Annie, sont rentrés de leurs vacances respectives la semaine suivante. Nous avons décidé de nous retrouver au Patio le mardi d'après, soir de la pleine lune, pour pique-niquer avant de nous rendre dans la mine. J'avais également prévenu Sam par téléphone. Le soir dit, je me suis armé de chips, d'une gourde de citronnade, de bonbons et de tranches de saucisson dont j'ai bourré mon sac à dos avant de quitter la maison.

Les ombres s'étiraient peu à peu mais l'air restait brûlant. Tout en marchant le long de la grande rue, je songeais aux semaines écoulées. À Marcelin, qui avait remisé son fauteuil roulant au grenier pour de bon, à Sam et sa nouvelle vie, aisée et dévouée, à Mollard Boy, ce gros taré dégénéré revenu du passé... Je pouvais à peine y croire, il s'était déroulé plus de choses dans ma vie au cours des trois derniers mois que durant les quatorze années précédentes. J'ai contemplé la tranche de ma main droite, où s'étalait une brûlure en cours de cicatrisation. Mollard Boy s'était évaporé. Il croyait sans doute nous avoir tués. Alors peut-être se cachait-il. J'ai baissé les yeux. J'étais habillé d'un tee-shirt à la gloire des courants électriques alternatifs et continus, d'un bermuda et de tongs. La brise chaude charriait un tumulte joyeux. Sous les platanes, les vieux jouaient à la pétanque. Un parfum d'anis et de houblon flottait dans l'air. Je me suis enfoncé dans une ruelle et j'ai débouché dans le Patio. Ils étaient déjà tous là, beaux et bronzés.

– Hey ! ai-je lancé à la ronde.

Sam était assis en tailleur sur une nappe posée à même le sol, entouré de grosses miches de pain dorées. Il a levé les yeux vers moi.

– Je les ai faits moi-même !

**

Le ciel s'était embrasé pendant que nous mangions dans la chaleur du Patio. Puis le feu du crépuscule s'était tari. Nous nous sommes mis en route pour le chantier vers vingt et une heures trente. Chacune à son tour, les étoiles sortaient du néant. Il faisait toujours aussi chaud. Tandis que nous remontions le chenal, j'observais les ombres d'Annie, Will et Sam, à quelques mètres devant nous. Trois silhouettes noires devant le ciel étoilé. Marcelin et Léa marchaient à mes côtés. Je me suis tourné vers Marcelin.

– Chouettes tes nouvelles tongs !

– Ouais, c'est des brésiliennes, des vraies ! Ça vaut une fortune !

– Tu as cassé ta tirelire, s'est amusée Léa.

– Non, mes parents me les ont payées. Ils ne me refusent rien en ce moment. Ils ont de l'argent... ils ont économisé un petit pactole ! Je ne devrais pas en profiter comme ça... j'ai un peu honte.

Il a éclaté de rire.

Lorsque nous sommes parvenus à la maison détruite, le ciel était si noir qu'on ne distinguait même pas la silhouette de la dune de déblais. La lune jetait sa clarté laiteuse sur nos visages. Marcelin a pénétré dans la cave et en est ressorti quelques instants après avec l'Altus, qu'il a déposé précautionneusement sur le sol.

– Vous avez lu mon petit dialogue entre l'ourse et l'agneau ? a demandé Annie.

Nous avons tous acquiescé, y compris Sam, à qui j'avais fait lire le texte sur mon portable.

– Qu'en dites-vous ?

– Il me semble que ça signifie que l'Altus ne doit pas être ouvert deux fois par la même personne, a suggéré Marcelin.

– Oui, a approuvé Léa. Alors ne prenons aucun risque.

Elle a sorti trois allumettes de son sac et les a préparées, avant de se tourner vers nous.

– Will, Tom, Annie, il n'y a que vous qui jouez.

– Et que fera-t-on de l'Altus lorsqu'on l'aura tous ouvert ? ai-je demandé en m'avançant le premier pour tirer une allumette.

– Bonne question, a répondu Marcelin. On pourrait le détruire ? le cacher ?...

Mais je n'ai pas entendu ni écouté la suite. Je venais de réaliser que j'avais tiré l'allumette cassée. Mon cœur s'est emballé. Mes entrailles se sont serrées. Une sueur froide a commencé à couler de mon front, à inonder mon visage.

– Tom, a murmuré Léa. C'est toi...

– Tom ? Ça va, vieux ? m'a demandé Sam en m'agrippant doucement par l'épaule.

J'ai un peu chancelé.

– C'est bon, ça va, ai-je dit. C'est juste que... je ne m'y attendais pas...

– Tu avais une chance sur trois, a dit Annie.

– Ouais, une chance sur trois... mais je ne sentais pas que c'était pour aujourd'hui...

J'ai ramassé le coffre et j'ai fait quelques pas pour m'éloigner un peu du groupe avant de m'asseoir sur le sol. Léa s'est approchée.

– Tom, tu n'es pas obligé de...

– Si, l'ai-je coupée. C'est mon tour.

J'ai levé les yeux vers la lune mais je n'ai pas compris si elle souriait ou pas. Je me sentais comme une montagne solitaire. J'ai oublié les autres. Leurs mots un peu flous, leurs regards anxieux se sont éloignés, portés par quelque torrent jusqu'au creux d'une vallée. Sur mon crâne, dans la forêt, des milliers de sources fraîches naissaient puis se changeaient en ruisseaux qui dévalaient les pentes brûlantes. À l'intérieur, un volcan sommeillait. Lorsque j'ai posé mes doigts sur le couvercle en bois, il a frissonné très légèrement. J'ai poussé un long et profond soupir et j'ai ouvert la boîte.

La lumière a jailli et m'a pénétré. Je flottais à la surface du soleil bleu. Le souffle chaud me déchirait le corps. Puis soudain, à l'intérieur de moi, le volcan s'est déchaîné. Les feux de la montagne et de l'astre n'ont fait qu'un. À cet instant, j'ai compris que j'avais compris. Mais quoi ? Mystère.

Je me suis retrouvé sur une plage déserte. L'Altus filait, comme un char à voile. Petit coffre posé sur des roulettes. J'ai couru derrière lui. « Attends, reviens ! » ai-je crié. Des goélands nous suivaient, taches blanches dans le ciel d'anthracite. « Reviens ! » ai-je hurlé.

Puis j'ai réalisé que j'étais dans une salle de bains, face à deux lavabos surplombés de miroirs jumeaux. J'avais une sale tête. Vraiment une sale tête. Je faisais une grimace horrible. J'ai commencé à chanter. Oui, j'avais compris. Presque compris. Encore un petit effort.

I want you
I want you so bad
I want you

I want you so bad
It's driving me mad
It's driving me mad

J'ai fermé les yeux. La salle de bains sentait le savon et le moisi. Lorsque je me suis enfin décidé à ouvrir les paupières, ma métamorphose avait commencé. Une deuxième tête poussait sur mes épaules. L'autre visage était différent. J'ai hurlé si fort que mon corps s'est disloqué, s'est changé en poussière. Quelqu'un a actionné l'interrupteur de la salle de bains. Les néons se sont effacés devant le néant. Dans l'éther noir, des lucioles dansaient. J'en ai compté des milliers, de toutes les couleurs : bleues, rouges, jaunes, vertes, mauves, blanches. Puis les lucioles se sont éteintes, l'une après l'autre. Les ténèbres se sont couchées sur moi. Dans le lointain, quelqu'un criait mon nom.

– Tom ! Tom !...

J'ai ouvert les yeux. Marcelin me secouait gentiment par les épaules. J'étais assis en tailleur. J'ai noté que j'avais perdu une tong. Le coffre, clos, se trouvait sur mes jambes croisées. Je ne savais pas si le couvercle s'était rabattu tout seul ou si c'est moi qui l'avais refermé. Peu importait, parce que lui et moi ne faisions qu'un. Marcelin m'a tendu une petite bouteille d'eau que j'ai portée à mes lèvres d'une main tremblante.

Ils m'ont posé des questions, mais je n'ai pas su leur répondre. Nous sommes rentrés. Je ne me souviens pas de grand-chose. Je marchais comme un somnambule.

Ma conscience à demi éteinte flottait dans les limbes. Je tentais en vain de me souvenir de ce visage. L'autre visage du monstre à deux têtes.

Marcelin m'a ramené chez moi. Lorsque finalement je me suis couché, seul dans ma chambre silencieuse, j'ai aperçu les quatre musiciens anglais sur le mur. Il m'a semblé qu'ils partageaient le même corps. Quatre têtes sur un seul corps. J'avais un goût infect de métal dans la bouche. Dans mon ventre et dans mon cœur, le volcan pulsait, jetant sa lave brûlante dans mon crâne. Enfin j'ai fermé les yeux et j'ai sombré.

CHAPITRE 5.

OÙ EST CHARLIE ?

L'Ourse caresse tendrement l'écorce de charbon. Au contact du bois mort, sa fourrure épaisse se couvre de noir.

OURSE DE SUIE : C'était un mensonge, Agneau. Ceci n'est qu'un arbre foudroyé sur lequel je me cache pour pleurer. Mon amie Martre, je ne l'ai jamais revue.

L'Altus l'a prise.

**

Ce soir, j'ai envie d'aller au cinéma. Aller voir un film pour ne plus y penser. Ne plus penser à cette année qui s'achève, et aussi repartir de zéro. Cinq mois se sont écoulés depuis cette nuit où Tom a ouvert l'Altus. C'est le milieu de l'après-midi, mais il fait déjà nuit. De l'autre côté de la vitre immense, les flocons dansent comme des papillons de glace dans la lueur des lanternes. Je distingue à peine le halo rond de la lune derrière son voile nocturne.

J'attrape mon portable et ouvre la messagerie. Je tapote fiévreusement mon écran de verre.

On va au ciné ce soir ? ;-)

Je mets souvent un petit smiley content lorsque j'envoie des SMS. Ces derniers mois, je me dis que mes smileys ressemblent un peu à des mensonges.

Je m'appelle Léa. Je suis née ici, à la Marquèse. J'y ai grandi parmi les oies de basse-cour et les abeilles sauvages, les féveroles et les fleurs des prés, entre les haies de poussière, les ruisseaux et l'horizon jaune. La lumière était partout. Aveuglante.

Un jour, je suis rentrée au collège, dans une grande ville, une forteresse de béton, dont les terrasses et les murs avalaient le soleil, ne le recrachaient jamais. Au collège, la lumière jaillissait des livres.

Peu de temps après, les chercheurs d'or ont débarqué à la Marquèse. La compagnie des lombrics mangeurs de terre et de lumière.

Plus tard, l'un de mes amis est devenu mon amoureux. Les ténèbres se cachaient dans ses cheveux noirs. La lumière surgissait de ses yeux et caressait mon cœur.

Et puis nous avons découvert l'Altus. Alors, ma petite vie, mon train-train bien ordonné d'ombre et de lumière se sont dissous dans son halo. La règle du jeu (que nous ignorions au départ) semblait simple : ouvre l'Altus et deviens celui que tu veux être, au fond, tout au fond, même si tu ne le sais pas. Nous avons décidé de jouer et tout a bien commencé. La lumière bleue sortait du coffre. C'était une lumière délicieuse, parce qu'elle venait de nous. De l'intérieur, au fond, tout au fond.

Comme oublie de le dire le proverbe, *Après le beau temps, la pluie*. Après la lumière, les ténèbres.

Tout a dérapé au milieu de l'été. Une brume sombre chargée d'eau noire et poisseuse s'est posée sur nous au mois de juillet, lorsque Tom a ouvert la boîte.

**

Le dix juillet, mon réveil a sonné à sept heures. Vraiment très tôt pour un jour de vacances. Mes paupières se sont ouvertes lentement, très lentement. Peu à peu, Mistaya est apparu. Mistaya est une sorte de monstre. Un monstre poilu d'au moins trois cents kilos. Un monstre en pétard. Ses yeux lancent des éclairs. Ses crocs luisent dans l'éclat du printemps canadien. Mais Mistaya est un monstre gentil.

« C'est terrifiant, Léa ! » avait hurlé ma mère, « Tu vas faire des cauchemars avec ce truc en face de ton lit ! » m'avait sermonnée mon père, le jour où j'avais rapporté le portrait de Mistaya à la maison après une visite au muséum d'histoire naturelle. Je crois que mes parents auraient préféré que je choisisse un poster représentant un beau paysage de carte postale, une portée de bébés chats tout mignons ou, à la rigueur, un boys band avec quatre benêts en marcel. Mais non, j'avais choisi un grizzly en pétard. Et non, je ne faisais pas de cauchemars. Les cauchemars ne s'aventuraient jamais par ici. Ils avaient beaucoup trop peur de Mistaya.

Je me suis redressée et j'ai attrapé mon portable. J'ai hésité un instant à appeler Tom. Il était peut-être un peu trop tôt. J'étais assez inquiète. Dans l'Altus, Tom avait vu quelque chose qui l'avait secoué, terriblement. J'avais un mauvais pressentiment. J'ai ouvert la messagerie et je lui ai envoyé un SMS plutôt minimaliste.

Alors ? :-

Puis je me suis levée, je suis allée prendre une douche et mon petit déjeuner. À huit heures moins le quart, Tom n'avait toujours pas répondu à mon message. J'ai composé son numéro, mais il n'a pas répondu. Puis Will m'a appelée. J'ai décroché.

– Allô, Will ? Tu as pu joindre Tom ? Will ?...

L'appel s'était interrompu. J'ai tenté de joindre Will à nouveau, sans succès. J'ai essayé de me convaincre qu'il ne fallait pas se faire trop de souci, parce qu'il était encore tôt et Tom dormait probablement ; et puis, le réseau téléphonique était capricieux, Will allait probablement venir directement à la maison, il avait l'habitude. Alors, je me suis installée à mon bureau pour travailler. Mon père avait monté l'ordinateur de la véranda dans ma chambre pour la durée des travaux de remplacement de la baie vitrée. Mon stage au zoo commençait dix jours plus tard ; il durerait un mois. J'avais l'intention de m'y préparer avec le plus grand sérieux. Sur l'ordinateur, j'ai ouvert un document texte qui s'intitulait *Rationalisation de l'alimentation des hippopotames en parc zoologique*.

Au bout d'une heure de lecture studieuse, le régime alimentaire des hippopotames n'avait plus aucun secret pour moi. J'ai levé les yeux vers la fenêtre et j'ai aperçu une silhouette derrière la haie de lauriers. J'ai ouvert le battant.

– Will ! Pourquoi tu ne rentres pas ?

Il n'a pas répondu et a fait un petit geste de la main. J'ai attrapé ma veste et je suis descendue. Une fois sur le trottoir, je me suis approchée de lui et me suis glissée dans ses bras. Il m'a serrée très fort. Son corps tremblait.

– Salut les amoureux ! a lancé une voix familière derrière nous.

Je me suis retournée. Marcelin était adossé à la boîte aux lettres.

– Vous avez réussi à joindre Tom ?

– Non, ai-je murmuré.

– Alors allons voir chez lui, a proposé Marcelin.

**

Nous avons sonné plusieurs fois sans obtenir de réponse.

– C'est bizarre qu'il n'y ait personne, a observé Marcelin.

– Ses parents travaillent tous les deux ce mois-ci, a murmuré Will d'une voix presque inaudible.

– Entrons, ai-je dit en ouvrant la porte d'entrée qui n'était pas verrouillée.

Nous avons pénétré dans le couloir qui desservait le salon.

– Allons voir dans sa chambre, a chuchoté Marcelin.

Nous l'avons suivi dans un autre couloir. Il a ouvert la porte de la chambre de Tom. Mon regard s'est posé sur le lit défait. Quelques vêtements traînaient par terre. Nous nous sommes mis à fouiller la pièce sous le regard de quatre Anglais au teint pâle et aux coupes de cheveux discutables.

– Son téléphone est là, sur la table de nuit, a remarqué Marcelin.

Je me suis approchée.

– Il est sorti sans son téléphone… ai-je murmuré.

– Bizarre, a soufflé Marcelin. Il l'avait sur lui hier soir, j'en suis sûr… et je suis sûr aussi qu'il est rentré ici, parce que je l'ai raccompagné.

– Regarde l'historique des appels, ai-je suggéré.

Marcelin a saisi le téléphone et s'est exécuté.

1 appel entrant de Will. Hier, 18 h 37

1 appel sortant à Léa. Hier, 19 h 30

1 appel non répondu de Marcelin. Aujourd'hui, 7 h 45

1 appel non répondu de Will. Aujourd'hui, 7 h 49

2 appels non répondus de Léa. Aujourd'hui, 7 h 52

4 appels non répondus de 067316999. Aujourd'hui, 8 h 10

3 appels non répondus de Sam. Aujourd'hui, 8 h 57

1 appel non répondu de 067316999. Aujourd'hui, 9 h 15

– 067316999 ? a tiqué Marcelin. Qu'est-ce que c'est que ce numéro ?

Il a ouvert l'historique de la messagerie.

1 message de Will, hier, 11 h 23 : On se retrouve à 19h, ce soir ?

1 message de Marcelin, hier, 15 h 51 : Tu prends des chips ?

1 message de Maman, hier, 20 h 58 : Tom, n'oublie pas de rentrer avant minuit. Amuse-toi bien. bisous

1 message de 067316999, hier, 21 h 32 : Demain 8h pétantes

1 message non vu de Marcelin, aujourd'hui, 7 h 05 : T'es réveillé, mec ?

1 message non vu de Léa, aujourd'hui, 7 h 09 : Alors ? :-

1 message non vu de Annie, aujourd'hui, 8 h 33 : Ça va, Tom ?

– Toujours ce numéro inconnu, a murmuré Marcelin. Il avait rendez-vous ce matin à huit heures… avec qui ?

– On ferait mieux de partir, a soufflé Will.

Il me semblait affreusement pâle, presque autant que les quatre Anglais.

– Will, ça va ? ai-je murmuré en posant ma main sur son épaule.

Il n'a pas répondu et s'est tourné vers la fenêtre. Ses lèvres tremblaient.

– J'ai envie de vomir… j'ai… un mauvais pressentiment. Remets le téléphone à sa place et partons d'ici.

– Non, on le garde…

– Non, repose-le, a insisté Will.

Marcelin a reposé le portable sur la table de nuit et nous sommes sortis de la maison en silence.

**

– Où est-ce qu'on va ?

– Je ne sais pas… allons au Patio.

Nous foulions les pavés du centre. Un souffle léger et chaud faisait onduler ma jupe. Tout près de nous, l'église a sonné onze heures. J'avais téléphoné à mes parents pour les prévenir que je ne déjeunerais pas à la maison. De toute façon, je n'avais pas faim. Marcelin, qui marchait en tête, s'est engagé dans la ruelle sombre. Au bout de l'allée étroite, le Patio s'ouvrait sur le ciel pur. Je me suis dirigée vers le banc et me suis assise à l'ombre du platane.

– Tu as retenu le numéro ? ai-je demandé à Marcelin.

– Non, a-t-il répondu d'un ton maussade. Je me souviens du début : 067, et de la fin : 999, mais j'ai un trou au milieu, je n'ai pas eu le temps de le mémoriser, tout est allé trop vite… Pourquoi vous n'avez pas voulu que l'on garde le portable de Tom ?

– On ne peut pas lui prendre son portable comme ça… ai-je dit.

– Et s'il ne réapparaît pas aujourd'hui, m'a coupée Will, si ses parents appellent la police ? Qu'est-ce qu'ils vont penser s'ils découvrent qu'on a le portable de Tom ?

– Vous êtes malades, a objecté Marcelin. Personne ne va appeler la police, on va retrouver Tom…

– OK, ai-je dit, tu as raison. Par quoi on commence ?

– Il faut comprendre à qui appartient ce numéro. Il y a forcément un lien avec sa disparition…

– Je suis d'accord, a dit Will, mais si on ne s'en sou…

Il a été interrompu par la sonnerie de son propre téléphone, qu'il a sorti de sa poche. Ses yeux se sont écarquillés.

Appel entrant de 067316999

– C'est le numéro ! s'est exclamé Marcelin.

– Qu'est-ce que je fais ?

– Active le haut-parleur et réponds !

Will s'est exécuté.

– Allô ?

– Allô, c'est qui ?

C'était une voix d'homme. Un homme plutôt âgé, avec un fort accent du pays.

– C'est vous qui m'appelez, m'sieur, a dit Will. Qui êtes-vous ?

– Où est Tom ?

– Je cherche Tom moi aussi, m'sieur, mais...

– C'est toi, Will ? Le Will à la moto ?

Will a semblé enfin comprendre qui était au bout de la ligne.

– M'sieur Augustin ?

– Bien sûr que c'est m'sieur Augustin ! Où est Tom ? Il devait être là à huit heures pétantes pour commencer les moissons !

**

– On dirait que le numéro mystérieux était une fausse piste, a soupiré Marcelin. Si Tom avait ce rendez-vous, c'est vraiment inquiétant qu'il ne s'y soit pas rendu. Qu'est-ce qu'on fait ?

– On essaie de joindre Sam et Annie, ai-je dit, puis on se met à la recherche de Tom.

– Où est-ce qu'on va chercher ?

– Partout.

C'est ce que nous avons fait. J'ai fouillé de fond en comble le centre de la Marquèse, tandis qu'Annie s'occupait du chantier, que Will sillonnait en moto les sous-bois des alentours et que Sam et Marcelin prospectaient les villages voisins en voiture.

**

Au cœur de la Marquèse, j'ai croisé des visages dont je connaissais les traits. J'ai posé des questions, des dizaines de questions, dont les réponses ne me poussaient qu'à avancer un peu plus loin à la rencontre d'autres visages. J'ai inspecté les bancs, fouillé les poubelles, parcouru les ruelles et les squares à la recherche de quelque trace, indice, piste, idée, quelque possibilité nouvelle.

Quelque part dans l'après-midi brûlant, j'ai été prise d'une sorte de vertige, une nausée tourbillonnante. Je me suis affalée contre un mur et j'ai attendu. Les pierres chaudes massaient mon dos à travers mon tee-shirt léger. En levant les yeux, j'ai aperçu un nid d'hirondelle caché dans l'ombre. C'était le mur de l'église. J'ai contemplé les plis de ma jupe bleue qui couvrait mes jambes jusqu'aux genoux. J'avais mal aux pieds, à cause de ces satanées sandales aux semelles-feuilles de papier. Je pouvais sentir la chaleur et le relief des pavés à travers ces semelles-là. Plus bas, dans la rue, deux silhouettes ont glissé lentement. Mme Grondin, de la mercerie, était avec une autre vieille dame aux cheveux bleus dont j'ai oublié le nom. Elles ont croisé une femme que je n'avais jamais vue, accompagnée de deux enfants. Le plus jeune tenait un ballon au bout d'une ficelle. Chacun vaquait à ses occupations. Le vertige était passé. Je me suis levée et j'ai repris ma chasse aux visages.

**

Le soir, nous nous sommes retrouvés au Patio. Nos recherches avaient été vaines. Nous étions tous épuisés, mais Will semblait être le plus éprouvé d'entre nous.

– La mère de Tom m'a appelé plusieurs fois, a-t-il murmuré. Il n'est pas rentré chez lui. Il ne s'est jamais présenté chez le père Augustin.

– Elle m'a appelé aussi, a indiqué Marcelin.

Le téléphone de Will a sonné.

– C'est encore elle, a-t-il dit. Allô ?

Il s'est levé et s'est éloigné de nous. Lorsqu'il est revenu, au bout de quelques instants, après avoir raccroché, il pleurait silencieusement.

– Ils sont à la gendarmerie, a-t-il soufflé. Ils sont vraiment très inquiets.

Sa voix s'est brisée. Je me suis levée et l'ai pris dans mes bras. Il a enfoui son visage dans mes cheveux et n'a plus bougé.

– Tom avait dit à ses parents qu'il passait la soirée avec Will, Léa, et moi, a dit Marcelin. Nous allons sûrement être convoqués à la gendarmerie tous les trois... Peut-être demain. Ils vont nous poser des questions.

– Oui, ai-je acquiescé sans lâcher Will.

– Qu'est-ce qu'on leur dit ?

– Toute la vérité ?

– Non, est intervenue Annie. Pas un mot sur l'Altus. Vous vous souvenez, on l'a juré...

– Oui, mais c'était avant que Tom disparaisse, ai-je objecté.

– Je suis d'accord avec Annie, a fait Marcelin. Ils ne nous croiraient pas de toute façon. Ils ne doivent pas savoir.

Annie s'est tournée vers Sam.

– Et pas un mot sur Sam, a-t-elle ajouté. Sam n'a rien à voir avec la disparition de Tom, et parler de lui aux gendarmes ne ferait que lui attirer des ennuis.

Sam est demeuré silencieux, mais a semblé acquiescer d'un hochement de tête presque imperceptible.

– OK, ai-je dit.

– Et Mollard Boy ? a demandé Marcelin.

Annie s'est figée un court instant. Puis elle a soupiré, a retiré ses lunettes et a levé les yeux vers le ciel toujours parfaitement bleu. Elle semblait plus âgée, ainsi. Peut-être à cause des cernes de fatigue que ses larges montures masquaient, d'ordinaire. Peut-être à cause de cette ride verticale qui avait fait son apparition sur son front à l'évocation de Michaël Beuldecke.

– C'est un assassin, a-t-elle murmuré.

– Jusqu'à présent, on n'a parlé de Mollard Boy à personne, mais on ne peut plus continuer à taire ses agissements… et puis, il n'y a aucun véritable lien entre Mollard Boy et l'Altus, ai-je ajouté.

– Nous pouvons donc parler de lui aux gendarmes, a continué Marcelin. Nous *devons* parler de lui. Il a essayé de tuer Tom et Will. Il est trop dangereux pour qu'on se taise…

Sam s'est avancé vers nous.

– Il a essayé de tuer Tom… et aujourd'hui, Tom a disparu…

– Tu crois que Beuldecke est lié à la disparition de Tom ?

Personne n'a répondu.

**

Marcelin avait vu juste. Le lendemain matin, nous avons été convoqués à la gendarmerie, tous les trois, séparément. Je m'y suis rendue en fin de matinée avec mon père. La jeune gendarmette qui posait les questions était très gentille. Je la connaissais un peu. Je ne lui ai pas parlé de l'Altus, ni de nos virées sur le chantier de la mine, comme convenu avec les autres. Lorsque j'ai évoqué Michaël Beuldecke, elle a levé les yeux de son ordinateur.

– Michaël Beul-quoi ? Comment ça s'écrit ?

Son collègue, beaucoup plus âgé, moustachu et ventripotent, qui tapait un rapport à l'autre bout de la pièce sans paraître se préoccuper de nous, s'est levé comme si un ressort l'avait propulsé hors de son siège.

– Beuldecke, avec un C, un K et un E à la fin, a-t-il dit d'une voix forte et grave.

Il s'est approché de nous et s'est penché vers moi.

– Tu es sûre qu'il s'agissait de Michaël Beuldecke, Léa ?

– Oui monsieur, absolument certaine.

– Qui est ce Michaël Beuldecke ? a demandé la gendarmette.

– Un voyou, un sale gamin qui nous a empoisonné la vie pendant des années. Il a vécu à la Marquèse avec ses parents jusqu'à l'âge de quatorze ou quinze ans. C'était avant ton arrivée dans le service. Il a fait les quatre cents coups, ici. Et puis un jour, il y a eu le coup de trop. On l'a envoyé à Issymes. Mais comme il avait un sérieux penchant pour la violence et les feux de matelas, il a été transféré à Outrant. Et après, je ne sais pas… je n'avais plus entendu ce nom depuis des années. Je l'avais presque oublié.

Je leur ai donc raconté tout ce que je savais à propos de Mollard Boy, y compris l'histoire du pavé dans la véranda, ce qui a fait exploser mon père, qui avait déposé plainte pour vandalisme dans ce même bureau quelques semaines plus tôt.

– Léa, pourquoi tu ne nous avais pas dit que c'est Beuldecke qui a cassé notre véranda ?

– Je n'étais pas sûre que c'était lui, à l'époque, ai-je menti. Je n'ai compris que plus tard.

Cet aveu tardif et peu crédible n'arrangeait pas mes petites affaires. Les gendarmes m'ont posé beaucoup de questions sur nos rencontres avec Mollard Boy, auxquelles j'ai choisi de répondre avec la plus grande honnêteté, ce qui m'a obligée à leur raconter l'épisode de la baraque de chantier. Ce déballage de péripéties, d'incidents, d'agressions, de pépins et de transgressions a effaré mes parents qui m'ont consignée à la maison jusqu'à nouvel ordre. Tom demeurait introuvable. La gendarmerie et la police le cherchaient. On a parlé de lui dans les journaux, à la télé. Je suis restée enfermée et ne pouvais communiquer avec les autres que par SMS. J'ai tenté de travailler pour tuer le temps, mais le régime des hippos et des autruches n'avait plus aucune saveur pour moi. Au bout de quelques jours, mes parents m'ont enfin autorisée à sortir, et j'en ai profité pour proposer à Will d'aller dîner au restaurant, tous les deux, comme des grands.

Il est passé me prendre à la maison et a promis à mes parents de me ramener avant vingt-deux heures. Il m'a conduite dans le quartier nouveau et a garé la moto sur un large trottoir où s'alignaient des dizaines de devantures criardes. Nous nous sommes dirigés vers le restaurant qu'il avait choisi. C'était une pizzeria qui ne sentait pas vraiment la pizza. L'odeur qui m'a sauté au nez lorsque j'ai passé le seuil était celle des sièges et des tables neuves, de la peinture fraîche et de l'enduit pas tout à fait sec. Nous sommes entrés dans un grand cube très lumineux, éclairé de néons et d'écrans plats où défilaient menus et photos de salades composées, de burgers, gobelets géants contenant des boissons pétillantes et sucrées, et autres sushis aux couleurs vives.

– Tu es sûr que c'est une pizzeria ? ai-je demandé à Will.

– Euh... il me semble que oui, le restau s'appelle *Rapid' Pizza 3000*.

Nous nous sommes installés à une petite table située dans un coin du cube. Un serveur très jeune vêtu d'un uniforme orange et vert, les couleurs de l'enseigne, nous a apporté la carte et nous avons commandé nos pizzas et des Cocas. Lorsque le garçon a tourné les talons pour se rendre aux cuisines, j'ai posé ma main sur celle de Will. Il a tressailli légèrement, puis s'est dégagé pour saisir la salière du bout des doigts. Son regard ne semblait pouvoir se détacher de l'écran qui faisait défiler en boucle les promotions incroyables sur le nouveau menu *Giga-Kolossal Burger* avec une bassine entière de frites offerte.

– C'était difficile de ne pas se voir, ces derniers jours, ai-je murmuré, dans un souffle presque inaudible.

– Je l'ai cherché partout...

– Raconte-moi...

Il a esquissé un sourire un peu crispé que je reconnaissais à peine, puis m'a raconté en détail ses dernières journées et ce qu'il savait de l'enquête. Il sillonnait inlassablement les bois, les champs, les routes, les villages, à la recherche de Tom, en quête du moindre indice. Sam prospectait de son côté avec la voiture, qui lui permettait de couvrir une surface plus importante. Les gendarmes aussi continuaient de suivre différentes pistes. Ils avaient entièrement fouillé la maison familiale à la recherche d'une note, de traces de sang, de lutte, ou de tout autre indice. Ils avaient aussi démonté le téléphone de Tom, avaient analysé l'historique des appels, puis avaient rendu l'appareil à ses parents, en leur donnant pour consigne de le charger régulièrement. Tout nouvel appel vers le numéro de Tom serait reçu à la fois sur le portable et par les gendarmes, qui pourraient localiser sa provenance. En parallèle de leurs recherches sur la disparition de notre ami, les gendarmes enquêtaient sur Mollard Boy. Son parcours qui l'avait conduit de prison en prison était parfaitement connu, mais sa trace se perdait six mois avant son retour en ville, lorsqu'il avait finalement été libéré. Il s'était fondu dans la nature.

Will m'a aussi parlé des parents de Tom, désespérés, qu'il allait voir chaque jour.

Toute cette effervescence me remplissait d'espoir et me terrifiait. Tom avait disparu depuis dix jours. Le chercherait-on toujours dans trois semaines, dans trois mois, dans trois ans s'il ne revenait pas ?

Autour de nous, chacun vaquait à ses occupations. Tout près, un garçon seul aux joues rebondies et recouvertes d'une barbe naissante se goinfrait de burgers en regardant quelque chose qui devait être fascinant sur son téléphone. À la table d'à côté, deux filles papotaient devant leurs sushis. Plus loin, un couple plus âgé (ils avaient au moins vingt-cinq ans) dînait silencieusement. Ils ne connaissaient pas Tom, et ils s'en fichaient probablement. Ce qui me terrifiait, c'était l'idée de devenir comme eux. Indifférente.

J'ai fermé mes yeux gonflés de larmes prêtes à jaillir. Sur l'écran noir et vide de mes paupières, j'ai aperçu Charlie. Charlie, vous savez, ce grand type aux lunettes rondes avec un sweat-shirt à rayures blanches et rouges. Lorsque j'étais petite, je passais des heures à essayer de le trouver à la plage, au marché, à la fête foraine, au ski, au milieu d'une foule qui vaquait à ses occupations. C'était parfois vraiment difficile de trouver Charlie. Les gens pouvaient se déguiser en Charlie, ce qui compliquait l'affaire. Et Charlie pouvait se déguiser lui aussi... Charlie-Tom était-il toujours parmi nous ? Se cachait-il sur une autre page, inaccessible, au sommet d'un volcan, au milieu d'un désert, sur une autre planète ? J'ai laissé les larmes rouler.

– Hey... je suis désolé, a chuchoté Will en posant enfin sa main sur la mienne.

Je l'ai regardé à travers le voile de tristesse qui m'aveuglait à moitié. Ses yeux étaient toujours braqués sur le *Giga-Kolossal Burger*. Ses paupières tremblaient un peu.

– Ne sois pas désolé, tu n'y peux rien... ce n'est pas notre faute...

– Partons d'ici, je n'ai pas faim.

**

Après s'être éveillée de son long, très long sommeil, l'Ourse de Suie se rend à la rivière. Plantée comme un roseau au milieu des flots scintillants, elle se penche vers la forêt.

OURSE DE SUIE : Je vois des épées de glace qui tombent des sapins. Bientôt vous aurez disparu, épées de glace.

Puis se tourne vers la prairie.

OURSE DE SUIE : Je vous entends pousser, Fleurs. D'ici peu, mon ami Agneau vous broutera.

Son regard tombe alors sur les flots frais qui coulent entre ses pattes.

OURSE DE SUIE : Poissons d'Argent, Poissons frétillants, je me régalerai de votre chair.

Avant de commencer son repas, elle lève les yeux vers le ciel et aperçoit un Aigle Pêcheur qui tourne au-dessus d'elle. L'Ourse éclate de rire avant de s'adresser à la prairie.

OURSE DE SUIE : Poussez sans crainte, jolies Demoiselles, Agneau n'aime plus les Fleurs. Viens me rejoindre, bel ami, et partageons ces mets frétillants.

**

Deux jours plus tard, un samedi, je me suis éveillée tard et sans réveil. Mistaya faisait la gueule, ce matin-là. La veille, profitant de ma liberté retrouvée, j'avais sillonné les rues de la Marquèse. Je m'étais aventurée dans les rues du quartier nouveau, cette fois. En vain. En rentrant à la maison, j'avais reçu une série de messages de la part d'Annie, narrant la suite des aventures de l'ourse et de l'agneau.

Je me suis étirée et j'ai attrapé mon téléphone. Annie avait envoyé de nouveaux messages, plus tôt dans la matinée.

Derrière ma maison, tout au fond du jardin, il y a un petit portail rouge

Il donne sur l'impasse du Martyr

RDV au portail cet après-midi à 14h

J'ai replacé le téléphone sur ma table de nuit et j'ai posé les yeux sur Mistaya. Lundi, après le week-end, je devais commencer mon stage. Cinq jours par semaine, de neuf heures à dix-huit heures. Mes parents se relayeraient pour m'y amener le matin et venir me chercher le soir. Je me suis levée et je suis sortie de la chambre pour entrer dans la salle de bains.

Après le déjeuner, j'ai quitté la maison pour me diriger vers le centre-ville. L'impasse du Martyr était en réalité une ruelle minuscule qui ne desservait que des arrière-cours et des fonds de jardin, plongée en permanence dans l'ombre des murs et des arbres fruitiers. Des chardons transperçaient le bitume boursouflé et fendu. Quelques rayons d'or se frayaient un chemin entre les feuilles des pommiers. Tout en marchant, j'ai fermé les yeux à l'écoute du murmure des abeilles sauvages. Enfin, je suis parvenue au portail rouge, envahi de lianes et d'herbes hautes.

Je l'ai ouvert et je me suis retrouvée dans un jardin touffu, une jungle-friche où le soleil et l'ombre jouaient à cache-cache. Will, Annie et Marcelin m'attendaient près d'un grand figuier tortueux. Annie s'est avancée vers moi. Elle m'a semblé encore plus pâle que d'habitude. Cette blancheur, au cœur de l'été, avait quelque chose d'anachronique. Elle a inspiré un bon coup puis a pris la parole d'une toute petite voix.

– Je voulais vous dire que je suis désolée de ne pas participer aux recherches autant que je le voudrais, mais... ma mère ne me laisse pas beaucoup sortir en ce moment. Elle a eu vent de certaines de nos péripéties et elle se fait du souci pour moi...

– T'inquiète, a fait Will. Et puis tu cherches à ta façon en lisant tous ces livres et en les décryptant pour nous.

– Il ne me reste que trois livres à lire. J'espère que ça nous aidera.

– Ça nous aide beaucoup, a dit Marcelin. Grâce aux récits de l'ourse de suie, nous pouvons identifier l'espace des possibles.

– L'espace des possibles ? a répété Will d'un ton perplexe.

– Pour moi, quatre grands types de causes peuvent expliquer la disparition de Tom, a développé Marcelin.

– Lesquelles ? ai-je demandé.

– Première possibilité : à cause de l'Altus, Tom est ailleurs, dans la peau de quelqu'un d'autre. Quel genre de personne aurait-il pu vouloir devenir plus que tout au monde ?

– Un musicien, ai-je murmuré.

– S'il s'était réveillé dans la peau d'un musicien ou de je ne sais quoi, n'importe où dans le monde, il aurait pris contact avec nous, avec ses parents… Ça ne tient pas, a objecté Annie. Quelle est la deuxième possibilité ?

– Il est toujours ici, mais on ne peut plus le voir.

– Comme un homme invisible, a dit Will.

– Dans ce cas, il s'agit d'un homme invisible ET muet, a répliqué Annie. Sinon, il nous parlerait, se manifesterait. J'ai du mal à comprendre pourquoi Tom aurait voulu devenir invisible… Quelle est la troisième possibilité ?

– Vous vous souvenez de la martre, amie de l'ourse de suie ?

– Oui, ai-je répondu. La martre a disparu parce qu'elle a ouvert deux fois l'Altus...

– Tu veux dire que Tom aurait déjà ouvert le coffre avant la pleine lune de juillet, a sifflé Annie, et qu'il a disparu pour ça ?...

– Ce n'est pas possible, a objecté Will. Nous avons découvert l'Altus tous les quatre, et ensuite, nous étions ensemble tout le temps...

– Peut-être qu'il ne nous l'a pas dit ? a proposé Annie.

– Je n'y crois pas, ai-je murmuré. Marcelin, quelle est la quatrième possibilité ?

– La quatrième possibilité est simple : la disparition de Tom n'a rien à voir avec l'Altus...

– Mollard Boy, a lâché Annie entre ses dents.

J'ai soupiré et je me suis assise par terre dans les herbes hautes.

– Oui, c'est une possibilité, ai-je reconnu. Mais je n'y crois pas non plus. Depuis presque quinze ans, Tom vit ici, et il ne lui est jamais rien arrivé de grave. Et un soir, il ouvre le coffre, puis il disparaît le lendemain. Cette disparition est forcément liée à l'Altus.

– Alors, il y a peut-être une cinquième possibilité, a déclaré Marcelin. Elle découle de ce que les scientifiques appellent l'interaction entre deux facteurs. Imaginez que A et B soient deux causes possibles favorisant la survenue d'un événement C. Ni A ni B ne sont suffisantes à elles toutes seules pour provoquer C...

– Je suis perdu, a soupiré Will.

– … mais l'interaction de A et B va provoquer C.

– A, c'est l'Altus, ai-je dit.

– Et B, c'est Mollard Boy, a poursuivi Annie.

– Je ne comprends toujours pas, a sifflé Will. L'interaction entre l'Altus et Mollard Boy, c'est quoi au juste ?

Marcelin a enlevé ses lunettes avant de s'asseoir à côté de moi.

– Tom avait très peur de Mollard Boy. Il était sous le choc, après ce qu'il s'est passé sur le chantier, dans la baraque en tôle. Il devait ruminer ça tout le temps, y compris lorsqu'il a ouvert le coffre…

– Oui, ça se tient, ai-je admis. C'est sûr que toute cette histoire l'a influencé…

– Imaginez que quelqu'un de très méchant veuille vous tuer. Quelqu'un qui vous fait peur depuis longtemps, bien plus longtemps que vous ne le croyez. Peur depuis l'époque du bac à sable… Et puis un jour, vous ouvrez l'Altus pour devenir celui que vous voulez être plus que tout…

Will s'est adossé contre le figuier.

– Moi, je me transforme en Hulk, ou Superman, ou un type comme ça. Et je vais chez Mollard Boy et je le…

– Ou Viperman, s'est esclaffé Marcelin.

– Viperman ? a répété Annie.

– C'est un superhéros pas très connu que Tom adore. À vrai dire, je n'ai jamais compris s'il s'agissait d'un superhéros ou d'un super vilain. Dans le civil, il est comme tout le monde, mais quand il est en pétard, ses pupilles deviennent verticales, comme celles des vipères ou des chats. Quand il est comme ça, il est vraiment balèze. Il n'a peur de rien ni personne, parce qu'il est invincible. Et là, il vaut mieux ne pas être dans les parages.

Annie a levé les yeux au ciel.

– OK, ai-je dit. Peu importe que ce soit Superman, Viperman, Poney-Man, le Minotaure ou un vampire. Cette piste semble très intéressante. Tom s'est réveillé dans la peau de quelqu'un d'autre, ou avec des facultés nouvelles, puis il s'est mis à la recherche de Mollard Boy.

– Il faut donc retrouver Mollard Boy pour retrouver Tom, a conclu Marcelin.

– Les gendarmes sont déjà à sa recherche, a objecté Annie. S'ils ne le retrouvent pas, nous ne pourrons pas non plus. Que savons-nous à propos de Mollard Boy qu'ils ignorent ?

– Rien, ai-je soupiré d'une voix terne. On leur a dit tout ce qu'on savait. Alors qu'eux savent sûrement des tas de choses qu'on ignore...

Je me suis levée et j'ai fait quelques pas dans le jardin, foulant les herbes hautes qui montaient au-dessus de mes genoux comme une jungle miniature mais impénétrable. Soudain, une pensée m'a percuté l'esprit, comme une comète venue de nulle part. Tom était là, caché dans les herbes. J'ai fermé les yeux. C'était ridicule. La comète a rebondi sur le bord de mon esprit et s'est éloignée en zigzaguant entre les étoiles.

– Alors, qu'est-ce qu'on fait ? a demandé Annie.

– On continue à chercher Tom, et Mollard Boy, ai-je répondu.

– Et si on ne les trouve pas ?

Marcelin s'est levé à son tour et a fait quelques pas avant de se retourner vers nous.

– Nous irons parler à l'Altus.

– Lui parler ?

– Oui, et s'il ne nous écoute pas, nous le détruirons.

– Marcelin, ai-je soupiré. On ne peut pas faire ça... Si ta maladie revient ?...

– J'y compte bien, a-t-il murmuré. Si ma maladie revient, alors Tom aussi reviendra.

Une voix s'est élevée de l'autre côté du jardin.

– Annie ! Annie !

– C'est ma mère, a soufflé Annie.

– Si tu nous as fait rentrer par l'arrière du jardin, j'imagine que c'est parce qu'elle ne veut pas nous voir...

– Elle est un peu furieuse contre moi, en ce moment. Et elle a peur...

– Annie !

Marcelin s'est approché d'Annie et lui a frôlé l'épaule de la paume de la main.

– À bientôt, a-t-il chuchoté.

– Oui, a-t-elle dit.

Elle nous a regardés disparaître sous les feuillages, puis s'est dirigée vers la maison la tête basse.

**

Le lundi, mon réveil a sonné à huit heures. Pas le temps de contempler longuement Mistaya, ce matin. J'ai sauté du lit et j'ai filé à la salle de bains. Les images sont passées comme dans un rêve, m'ont effleurée sans vraiment m'atteindre. Douche, tartine, café au lait, sièges sombres de la voiture, champs vallonnés à perte de vue, rues de Lamuyre, jusqu'au parking du zoo encore désert à cette heure. J'ai embrassé ma mère et je suis sortie dans la brise tiède.

Ainsi a débuté mon stage au parc zoologique de Lamuyre. Là, j'ai rencontré Lola, ma tutrice, et les autres soigneurs, Thibaut, Olivia, Jean, Myriam. Et Mme Tonioni, la vétérinaire, Enzo et George, les gardiens, Alison, la guichetière, M. Michel, le gestionnaire, et puis Pablo, la plus vieille tortue des Galápagos du pays, Hector, le grand-père girafe, Toshi et Hemio, les tigres du Bengale, Kirk, l'hippopotame chafouin, et beaucoup d'autres. J'ai participé à toutes les tâches : préparation de la nourriture et nourrissage, nettoyage des cages et des enclos, soins, accueil du public... Le stage était-il intéressant ? Oui, génialement intéressant. Les gens étaient-ils sympas ? Oui, vraiment adorables, accueillants et passionnés par leur métier. Tout aurait pu être parfait, si les images colorées du zoo inondé de soleil avaient pu m'atteindre. Mais elles n'ont fait que m'effleurer, comme les tartines et le café au lait. Mon esprit était ailleurs.

Dimanche 28 juillet, quinze heures, devant l'enclos des éléphants. La foule avait envahi les allées du parc. La foule s'était engouffrée. Elle babillait, caquetait, gesticulait, flamboyait. Elle était faite de shorts et de jupes courtes, de jambes dorées, de poussettes dont les chromes scintillaient, de sacs à dos et d'appareils photo, de casquettes et de lunettes de soleil à grosses montures colorées à la mode. Et puis, de visages. De centaines de visages. Mon balai est tombé sur le sol. J'ai cherché Tom parmi les centaines. Tom était malin, très malin. Pour que je puisse le retrouver, il avait mis ses lunettes rondes, enfilé son sweat-shirt rayé blanc et rouge, s'était coiffé de son bonnet ridicule. J'ai scruté si intensément le néant que la foule a ralenti jusqu'à se figer complètement. J'ai compris que je ne le trouverais pas. Quelqu'un m'a touché le bras. Mon rêve éveillé a pris fin. Un gamin de quatre ou cinq ans me tendait mon balai, qu'il avait ramassé sur le sol.

– Pourquoi tu pleures, madame ?

**

Une semaine plus tard, changement de décor. Je contemplais la pluie infatigable depuis le fond de ma cage. Ce n'était pas vraiment ma cage. C'était celle des orangs-outans, que l'on avait transférés ailleurs le temps de faire le ménage. J'ai posé mon éponge sur le sol de béton et me suis approchée des barreaux. Mes paumes se sont refermées sur le métal froid. Le son de l'eau remplissait l'espace. Le murmure continu des fils tranchants qui touchaient le sol dur, le plic-ploc des larmes tombant de la gouttière dans une flaque, juste à côté. Je distinguais l'ombre du vivarium à travers la brume. Et puis l'ombre d'un manège, et l'ombre d'une pancarte. Dans le lointain, une silhouette massive est passée. Peut-être un gaur ou bien une voiture. La foule avait disparu. La foule préférait aller au cinéma les jours de pluie. La foule avait emporté Charlie avec elle.

Je ne sais pas combien de temps je suis restée là, prisonnière de mon effroi et de mon impuissance, à contempler les gouttes qui coulaient le long des barreaux, puis se faufilaient entre mes doigts. Peu avant midi, une nouvelle ombre est apparue. Elle a remonté l'allée des flamants roses, puis bifurqué derrière la serre tropicale et disparu, avant de resurgir entre les cages des panthères. Elle s'est approchée. Ce n'était plus une ombre, à présent, c'était un garçon qui n'était presque plus un enfant. Un beau garçon, au teint hâlé, avec un blouson en cuir un peu élimé et gonflé de pluie, et des cheveux noirs qui coulaient sur son visage. Il avait un casque de moto à la main.

– Hey, a-t-il soufflé.

– Hey... tu as demandé à Alison de te laisser passer ? ai-je murmuré.

– Non, j'ai payé mon ticket, a-t-il fait en exhibant un petit bout de carton détrempé.

– Notre seul visiteur du jour...

Il s'est approché des barreaux qui me retenaient prisonnière. Son regard fixait quelque chose au fond de la cage, mais il n'y avait rien à fixer. C'est à ce moment que j'ai compris que quelque chose clochait vraiment. Il ne me regardait plus, plus jamais.

– Will...

– Peut-être que je devrais chercher plus loin...

– Will, regarde-moi.

Il a enfin levé les yeux vers moi. Son regard était empli d'une peur démesurée, mêlée de désespoir, comme s'il savait que le mal était irrévocable. Et il y avait autre chose, qui ressemblait à du remords, peut-être était-ce la honte d'être toujours là, de ne pas avoir ouvert la boîte à la place de Tom.

– Et s'il ne revient jamais ? a-t-il chuchoté.

**

Le temps filait, implacable. J'ai compté sur mes doigts trois semaines depuis la disparition de Tom, puis quatre. Will, Marcelin et Sam poursuivaient inlassablement leurs recherches pendant que moi, je nourrissais inlassablement les hippopotames, les autruches, les pandas roux et les guépards. Des policiers de la capitale avaient débarqué à la Marquèse pour enquêter sur la disparition de Tom, et sur Michaël Beuldecke. Will rendait toujours visite chaque jour aux parents de Tom. Il leur racontait ses recherches, planifiait avec eux de nouvelles zones à prospecter. Il a continué sans faiblir, malgré la canicule qui s'est posée sur le pays comme un voile de fièvre. Quarante degrés le jour, trente degrés la nuit.

Je me suis éveillée dans l'obscurité, quelque part au cœur du soleil, au cœur de l'été brûlant. Mon tee-shirt était trempé. J'ai tendu le bras pour attraper la bouteille d'eau posée au pied du lit. Zut, elle était vide. Le radio-réveil indiquait *03 : 09*. J'ai attrapé mon portable.

3 nouveaux messages de Marcelin à 03 h 07

Il faut arrêter de chercher Tom n'importe comment comme des bourrins

La clé est dans l'Altus. Il n'y a pas d'autre solution

Jeudi prochain c'est la pleine lune. RDV à l'entrée du chenal à 22h

**

C'était une lune ronde, grosse et bleue. Pas le bleu intense des Schtroumpfs, bien sûr, mais plutôt ce bleu fumée grisâtre des volutes qui montent des cigarettes ou du papier d'Arménie. J'étais sortie à l'insu de mes parents. Ça devenait une habitude ; il faudrait prendre garde à ne pas rentrer trop tard, et sans Klaxon ni tambour. Nous nous sommes retrouvés à l'heure dite, au lieu dit. Nous étions tous là : moi, Will, Marcelin, Annie, et Sam que j'avais prévenu en l'appelant sur son téléphone fixe. Tandis que nous remontions en silence le chenal, j'ai jeté un œil à l'astre rond. Il ne m'inspirait que de la défiance, désormais. Mais je me serais volontiers envolée pour le rejoindre, pour ne plus rester clouée sur le sol brûlant. Je me suis approchée d'Annie, qui n'avait pas dit un mot depuis notre départ. Dans la pénombre, son visage ressemblait à un masque d'ardoise indéchiffrable aux yeux de verre luisant. Il me semblait que ses lèvres frémissaient.

– C'est bien que tu aies pu venir ce soir, Annie.

– Ma mère est absente, cette semaine…

– C'est pratique pour sortir quand on veut, ai-je plaisanté.

Elle n'a pas répondu. J'ai tourné la tête vers elle et j'ai aperçu la ligne d'argent qui roulait doucement sous la monture de ses lunettes.

– Depuis mes dix ans, je m'enferme dans le manoir lorsque ma mère s'absente, a-t-elle murmuré d'une voix sombre. Au début, c'était pour quelques heures, mais depuis qu'elle travaille pour l'Europe, elle peut rester dix jours d'affilée sans rentrer à la maison.

– Ça ne doit pas être facile…

– Elle a fait mettre des verrous, plein de gros verrous à l'entrée du manoir, pour que je me sente en sécurité. Je n'oublie jamais de boucler cette maudite porte, c'est comme un réflexe, c'est comme respirer… mais parfois ça ne suffit pas à me rassurer…

– Moi aussi, j'aurais peur, la nuit, si j'étais toute seule.

Quelques larmes roulaient encore sur ses joues. Elle a retiré ses lunettes et a posé les yeux sur moi. Ses lèvres tremblaient toujours mais sa voix était claire.

– En réalité, Michaël Beuldecke ne m'a pas agressée pour me piquer mon sac à main.

– Alors pourquoi t'a-t-il attaquée ?

– Parce qu'il a senti ma peur.

Elle a souri avant de remettre ses lunettes. C'était un faux sourire, plein d'ironie et d'amertume.

– Ma frousse était comme une sirène qui hurlait, un gyrophare qui tournait au-dessus de ma tête et annonçait : cette fille crève de trouille, c'est une victime, elle est vulnérable... attaque-la et tu te sentiras plus fort !

– Je ne savais pas que tu avais si peur de...

– Parce que je me cache derrière mes livres, derrière mon personnage de fille sérieuse ? C'est le seul moyen que j'ai trouvé pour avoir moins peur... ça et les verrous...

– Alors pourquoi tu es sortie, seule, en pleine nuit ce soir-là ?

– Parce que je n'en pouvais plus d'avoir peur, toute seule enfermée dans mon grand manoir... Je voulais trouver ce coffre, ou n'importe quoi d'autre pour que ça change.

– Et qu'est-ce que tu as trouvé ?

– Je vous ai trouvés, vous...

– Tu as moins peur avec nous ?

– Avec vous, c'est différent... c'est mieux... mais j'ai toujours peur...

**

Lorsque nous sommes parvenus à l'entrée du puits-arène, près de la cave, nous nous sommes regardés en silence. Nos fronts luisaient faiblement, comme des ampoules presque mortes.

– Qu'est-ce que tu veux faire, Marcelin ? a demandé Annie d'une petite voix.

Marcelin a semblé chercher ses mots longuement ; il m'a jeté un coup d'œil fébrile puis s'est jeté à l'eau.

– L'Altus n'est pas une machine... pas une simple boîte en bois, il est...

– Vivant ? a proposé Sam.

– Non, intelligent. Il comprend ce que nous sommes et ce que nous désirons tout au fond. S'il peut comprendre ça, alors il peut comprendre autre chose. Ce que j'ai à lui dire est simple : stop. Nous voulons arrêter le jeu.

– Ce n'est pas un jeu, a sifflé Annie.

Marcelin n'a pas répondu et s'est engouffré dans la cave de la maison détruite, dont il est ressorti au bout de quelques instants avec le coffre. Il l'a posé précautionneusement, au centre du cercle que nous formions, et a laissé tomber son lourd sac à dos sur le sol. Une larme brillait sur sa joue. J'ai levé à nouveau les yeux vers la lune. Je la détestais.

– Altus, a-t-il murmuré en fixant le coffre noir, les deux bras plaqués le long du corps. Je ne sais pas si tu m'entends... Je voulais te remercier. J'ai été extraordinairement heureux, ces derniers mois. Plus que je ne l'avais jamais été. Les gens me regardent différemment. Je ne ressens plus leur pitié... je n'ai plus peur. Mes parents n'ont plus peur.

Ils m'ont inondé de cadeaux. Ils ont puisé dans leur magot pour me faire plaisir…

Sa voix s'est étranglée. Il est demeuré silencieux quelques instants avant de poursuivre, en chuchotant.

– Tu peux tout reprendre… mais en échange, je veux que Tom revienne.

Il s'est laissé lentement tomber sur les genoux. Je me suis assise à ses côtés et l'ai pris dans mes bras.

– On va s'en sortir, Marcelin, lui ai-je dit tout bas. On va retrouver Tom…

– Le fauteuil électrique, a-t-il chuchoté dans le creux de mon oreille.

– Quoi ?

– Le pactole de mes parents… c'était pour le fauteuil électrique… Le fauteuil dont j'aurais eu besoin lorsque les muscles de mes bras seraient devenus trop faibles…

Je me suis levée et j'ai foulé la terre sèche jusqu'au bord du puits-arène. Tout au fond, les minuscules engins de chantier brillaient.

– L'Altus ne t'entend pas, Marcelin, a dit Will. Tout ça ne sert à rien… Il n'y a qu'une chose à faire : retrouver Tom par nous-mêmes, planquer ce truc là où personne ne le trouvera et ne plus jamais y penser. Rentrons chez nous…

Marcelin lui a jeté un regard sombre, puis a ouvert son sac et en a sorti une masse de forgeron.

– Arrête, Marcelin, a rugi Will en s'élançant vers lui.

Marcelin l'a esquivé et l'a fait tomber d'un coup d'épaule avant de brandir sa masse et de l'abattre sur le coffre.

Un choc sourd a fait vibrer l'air. Marcelin a soulevé l'outil à nouveau et a frappé. Un rictus de haine déformait son visage.

– Arrête Marcelin, je t'en supplie ! a hurlé Annie, tandis qu'il frappait encore et encore en poussant des grognements sauvages.

Au bout d'une poignée d'interminables minutes, Marcelin s'est enfin arrêté. Il a jeté l'outil au loin et s'est assis sur le sol en haletant, les traits toujours tendus, la mâchoire tremblante, le visage ruisselant et rouge. Le coffret n'avait pas bougé. Il n'était ni rayé, ni cassé, ni déformé.

Nous sommes demeurés ainsi, assis en cercle autour de l'Altus, dans la lumière crue de l'astre plein. Puis, dans la chaleur et le silence écrasants de la nuit, une branche a craqué. Je me suis retournée vers la dune. Une masse sombre s'approchait. Lorsque la silhouette est sortie de l'ombre, les rayons de lune ont dévoilé ses traits acérés, ses cheveux noirs et son petit bouc. L'homme torse nu tenait un couteau dans sa main droite.

– Donnez-moi ce coffre, a craché Mollard Boy.

**

La lune-papier d'Arménie jetait sa lumière laiteuse et immobile sur la scène. Je crois que Will a réagi le premier. Il a bondi sur ses jambes pour se jeter sur l'homme, mais n'a pas eu le temps de se redresser complètement. J'ai vu le pied de Mollard Boy partir. J'ai entendu le son mat de sa semelle lorsqu'elle a percuté la joue de mon amoureux. J'ai crié, et j'ai vu mes bras qui gesticulaient; et puis quelque chose de dur a heurté ma tempe. Je me suis écroulée sur la terre sèche. Les images sont devenues floues. Une ombre couleur de lune qui avait la forme d'Annie s'est jetée sur le coffre, et puis une ombre plus grosse a fondu sur l'ombre d'Annie. Un hurlement a déchiré l'air. La lame s'est teintée de rouge. J'ai tenté de me relever. Mes doigts ont gratté la terre. Il y a eu des bruits de lutte, des coups et des grognements. Mollard Boy est tombé sur le sol à son tour. En me retournant, j'ai aperçu l'ombre de Sam qui se redressait. Puis l'explosion a retenti. Un *bang* terrible, sec et bref.

Et puis Sam s'est écroulé.

J'ai rampé vers la sirène hurlante qui continuait à déchirer la nuit. Une douleur sourde pulsait dans ma tempe. J'ai aperçu Will sur le côté. Il se tenait à quatre pattes. Mes doigts ont rencontré un corps recroquevillé, le corps d'où venait le cri qui n'en finissait pas. J'ai attrapé une épaule. C'était celle d'Annie. Elle s'est retournée très lentement vers moi et a cessé de hurler. Ses deux mains enserraient la partie gauche de son visage, comme si elle menaçait de se décrocher. Le sang coulait par-dessous et inondait son tee-shirt et ses bras nus. Son œil droit me fixait en tremblant. Plus loin, quelqu'un s'époumonait dans un téléphone. *Chantier de la mine de la Marquèse, secteur dix-sept.*

– Annie, ai-je murmuré tout bas, je suis là avec toi... Marcelin appelle les secours...

Will avait rejoint Marcelin près du corps de Sam. Un filet de sang noir coulait de ses lèvres, le long de sa peau au teint de cierge. *Il ne répond plus, il ne bouge plus, faites vite s'il vous plaît.* Annie a retiré l'une de ses mains de son visage et m'a agrippé le poignet. Quelque chose s'était déchiré, sur sa joue.

– Est-ce que quelqu'un est mort ? a-t-elle demandé d'une voix blanche.

À cet instant, une sonnerie stridente a retenti, comme le bip d'un détecteur de fumée : *bîp bîp bîp bîp bîp bîp bîp bîp bîp bîp*.

– Je ne sais pas, lui ai-je répondu.

**

Les pompiers sont arrivés sur place moins de douze minutes après l'appel de Marcelin. Sam a été opéré à l'hôpital d'Abaucourt. Une balle de calibre sept millimètres lui avait perforé l'intestin grêle. Il avait sombré dans le coma, un sommeil peut-être sans fin. Annie a été opérée également, pour reconstruire sa joue déchirée par la lame de Beuldecke. La police et la gendarmerie nous ont interrogés longuement et à plusieurs reprises au cours des jours suivants. Michaël Beuldecke était désormais recherché activement dans tout le pays. Il semblait s'être volatilisé.

Avec l'Altus.

Mes parents ont appelé le zoo de Lamuyre pour prévenir qu'ils mettaient fin à mon stage sur-le-champ et ils m'ont cloîtrée à la maison. Je n'ai plus eu le droit de sortir du tout, même pas pour aller acheter du pain, et j'ai passé le reste de l'été brûlant emprisonnée entre quatre murs. Les parents de Marcelin l'ont également confiné chez lui. Will, lui, avait le droit de sortir en journée sous certaines conditions. Il s'est donc remis à la recherche de Tom. Quant à Annie, elle ne répondait plus au téléphone, ni à aucun de nos messages.

Je crois que j'ai pleuré cent fois plus de larmes ces trois dernières semaines d'août que durant tout le reste de ma vie.

CHAPITRE 6.

LA RENTRÉE DES CLASSES

Dans les derniers jours du mois d'août, j'ai enfin pu sortir de la maison, accompagnée de mes parents. L'objet de cette escapade familiale était de satisfaire à une vieille tradition appelée « les courses de rentrée ». Pour certains, les courses de rentrée sont une corvée qui marque la fin des joies estivales, du soleil, le retour au travail et à la grisaille ennuyeuse. Pour d'autres, le parfum du cuir des cartables et des chaussures neuves apporte avec lui une promesse pleine de magie et de fièvre. La promesse de cette petite boule au ventre qui précède la sonnerie, de nouveaux visages et de nouvelles silhouettes, de nouvelles aventures. Le frisson des matins bleus de la saison des citrouilles ; des matins noirs de la saison des guirlandes. D'ordinaire, j'appartiens à la seconde catégorie, celle des amoureux de la rentrée des classes. Mais cette année, je me fichais des cahiers, des stylos et des sacs à dos. Je n'avais même pas envie de sortir de ma prison. Je devais m'y être faite, au bout de douze jours sans avoir mis le nez dehors.

C'était le milieu de l'après-midi, quelques jours avant la rentrée. Le soleil de plomb m'a fait baisser les yeux lorsque je suis sortie de l'ombre du porche. J'ai ouvert la portière de la voiture. L'intérieur était brûlant. L'odeur des plastiques et des tissus chauffés à blanc m'a donné instantanément la nausée. Mes parents se sont installés dans le véhicule.

– Prête pour les grandes courses ? m'a demandé mon père d'un ton faussement enjoué.

Je sentais qu'il faisait des efforts. Nous n'avions pas beaucoup parlé au cours de ces deux dernières semaines. J'adorais mes parents, mais quelque chose s'était brisé. L'un des fils du lien qui nous unissait n'avait pas résisté à l'Altus. Ou peut-être que c'était juste dans ma tête qu'un truc s'était cassé. Comment les choses avaient-elles pu tourner ainsi ? Tom avait disparu depuis près d'un mois et demi. Ses parents, désespérés, se déchiraient. Sam était toujours dans le coma, entre la vie et la mort. Annie, blessée également, ne donnait plus de nouvelles. Mollard Boy avait disparu avec le coffre noir. Les choses pouvaient-elles aller plus mal ?

La voiture s'est engagée sur la route d'Abaucourt.

– Pourquoi tu vas à Abaucourt, papa ? ai-je demandé. On ne va pas faire les courses au Fleineux ?

– Non, m'a répondu mon père, le centre commercial du Pleineux est fermé à cause de l'incendie.

– L'incendie ?...

Mon téléphone a sonné à cet instant. C'était Will.

– Allô, Will ?

Dans le rétroviseur, j'ai aperçu les sourcils de mon père qui se fronçaient presque imperceptiblement. Mes parents avaient toujours apprécié Will ; mais désormais ils ne semblaient plus apprécier aucun de mes amis.

– Will ? Will ? Allô...

Je n'entendais qu'un crachin diffus. J'ai raccroché. Quelques instants après, j'ai reçu un SMS de sa part. Les choses pouvaient-elles aller plus mal ? Évidemment, les choses pouvaient *toujours* aller plus mal. Mais elles pouvaient aussi aller mieux.

Sam s'est réveillé ! Il est sorti du coma :-)))

**

Le coffre de la voiture était désormais plein de gros sacs contenant des sacs plus petits contenant des emballages plastiques contenant des cahiers remplis de pages, des stylos chargés d'encre, et autres gommes, crayons, équerres, compas... J'étais de bien meilleure humeur qu'une heure plus tôt. Le fait de sortir de mon confinement et surtout la bonne nouvelle reçue par SMS m'avaient fait un bien fou. Mais il était inutile de demander à mes parents si je pouvais rendre visite à Sam à l'hôpital, la réponse serait négative. Je suis montée dans la voiture et j'ai claqué la portière.

– Papa, c'est quoi cette histoire d'incendie au Pleineux ?

– Ils ont dû fermer le centre commercial à cause d'un incendie au CDRM, un centre administratif, juste à côté, qui s'est propagé à quelques magasins.

J'ai hoché la tête et j'ai levé les yeux vers l'horizon qui défilait derrière ma vitre. C'était un horizon de grains jaunes et de paille coupée à ras.

– Sam est sorti du coma, ai-je dit.

Mon père est demeuré silencieux. En guise de réponse, j'ai eu droit au tic-tac du clignotant. Lorsque nous sommes parvenus à l'entrée de la Marquèse, ma mère a enfin pris la parole.

– C'est une très bonne nouvelle que Sam aille mieux, chérie, a-t-elle murmuré. Mais nous aimerions que pendant quelque temps, tu ne voies plus tes amis...

– J'en verrai certains au collège, de toute façon, la rentrée c'est la semaine prochaine...

La voiture s'est immobilisée devant notre garage dans un crissement de graviers un peu inhabituel.

– Parfait, alors tu te limiteras au collège, a soupiré mon père en ouvrant sa portière.

Une fois rentrée à la maison, j'ai appelé Will puis Marcelin pour en savoir plus. Sam était tiré d'affaire, mais on ne pouvait pas lui rendre visite tant qu'il était en soins intensifs. J'ai tenté d'appeler Annie pour l'informer, sans succès. Je lui ai donc annoncé la nouvelle par SMS.

La fin de cette semaine a été pour moi une succession de jours vides et de nuits blanches. Le vendredi soir, je me suis couchée épuisée, mais j'ai rapidement compris que je ne parviendrais pas à m'endormir. Mes yeux ont fixé le mur en attendant que l'aube se pose enfin sur le pelage de Mistaya. J'ai finalement sombré dans un sommeil sans rêve, pour m'éveiller vers midi, dans un lit brûlant, avec un terrible mal de crâne. Après le déjeuner, je suis retournée me coucher avec l'espoir de dompter ma migraine en l'étouffant sous mon oreiller. Mais c'était peine perdue. Je détestais faire la sieste, de toute façon. Il faisait si chaud… il n'avait jamais fait si chaud. Par curiosité, j'ai décidé d'aller relever la température au thermomètre de la véranda. Ça m'occuperait au moins cinq minutes. J'ai dû baisser les yeux lorsque je suis entrée dans la salle aux murs de verre (dont un tout neuf). Il m'a semblé que je plongeais à l'intérieur même du soleil. Le bureau, les chaises, les pots de fleurs, les boîtes à crayons et les livres entassés baignaient dans l'or pur. À travers le plafond de verre, le ciel n'était pas bleu, mais jaune. Je connaissais ce ciel. C'était celui qui précède les orages de fin d'été. Mon téléphone a émis un petit bip. Je l'ai sorti de ma poche.

1 nouveau message de Annie

Je suis heureuse pour Sam

J'ai répondu aussitôt, par un autre message.

Annie, comment vas-tu ?

En attendant sa réponse, j'ai levé les yeux vers le thermomètre accroché au mur que la véranda partageait avec la maison (le seul qui ne soit pas en verre). Quarante-six degrés. Les grosses gouttes qui coulaient de mon front me chatouillaient. J'ai fermé les paupières. Je pouvais percevoir les ronflements tonitruants de mon père à l'étage. Contrairement à moi, il adorait les siestes. Le bip a retenti à nouveau.

2 nouveaux messages de Annie

On se verra au collège. J'irai en cours pendant les 3 semaines qui suivront la rentrée

Ensuite je pars en Allemagne avec ma mère. Définitivement

J'ai soudain eu terriblement envie de vomir. *Annie*. Je ne la connaissais que depuis quelques mois. Nous nous étions rencontrées au cœur du printemps. Tout allait si bien, nous dérivions toutes les deux, chacune sur notre radeau, notre existence d'ombre et de lumière, jusqu'à ce que nos routes se croisent. Et aujourd'hui, tout avait basculé, pour elle, pour moi. Allait-elle partir, changer de vie, changer de pays, juste parce que nos chemins s'étaient mêlés ? Par notre faute. Par ma faute... La sueur qui m'inondait le corps s'est changée en écume froide. La lumière d'or s'est mise à tournoyer. Ma main s'est posée sur le plateau du bureau. J'ai senti que je perdais l'équilibre. Quelqu'un avait remplacé les muscles de mes jambes et toutes mes articulations par de la gelée visqueuse. Mes genoux se sont pliés et je me suis affalée lentement contre le meuble. J'ai serré les dents et j'ai tapoté sur mon écran.

Annie je suis désolée dis-moi comment tu vas

Mes yeux se sont fermés. À travers mes paupières, le crépuscule doré n'en finissait plus de m'éblouir. Ma conscience s'est perdue dans le ciel jaune.

Je me suis réveillée quelques minutes après. Ou peut-être une heure, ou bien deux. Mon père ne ronflait plus. La véranda était plongée dans la pénombre. J'ai levé les yeux. Le ciel d'or liquide s'était évaporé. Il avait laissé place à un désert de charbon, illuminé de temps à autre par l'orage lointain. Le grognement sourd et bas d'un monstre qui s'éveille faisait trembler mes os. Quelques gouttes venaient percuter le plafond de verre. Il faisait toujours aussi chaud. Quarante-huit degrés, indiquait le thermomètre. La nausée et les sueurs froides s'étaient envolées. J'ai attrapé mon téléphone posé sur le sol.

Annie vous a envoyé une image

Mon cœur a bondi lorsque la photo est apparue. C'était un selfie. Une entaille déchirait la partie gauche de son visage, depuis le haut du nez jusqu'au menton. Le long du sillon profond aux rebords boursouflés, les marques des sutures dessinaient une sinistre fermeture Éclair sur la joue. Les larmes ont jailli de mes yeux. À nouveau, mon estomac a menacé de se retourner. Sur le plafond de verre, les gouttes se sont déchaînées. Le monstre a enfin rugi. Sur l'écran, les yeux d'Annie étaient comme deux trous noirs dévoreurs de lumière. Plus vides que le vide, comme si son cœur s'était dissous. Il y avait une petite légende sous la photo.

Les docteurs disent que la cicatrice ne partira jamais

**

Mercredi quatre septembre, veille de la rentrée. Alors que je me baissais pour m'asseoir à la table du petit déjeuner, ma longue natte est passée par-dessus mon épaule et a fini sa course dans mon bol de café au lait. Je me suis figée et j'ai fixé mes cheveux dégoulinants. J'étais à deux doigts d'éclater en sanglots. En levant les yeux, je me suis aperçue que ma mère me regardait avec effarement par-dessus la boîte de biscottes, comme stupéfaite par ma stupéfaction. Mon père, caché derrière son journal, ne semblait pas se douter du drame qui se jouait. Le temps s'était arrêté. Chacune à leur tour, les gouttes de café au lait coulaient le long de la grosse tresse puis tombaient lourdement avant de se fondre en auréoles brunâtres sur la nappe blanche. Soudain, deux tartines ont jailli du grille-pain. Ma mère a sursauté comme si un monstre venait d'apparaître et a croisé mon regard. Nous avons éclaté toutes les deux d'un rire dément. Mon père a baissé son journal et nous a dévisagées d'un air incrédule, avant de s'esclaffer à son tour, sans savoir pourquoi.

Après le petit déjeuner, je me suis armée d'une grosse paire de ciseaux et je me suis enfermée dans la salle de bains. Lorsque j'en suis ressortie une heure après, ma chevelure avait changé radicalement de catégorie. Elle était passée de *plutôt longue* à *vraiment très courte*. Je n'ai pas de talent (ni d'intérêt) particulier pour la coiffure, et ça aurait vraiment pu être un massacre, mais bizarrement, non, c'était assez réussi. Je ne sais pas pourquoi j'ai décidé de me couper les cheveux sur un coup de tête la veille de la rentrée. Certainement pas à cause du café au lait. Peut-être que simplement j'avais changé, beaucoup changé, cet été, et que j'avais besoin que ça se voie, d'une façon ou d'une autre. Je me suis approchée de la fenêtre pour contempler la pluie grise qui tombait sans relâche depuis plusieurs jours. Mon téléphone a sonné à cet instant. C'était Marcelin.

– Allô, Marcelin ?

– Léa ! Tu es au courant pour les incendies ? Tu as vu la télé ?

– Les incendies à la télé ? Euh... non, je ne regarde pas trop la télé ces temps-ci... Mon père m'a parlé d'un incendie au Pleineux... il y en a eu d'autres ?

– Oui, au moins cinq ou six autres, peut-être même beaucoup plus, tous dans la région, autour de la Marquèse, à Merzeuil, Issymes, Abaucourt...

– Waow... et tu penses que c'est...

– Mollard Boy. Oui, c'est lui.

– Comme tu peux être si sûr ?

– Tout d'abord, cette vague d'incendies a débuté peu après le huit août, le soir où Mollard Boy nous a volé le coffre, et puis les sites incendiés n'ont pas été choisis au hasard…

– D'après papa, au Pleineux, c'est un centre administratif qui a brûlé, le CDMN ou un truc comme ça…

– C'est le CDRM : *Centre Départemental de Rétention pour Mineurs*. C'est une prison pour adolescents. Michaël Beuldecke y a séjourné. Et c'est pareil pour Issymes, où c'est une maison pour adolescents qui a brûlé… et à Abaucourt, c'est le tribunal correctionnel où Beuldecke a été jugé après l'incendie de l'école de la Marquèse.

– Oh non…

– Et il y a encore pire : personne ne sait comment ces bâtiments ont pris feu ; ils ont brûlé pendant des heures, malgré l'orage et la pluie. Les pompiers n'ont trouvé aucun produit incendiaire, aucun hydrocarbure, et surtout ils n'ont jamais pu identifier le lieu du départ de feu, comme si chaque fois, toute la bâtisse s'était embrasée d'un seul coup… Ils disent que c'est impossible…

– Impossible… tu crois qu'il a ouvert l'Altus, et qu'il peut… qu'il a le pouvoir de…

– Pyrokinésie, le don de créer et de contrôler le feu. Mais ça n'existe pas dans la vraie vie, seulement dans les livres de Stephen King, les *X-Men* ou les *Quatre Fantastiques*…

– Il faut retrouver Mollard Boy…

– Je sais, mais ça fait pas mal de temps qu'on le cherche…

– Oui, mais maintenant, il laisse des traces.

– C'est vrai… les incendies qu'il provoque… mais que faire avec ça ? C'est comme si on devait assembler les pièces d'un puzzle sans savoir à quoi ressemble l'image à reconstituer…

– Il doit y avoir un moyen…

– Je ne t'ai pas encore raconté le pire, Léa… Les incendies ont fini par faire des victimes. Au moins deux personnes sont mortes cette nuit à Abaucourt, et deux autres à Merzeuil ce matin.

À nouveau, la gelée molle a envahi mes jambes. J'ai soupiré profondément et j'ai posé mon regard sur la fenêtre. Au premier plan, je voyais mon visage effaré, couronné de cheveux fraîchement coupés. Mes lèvres tremblaient un peu et ma peau semblait bien trop pâle pour une fin d'été. Derrière mon visage, des larmes de pluie ruisselaient sur le côté extérieur de la vitre. Au-delà, les silhouettes sombres et floues des toits de la Marquèse se fondaient dans le voile gris.

– Léa, tu es toujours là ?

– C'est à cause de nous qu'il a ouvert ce coffre… Nous sommes responsables. Il faut suivre ses traces, quoi qu'il nous en coûte…

**

J'ai rêvé du puits-arène cette nuit-là. Il avait tant plu que de petites flaques s'étaient formées tout au fond du gouffre. Puis l'eau noire était montée, s'était immiscée dans les labyrinthes de caoutchouc des pneus des pelleteuses, jusqu'à recouvrir entièrement les roues, inonder les cabines, noyer les pelles et les bennes et les bras de métal articulés tendus vers le ciel de charbon. Bientôt, le puits-arène a été rempli. Une main s'est agitée par-dessus les flots, pas très loin de moi. J'ai nagé pour la rejoindre. C'était la main de Tom, qui me souriait. Il était coiffé de son bonnet ridicule de Charlie. De gigantesques doigts ont plongé dans le puits, puis la main en est ressortie. Elle tenait un objet qui ressemblait à un bouchon de baignoire. L'eau noire s'est mise à rugir. Le tourbillon nous a emportés. Une sirène stridente a déchiré l'air. Mes yeux se sont ouverts. *7:00* indiquait mon réveil. Mistaya était perdu dans l'obscurité. Je me suis levée et j'ai marché jusqu'à la fenêtre. Derrière le rideau, une faible lueur grise s'est allumée à l'est. La pluie n'en finissait pas de tomber et de murmurer, comme la veille, le jour d'avant, et tous les autres jours depuis l'orage.

Quelques minutes plus tard, je naviguais entre les flaques sur le trottoir de la rue principale. Le ciel s'était allumé un peu plus, mais à peine. Devant moi, face à l'arrêt de bus, quelques silhouettes tremblaient dans la brume. Tandis que je m'approchais, les ombres de deux garçons sont sorties du groupe et se sont avancées vers moi. Leurs blousons trempés brillaient dans la lumière grise. Will tenait Marcelin par l'épaule. Il a posé doucement sa main sur ma nuque, à travers la capuche que je portais. Le bras de Marcelin m'a enlacée et s'est refermé sur celui de Will. Nous avons abaissé lentement nos têtes jusqu'à ce que nos fronts se touchent et nous sommes demeurés tous trois silencieux, collés, à contempler la course des gouttes qui s'écrasaient sur nos chaussures. Le temps s'est effacé derrière le murmure de la pluie. Lorsque le grondement métallique du car a retenti dans la grande rue de la Marquèse, Marcelin a relevé la tête.

– Sam est sorti de soins intensifs, a-t-il annoncé.

– Je crois que je sais comment retrouver Mollard Boy, ai-je répondu.

Nous nous sommes installés tout au fond du véhicule, sur la grande banquette. C'était un emplacement très prisé, d'ordinaire, une place de choix. Mais en ce jour de rentrée, pour quelque raison, la banquette était à nous. Je me suis retournée pour contempler le ruban humide qui se déroulait derrière le car. Les reflets des feux traçaient leurs sillons de sang sur la chaussée. Bientôt, la Marquèse s'est fondue dans les collines de brume.

– Désormais, nous savons des choses que la police ignore, ai-je dit.

– Le lien entre Mollard Boy et les incendies ? a demandé Will.

– Oui, a opiné Marcelin. Mais ça ne nous dit pas où il se cache, ou s'il a enlevé Tom, ou...

– Hier au téléphone, tu as dit que les incendies étaient comme les pièces d'un puzzle... Ça m'a donné une idée. Comment fait-on lorsqu'un puzzle est trop difficile ?

– On regarde sur la boîte, a suggéré Will.

– Et si on n'a pas la boîte ?

– Euh...

– On commence par les bords ? a proposé Marcelin.

– Oui, ai-je répondu. On commence par les bords... on commence par le début. Mollard Boy a acquis le pouvoir de pyrokinésie le matin du neuf août, mais il l'ignorait. Il a dû provoquer son premier feu dans les jours qui ont suivi, peut-être involontairement...

– Oui, a fait Marcelin, et où a-t-il provoqué ce feu ?

– Probablement pas loin de sa planque. Donc si on localise ce premier feu, on saura où il se cache.

– Pas bête, a soufflé Will, mais comment retrouver ce feu ? Seuls la police et les pompiers ont...

Il a laissé sa phrase en suspens et nous a regardés avec un demi-sourire.

– Sam ?...

– Nous devons aller le voir dès aujourd'hui, ai-je dit.

– Aujourd'hui ? Mais les cours ?

– Les visites à l'hôpital ne sont autorisées que l'après-midi, a précisé Marcelin.

– Alors, nous irons cet après-midi... tant pis pour les cours.

J'ai enlevé ma capuche et j'ai sorti mon téléphone pour consulter l'heure et le mettre en silencieux.

– Hé... tu as coupé tes cheveux ! s'est exclamé Marcelin.

Will n'a rien dit. Il m'a souri d'un air un peu timide puis s'est tourné vers la fenêtre.

Quelques minutes plus tard, le car s'est immobilisé devant le collège, au milieu d'une cohue indescriptible de véhicules et de troupeaux de jeunes gens encapuchonnés et emmitouflés dans leurs manteaux de pluie. Tandis que les autres descendaient du car en se bousculant, nous sommes restés tous les trois sur notre banquette à contempler le désordre de la rentrée. Le bourdonnement des gouttes se mêlait au brouhaha des retrouvailles et au grognement sourd des bus.

– Je connais cette voiture, a remarqué Marcelin en désignant un monospace gris garé sur le trottoir, de l'autre côté de la rue.

– Ouais, elle était garée devant le manoir, a réagi Will.

– C'est celle de la mère d'Annie ! me suis-je exclamée en me levant et en remettant ma capuche.

J'ai sauté hors du bus et je me suis frayé un chemin entre les bancs de collégiens. Lorsque je suis enfin parvenue au bord du large trottoir, j'ai aperçu le monospace qui démarrait en trombe et s'éloignait. Plus haut, une silhouette sombre et fine gravissait les marches du collège.

– Annie ! ai-je hurlé.

Elle s'est retournée. Une écharpe cachait le bas de son visage. Un bonnet lui recouvrait la tête. Derrière les verres de ses lunettes, ses yeux m'ont scrutée une seconde ou deux, puis elle a repris sa progression et s'est engouffrée dans l'établissement. Je me suis élancée, j'ai franchi les marches et j'ai pénétré à mon tour dans le grand hall du collège. Mais Annie s'était évaporée. Will et Marcelin m'ont rejointe au moment où la première sonnerie de l'année retentissait.

– Tu l'as perdue ?

– Oui…

Marcelin a poussé un long soupir.

– Rendez-vous à l'entrée du préau à l'heure du déjeuner, a-t-il dit.

**

Au bout d'une longue matinée de cours, nous nous sommes retrouvés tous les trois à midi pétant puis nous avons déserté le collège pour prendre le car jusqu'à Abaucourt. Pour mon premier jour de l'année scolaire, je séchais deux heures de sciences naturelles et une heure d'allemand. Bravo.

L'hôpital était un bâtiment gris, tentaculaire et un peu effrayant. Mais pour y pénétrer, il fallait se frayer un chemin à travers un espace empli de vie et de bavardages insouciants. C'était un large parterre de dalles situé devant l'entrée principale, où trônait un gigantesque buste de Louis Pasteur. Comme il ne pleuvait plus, malades et ambulanciers avaient envahi la place pour fumer, discuter, ou simplement prendre l'air autour de la statue du grand homme. Marcelin, qui connaissait les lieux, a fendu la foule, pénétré dans le hall d'entrée et s'est rendu directement à l'accueil, où il a demandé le numéro de chambre de Sam. Les couloirs et les ascenseurs silencieux sentaient l'éther et le sapin de synthèse. Je serrais la main de Will qui sifflotait d'un air faussement détaché. Nous sommes parvenus à la porte 482. Marcelin a frappé et est entré.

J'avais imaginé que nous allions trouver un Sam amorphe, émacié, à peine capable de parler, à demi mort, couvert de bandages et bardé de sondes et de tuyaux. Mais je m'étais trompée. Son visage s'est illuminé lorsqu'il nous a aperçus dans l'embrasure.

– Hey ! a-t-il lancé d'une voix claire et forte.

Il avait plutôt bonne mine, en fait. Il a posé son magazine de mots croisés et son crayon sur la table de nuit. Un discret cathéter lui rentrait dans le bras.

– Fichus mots croisés force 12, a-t-il bougonné. *Bottin de têtes connues* en dix lettres avec R et E à la fin, ça ne vous dit rien ?

– Aucune idée, a répondu Will en souriant.

– Désolé, vieux, on t'a pas ramené de fleurs, a soufflé Marcelin.

– Contente que tu ailles mieux, ai-je dit.

Sam a souri et est demeuré silencieux quelques instants. Puis son regard s'est posé sur la fenêtre.

– Depuis le lit, je ne peux voir qu'un bout de ciel, a-t-il fini par murmurer.

– Mais tu vas bientôt sortir, non ? a réagi Will.

– Non, pas tout de suite... il va falloir un peu de temps pour que mes intestins fonctionnent normalement. Mais ça ira, t'inquiète... Vous n'avez pas eu de nouvelles de Tom, j'imagine ?

– Pas la moindre, ai-je dit.

– Et pourtant, je sais que vous continuez à faire de votre mieux pour le trouver... Quant à moi, je me sens impuissant.

Je ne peux pas retrouver Tom depuis ce lit d'hôpital, alors j'essaie de comprendre comment fonctionne l'Altus... Je ne sais pas si ça nous aidera...

– Comment ça ?

– Jusqu'à hier, je n'arrêtais pas de penser à ce que Tom aurait voulu être. Je me creusais les méninges en vain. Plus j'y réfléchissais et moins j'en savais. Et puis je me suis mis à penser à moi-même. Pourquoi je suis devenu riche ? J'ai toujours détesté l'argent et l'idée que la vie était faite pour travailler pour gagner de l'argent... et puis j'ai compris que l'Altus ne m'avait pas donné de l'argent...

– Qu'est-ce qu'il t'a donné alors ?

– Du temps... le temps de faire autre chose. De ne pas m'occuper que de moi. La possibilité de ne pas passer ma journée en quête d'un repas pour le soir, ou bien à vérifier s'il me reste encore un peu de vin, à me demander ce que je dois faire si le toit de ma cabane est troué... À chercher où je vais aller lorsque je me serais fait virer de mon repaire... Depuis que l'Altus m'a apporté le confort matériel, je n'ai plus besoin de me poser toutes ces questions. C'est pour ça que j'ai pu me mettre à faire autre chose.

– Tu t'es mis à travailler...

– Oui, mais pas pour gagner de l'argent. Pour être utile... C'est ce que je voulais tout au fond de moi. Mais si on m'avait posé la question avant, je n'aurais jamais vu les choses sous cet angle.

– Et tu as fait de nouvelles rencontres aussi, les pompiers, les compagnons...

– Oui… c’est grâce à l’Altus… Les compagnons sont devenus ma famille, tout comme vous…

– Ils sont venus te voir ?

– Oui. Regardez…

Il s’est penché vers la table de nuit et a ouvert un tiroir dont il a sorti un petit téléphone portable.

– C’est Grand Bill qui me l’a acheté pour qu’on puisse s’appeler.

– Grand Bill ? ai-je répété.

– Un type épatant, a répondu Will avec un petit sourire.

Sam s’est tourné à nouveau vers la fenêtre.

– Peut-être que Tom s’est trompé, comme moi, sur ce qu’il voulait vraiment être…

– C’est ce que nous pensons aussi, a dit Marcelin. C’est peut-être sa peur de Mollard Boy qui l’a influencé lorsqu’il a ouvert le coffre…

– C’est pour ça qu’il faut trouver Mollard Boy, a conclu Sam.

Je me suis assise sur une chaise et j’ai pris la parole. Je lui ai raconté tout ce que l’on savait au sujet de Mollard Boy, ainsi que notre théorie à propos des incendies.

– Les copains de la caserne m’ont parlé de ces incendies lorsqu’ils sont venus me rendre visite, a murmuré Sam. Votre idée est maligne. Nous avons bien sûr un fichier avec toutes les interventions. En passant quelques coups de fil, je pourrais localiser le premier feu déclenché depuis le neuf août.

– Même un petit feu de poubelle insignifiant, c'est ce que nous cherchons, a précisé Marcelin.

– La pluie se calme, a dit Will, peut-être qu'on pourrait en profiter pour filer...

Je me suis levée. Il avait raison. Peut-être que si on se dépêchait, j'avais une chance d'arriver avant le début du cours d'allemand.

– Je vous donnerai des nouvelles dès que j'en aurai, a promis Sam. Laissez-moi vos numéros avant de filer, que je les mette dans mon truc...

– Répertoire, a fait Marcelin, en dix lettres.

CHAPITRE 7.

LA ROUTE DE BESSANS

Je n'ai pas rêvé cette nuit-là. J'ai sommeillé comme une masse jusqu'au cri de mon réveil. À tâtons, j'ai cherché l'interrupteur de la lampe de chevet. Lorsque la lumière a jailli, je me suis retenue de hurler à la vue de la créature monumentale et furieuse qui me faisait face. J'ai fermé les yeux et j'ai soupiré profondément. C'était la première fois que Mistaya me faisait peur. Mistaya ne pouvait pas me faire peur. Il était mon ami, mon protecteur. Mais l'espace d'un instant, j'avais cru voir en lui quelqu'un d'autre, un véritable monstre. Lorsque j'ai ouvert à nouveau les paupières, Mistaya était redevenu Mistaya.

J'ai pris le car en compagnie de Marcelin à sept heures trente. Une fois arrivés au collège, tandis que nous patientions sur nos sièges en regardant les autres sortir, je me suis aperçue qu'Annie avait fait le voyage dans le même car que nous. Elle s'était sûrement assise dans les premiers rangs et nous ne l'avions pas remarquée en entrant. Elle est sortie prestement et a disparu.

La matinée a été studieuse. Vers onze heures, pendant le cours d'histoire-géographie, j'ai senti la légère vibration de mon sac à dos appuyé contre mon mollet qui me signalait l'arrivée d'un message. Je me suis contorsionnée comme j'ai pu pour attraper le téléphone sans attirer l'attention de M. Giboulette, qui n'appréciait guère l'usage du portable dans sa salle de cours. Moyennant quelques efforts, j'ai réussi à le consulter discrètement.

Nouveau message de Sam

Le 9 août plusieurs signalements d'habitants de Bessans qui ont découvert des rats et des pigeons carbonisés dans la rue ou dans leur jardin

Le 10 août deux épaves incendiées dans la casse de Bessans. Depuis, plus aucun incident à Bessans

Mon téléphone a vibré à nouveau.

Nouveau message de Will

Je suis venu au collège en moto. Rdv au préau à 12h30

**

À l'heure du déjeuner, nous nous sommes retrouvés au préau, ou plus exactement sous le préau, parce qu'il tombait des cordes. Sous le toit de plastique, le bruit était assourdissant.

– Je ne peux transporter qu'un passager sur la moto ! a hurlé Will pour se faire entendre.

J'ai échangé un regard avec Marcelin.

– Je viens avec toi, ai-je crié. S'il y a une chance de retrouver Tom, je veux être là !

– Tom est mon meilleur ami ! a rugi Marcelin.

– Tom est mon meilleur ami aussi ! ai-je aboyé.

– Et vous savez quoi, a hurlé Will, Tom est mon meilleur ami aussi !

Nous avons éclaté de rire. Des rires de déments qui se sont perdus dans les roulis de la pluie. Marcelin a retiré ses lunettes aux verres trempés et a entrepris de les essuyer, tandis qu'autour de nous, le vacarme se calmait un peu.

– D'accord, a-t-il dit. Allez-y. J'irai en cours cet après-midi. Je termine à seize heures. Tenez-moi au courant de ce que vous faites par SMS, au moins un toutes les demi-heures. Si je n'ai pas de nouvelles de vous pendant plus de trente minutes, j'appelle la police.

Je me suis approchée de Marcelin et je l'ai embrassé sur la joue.

– Allons-y, a dit Will.

**

Sur le parking du collège, Will m'a tendu un casque. J'ai sorti mon téléphone et j'ai mis en route la navigation. Bessans était une petite ville perdue au cœur de rien, à une dizaine de kilomètres du collège d'Issymes et une quinzaine de kilomètres de la Marquèse.

– Tu es déjà allé à Bessans, non ? ai-je demandé en montant sur la bécane. C'est là que vous allez avec ton père pour acheter des pièces de moto ?...

– Ouais, a-t-il dit, mais je ne me souviens pas bien. Je n'y suis pas allé depuis longtemps.

Il a jeté un regard sombre vers le ciel gris et bas qui n'en finissait pas de pleurer. La moto s'est élancée en pétaradant sur le bitume détrempé. À la sortie d'Issymes, après le dernier rond-point, Will a mis le cap sur Bessans. La saison des moissons touchait à sa fin, dans le pays. Le paysage de terre nue et noire défilait à toute vitesse. Au loin, quelques oiseaux de charbon s'envolaient en croassant. *Il a mis le feu à des pigeons*, ai-je pensé. Une boule de terreur pulsait dans mon ventre, dans ma poitrine. J'ai serré la taille de Will un peu plus fort. *Il peut brûler des êtres vivants*, me susurrait la boule de terreur de sa grosse voix pâteuse. Un car nous a croisés. Son souffle brutal a failli nous envoyer dans le fossé, mais Will est parvenu à rétablir l'équilibre de la moto. La buée envahissait la visière de mon casque. Petit à petit, le paysage désolé se noyait dans le brouillard. *Il a mis le feu à un pigeon*, a répété la boule. *La ferme*, lui ai-je répondu intérieurement, *peu importe qu'il puisse brûler les pigeons, les rats ou les êtres humains. Nous le savions déjà. Il a aussi un pistolet. Il a tiré sur Sam sans aucune hésitation. C'est un fou dangereux. Les pigeons n'y changent rien.* D'une main tremblante, j'ai relevé ma visière. Le brouillard s'est dissipé comme par magie. La pluie glaciale m'a fouetté le visage. Devant nous, les toits de Bessans se dressaient par-dessus l'horizon.

– Nous y sommes ! a hurlé Will.

C'était une petite ville moche et grise de bâtisses carrées, de toits noircis, de trottoirs étroits, de platanes tordus et d'antennes de télévision tournées vers la pluie. Au-delà du centre-ville, la rue principale se prolongeait par une large route déserte. Sur notre droite, un mur de béton couronné de fils barbelés courait inlassablement, comme un mur d'usine, de prison, de cimetière, ou un peu des trois. Par-dessus l'enceinte, j'ai aperçu une grue, une énorme grue, munie d'un aimant, qui manipulait des cadavres de voitures, les alignait et les empilait dans leur charnier de fer et de rouille. De l'autre côté de la route, un quartier de maisons basses aux murs de briques brunes s'étendait à perte de vue. Will a obliqué à gauche et s'est engouffré dans une ruelle.

– Où va-t-on ? ai-je demandé.

– Je n'en sais rien ! a-t-il dit.

La pluie s'était quelque peu calmée. Son chant se faisait plus discret sur les toits de tôle ondulée des garages. Certaines maisons étaient ceinturées par un minuscule jardin, une bande de gazon bien tondu ou un bout de friche exubérante. D'autres étaient simplement accolées à leurs voisines. Des autos fatiguées patientaient sur les trottoirs.

– Continuons à pied, ai-je suggéré.

Will a ralenti et s'est garé entre deux voitures, dont l'une, amputée de ses roues, reposait sur quatre parpaings.

– Gardons nos casques, ai-je dit. C'est plus prudent...

Un casque ne te protégerait pas si tu venais à t'enflammer comme une botte de paille, a coassé la boule qui tournoyait dans mon ventre.

– La ferme ! lui ai-je crié tout haut.

– Quoi ? a demandé Will.

– Rien, je...

Il a soudain empoigné mon bras et m'a entraînée derrière l'auto aux parpaings.

– Baisse-toi !

Une voiture remontait la rue à toute vitesse. Elle est passée à notre hauteur dans un bruit de flaque et de moteur rageur.

– C'est sa voiture... a murmuré Will.

C'était une berline noire au style plutôt sportif, pas vraiment rutilante, mais qui semblait en bien meilleur état que les autres voitures du quartier. Elle s'est immobilisée quelques centaines de mètres plus loin, devant une petite maison sans jardin. Une ombre est sortie du véhicule. Une portière a claqué et l'ombre s'est engouffrée dans la maison. Nous nous sommes dirigés prudemment vers la voiture, tout en restant sur le trottoir opposé, et en prenant soin de nous abriter derrière les véhicules stationnés. Will s'est posté juste en face du petit pavillon. Nous étions cachés par un troupeau de bennes à ordure en plastique balayé par le crachin. J'ai relevé la visière de mon casque.

– Tu vois quelque chose ?

– Pas grand-chose. Mais c'est bizarre. Il a laissé la porte d'entrée entrouverte.

– Tu crois que c'est sa planque ? Tu es sûr que c'était lui ?

– C'est bien sa voiture, et j'ai cru reconnaître sa silhouette…

J'ai sorti mon téléphone et j'ai envoyé un message à Marcelin.

Nous sommes devant chez MB. 57 rue du Viaduc, Bessans

J'ai attendu la réponse, qui n'est pas venue. Quelques minutes ont passé. Un pigeon s'est posé tout près de moi. Il lui manquait un doigt.

– Et s'il nous voit, ai-je fait, et si…

– Chut ! a sifflé Will. Il revient !

La porte d'entrée venait de s'ouvrir complètement. L'ombre est réapparue dans l'embrasure et s'est avancée sur le seuil. Pas de doute, c'était Michaël Beuldecke. Il semblait bouillonner de rage. Il a claqué la porte, s'est dirigé au pas de course vers la maison voisine et a pénétré dans la bâtisse sans frapper. Des cris de colère et des bruits de chocs nous sont parvenus. Au bout de quelques secondes, il est ressorti, s'est précipité vers la voiture, a démarré en trombe et s'est éloigné en direction du centre-ville.

– Allons-y, a dit Will. C'est notre chance, il n'a pas verrouillé la porte d'entrée.

– Et s'il y a encore quelqu'un à l'intérieur ? Tu crois que c'est sa planque ? Et l'autre maison ? Il y a probablement quelqu'un à côté, j'ai entendu des cris…

– Nous ne ferons aucun bruit…

J'ai rabattu la visière et je l'ai suivi. L'auto noire avait disparu au bout de la rue lorsque nous sommes parvenus sous le porche. Will a ouvert précautionneusement la porte et est entré. L'intérieur de la maison sentait l'huile de friture sale et le tabac froid. Un étroit couloir obscur parcouru d'un long portemanteau vide nous a menés à la pièce principale. Le salon était dans un état de délabrement, de désordre et de saleté indescriptible.

– Mollard Boy ne semble pas vraiment porté sur le ménage, a murmuré Will en retirant son casque.

J'ai décidé de garder le mien, pour l'instant. Certains meubles étaient renversés. Une multitude d'objets et de débris jonchaient le sol de carrelage à la couleur indéterminée : vêtements, chaussures, canettes de bière, assiettes, couverts, cendriers, boîtes de conserve, magazines, outils… Trois pneus de voiture étaient adossés à un mur. L'air était chargé d'une brume grasse et poussiéreuse que révélait la lumière grise des fenêtres sans rideaux. Will s'est penché sur un carton à pizza posé sur une chaise et l'a entrouvert.

– Beeeeeuuurk, a-t-il dit, pizza au chorizo en état de décomposition avancé… Il vit vraiment comme un gros…

– Non, ai-je fait en examinant une commode, il n'y a pas que ça… Quelque chose s'est passé ici.

Tous les tiroirs du large meuble avaient été retirés et vidés de leur contenu sur le sol. Je me suis approchée du sofa dont les coussins éventrés vomissaient leurs entrailles de mousse synthétique. À côté de la table basse retournée, des verres et une carafe brisés s'étalaient sur le carrelage encore humide.

– Ça vient de se passer, ai-je murmuré. La pièce a été retournée de fond en comble il y a peu de temps. L'eau sur le sol n'a pas eu le temps de sécher.

– Mollard Boy a perdu quelque chose, et il le cherche comme un dingue… Ça ne peut être que le coffre, non ? a demandé Will.

– Oui, ai-je répondu, ça ne fait pas de doute… mais il ne l'a pas perdu. Lorsqu'on a égaré quelque chose chez soi, on cherche, mais on n'éventre pas les coussins du canapé avec un couteau… c'est quelqu'un d'autre qui cherchait le coffre et qui l'a peut-être trouvé…

– Et si… a commencé Will.

– Et si c'était Tom ? ai-je continué.

– Il y a deux autres pièces, allons voir. Je prends la cuisine, tu prends la chambre.

Je suis entrée prudemment dans la petite salle du fond, où se côtoyaient un lit, un bureau et une grande armoire. Là aussi, une tornade semblait avoir balayé la pièce du sol au plafond. La moquette sale était couverte de vêtements. L'armoire était complètement vide. Un réveille-matin à aiguilles dont le cadran était brisé gisait sur le sol près de la table de nuit renversée. Il indiquait quatorze heures dix. J'ai consulté ma montre. Il était quatorze heures cinquante. Près du lit, une tache sur la moquette plus sombre et plus large que les autres a attiré mon attention. Je me suis accroupie et je l'ai effleurée du bout des doigts. Du sang, encore frais. *Déguerpis de ce trou à rats en vitesse*, m'a soufflé la grosse boule dans mon ventre. *Il ne fait pas bon être un rat ici, n'est-ce pas ?* J'ai décidé de ne pas lui répondre et je me suis approchée d'un monticule de coupures de journaux à moitié éparpillé sur la moquette. Des gazettes locales, dont les articles découpés, les pages arrachées, ne traitaient que d'un sujet : les incendies de cette fin d'été.

Soudain, un coup sourd a résonné de l'autre côté de la cloison, suivi d'un feulement à mi-chemin entre un cri de surprise et un glapissement de douleur, comme une question qui restait en suspens. Puis quelque chose s'est effondré sur le carrelage de la cuisine.

– Will ! ai-je crié.

Je me suis redressée et je me suis précipitée vers la porte. À l'instant où j'atteignais le seuil, une silhouette est apparue dans l'embrasure. Un poing est parti comme une fusée vers mon visage, puis a stoppé net son mouvement, peut-être à la vue de mon casque de moto. L'autre poing a alors pris le relais et s'est enfoncé dans mon ventre. La boule de terreur a explosé puis s'est répandue en raz-de-marée de douleur aux quatre coins de mon corps. J'ai basculé sur le matelas, j'ai effectué une roulade arrière sur les draps et je me suis échouée quelque part sur le sol, entre le lit et le mur, au milieu des débris et des papiers. Ma nuque a heurté quelque chose de dur, très dur. J'ai hurlé. L'homme a sauté par-dessus le lit et s'est jeté sur moi. Ce n'était pas Mollard Boy. C'était un type plus vieux, un peu bedonnant, au crâne chauve. Une barbe poivre et sel dévorait ses joues rebondies. Il avait une coupure qui saignait au niveau du sourcil gauche et sa pommette était gonflée. Ses yeux étaient emplis de haine. Ses mains se sont refermées sur mon cou. Je me suis débattue comme une diablesse ; j'ai attrapé ses avant-bras, j'ai tenté de les repousser, de décrocher les serres qui emprisonnaient ma gorge. Je suffoquais. Je ne le voyais plus, la buée avait à nouveau envahi ma visière. Ma main droite a lâché le bras de l'homme et s'est mise en quête de quelque chose, n'importe quoi, sur le sol. Mon doigt a frôlé l'objet dur qui venait d'écorcher ma nuque ; je l'ai saisi. Il avait la taille et la forme d'une bombe aérosol. Peu importe ce qu'il contenait, de la crème Chantilly, du fromage liquide, du gaz lacrymogène, de la peinture rose. J'allais m'évanouir ; je ne voyais même plus la buée. Je ne voyais plus qu'un point rouge dans les ténèbres. Encore un effort. J'ai tourné la bombe vers l'homme et j'ai appuyé sur le bouton. Il a hurlé, et aussitôt, la pression sur mon cou s'est relâchée. J'ai aspiré l'air tiède et humide sous la visière de mon casque. Mon cœur était subitement remonté dans mon crâne, et il battait toujours aussi fort. Le point rouge a disparu ; la buée l'a remplacé. L'homme criait toujours, il était étendu sur le côté, sur le matelas.

Je sentais sa jambe qui gigotait. J'avais toujours très envie de m'évanouir, mais il fallait faire un effort, se sauver d'ici avant qu'il décide de poursuivre sa besogne. J'ai relevé la visière et je me suis redressée en grognant. Il l'a senti et a tenté de m'empoigner le bras. Ses yeux étaient fermés, scellés, verrouillés, à s'en décrocher le front, aussi fermés que des yeux pouvaient l'être. Je lui ai décoché un coup de bombe dans la mâchoire et je me suis relevée pour sortir de la chambre. Il a hurlé à nouveau et est parvenu à se redresser. Je me suis précipitée vers la porte, mais il s'est jeté au pied du lit et a saisi une de mes chevilles. Je me suis effondrée. Ma tête a heurté le mur, juste à côté de l'embrasure. Je me serais ouvert le crâne sans mon casque. L'homme s'est jeté sur moi et a attrapé mon cou, encore. J'ai poussé un hurlement de terreur. Il a crié d'une voix démente.

– Ferme-la espèce de...

Bong. Le son fort et sec que font deux boules, dont l'une au moins est vide, lorsqu'elles se rencontrent à haute vitesse. Ses doigts ont lâché à nouveau ma gorge. Son corps a basculé et il s'est affalé parmi les débris sur le plancher.

J'ai relevé la tête. Will était sur le seuil de la chambre, pâle et tremblant. Il tenait encore son casque à la main. Il s'est penché vers moi et m'a aidée à me hisser. Mes jambes osaient à peine me porter. Il m'a serrée très fort. Posés sur nos quatre pieds, nous tenions presque debout. Enfin, je l'ai lâché et j'ai enlevé mon casque. Une sueur froide et grasse coulait sous mes vêtements. Mon portable a sonné l'arrivée d'un nouveau message.

– Il faut partir d'ici, a dit Will.

– Oui... ai-je soufflé. On s'en va.

Je me suis retournée vers la chambre. L'homme chauve était couché sur le sol. Il ne bougeait plus. Ses yeux étaient toujours fermés. Sur le matelas posé en travers du sommier, une bombe de laque pour cheveux fins « *fixation intense* » avait roulé entre les replis des draps sales.

– Tu crois qu'il est mort ? a demandé Will. J'ai frappé de toutes mes forces...

Je n'ai pas répondu et j'ai sorti mon portable. Petit à petit, mon cœur et mon souffle se calmaient. J'avais terriblement mal au cou.

Nouveau message de Marcelin

Vous êtes où les mecs ? appelez moi

Will s'est penché et a ramassé une page de journal arrachée, un article sur l'incendie du Pleineux.

– C'est peut-être ce type qui a piqué le coffre à Mollard Boy, a-t-il suggéré.

– Peut-être, mais c'est bizarre... il saignait... et si Beuldecke l'avait surpris en train de le cambrioler, pourquoi serait-il reparti ensuite ? Et si c'était cet homme le voleur, le coffre serait toujours ici...

La sonnerie a retenti à nouveau.

Nouveau message de Marcelin

Je vais appeler la police les gars, que se passe-t-il????

– Partons, ai-je murmuré.

Will est sorti de la chambre le premier. Je lui ai emboîté le pas. Tandis que je franchissais le seuil, une voix grave et râpeuse, qui semblait sortir du fond d'un tombeau, m'a interpellée.

– Vous êtes avec elle ?

Je me suis retournée. L'homme, toujours couché sur le sol, avait ouvert les yeux. La fureur semblait s'être évaporée de ses iris. Il ressemblait à un vieillard fatigué. Will s'est précipité dans la chambre en grognant, casque en avant, prêt à cogner à nouveau.

– Te fatigue pas, gamin, a soupiré l'homme. Je ne bougerai pas. J'ai reçu assez de coups pour aujourd'hui.

Il a ricané. Puis son ricanement s'est transformé en toux aussi grasse qu'un bloc de saindoux.

– De qui parlez-vous ? ai-je demandé.

– De l'autre gamine... vous la connaissez, n'est-ce pas ? Elle a une sale balafre sur le visage.

– Où est-ce que vous l'avez vue ?

– Ici, il y a moins d'une heure... elle a tout retourné dans la maison. Je dormais chez moi, à côté. Quand je suis sorti, c'était trop tard. Je l'ai surprise, mais elle a réussi à s'échapper. Elle court trop vite pour moi...

– Qu'est-ce qu'elle a volé ?

– Je ne sais pas. Mais lorsque Mike est rentré, il a piqué une crise. Il était furibard. Je ne l'ai jamais vu dans cet état. Il m'a mis une raclée. Il m'avait demandé de surveiller sa planque pendant son absence et de faire peur à tous ceux qui auraient pu rôder autour… Je n'aimerais pas être à la place de la petite balafrée lorsqu'il la retrouvera… et Mike trouve toujours ce qu'il cherche.

– Partons d'ici, a dit Will en me prenant par le bras.

L'homme a ricané à nouveau. La lueur noire s'était rallumée dans ses yeux.

– Ouais, partez… mais Mike vous retrouvera, vous aussi…

Nous avons traversé le salon en vitesse. J'ai sorti mon téléphone pour répondre à Marcelin. Il valait mieux éviter qu'il n'appelle la police.

Annie était chez MB tout à l'heure

Je crois qu'elle lui a repris l'Altus

Il faut la retrouver au + vite

Nous sommes sortis. La pluie grise et froide nous a accueillis en murmurant. Nous avons traversé la rue et nous nous sommes dirigés vers la moto. Alors que je remettais mon casque, Will m'a saisie par l'épaule.

– Il est de retour !

Je me suis jetée derrière les bennes. Une voiture noire descendait la rue à toute allure. Elle arrivait du centre-ville. L'auto n'a pas ralenti et a disparu en direction des faubourgs de Bessans.

– Qu'est-ce qu'il fait ? Pourquoi il ne s'arrête pas chez lui ?

– Il la cherche…

– Ou il l'a déjà trouvée ?… Ce n'est pas la direction de la Marquèse…

La sonnerie a retenti.

Nouveau message de Marcelin

Si Annie s'est rendue à Bessans elle doit rentrer en car

L'arrêt de la ligne 518 direction Marquese est situé 12 rue du Champ

– C'est pour ça qu'il est parti dans l'autre sens, ai-je soufflé. Le car dessert les autres villages et rejoint la Marquèse en passant par les collines.

J'ai localisé l'arrêt du car sur mon téléphone et la moto s'est élancée sur la route étroite, cernée par deux haies de voitures et de bennes à ordures. Au bout de la rue, Will a obliqué à gauche et nous nous sommes retrouvés sur l'avenue qui longeait le grand mur barbelé du cimetière mécanique.

– Tout droit au rond-point ! ai-je crié.

– Quel rond-point ?

Celui-ci. Celui sur lequel nous étions déjà. Will a freiné. La roue arrière s'est bloquée en gémissant mais la moto a continué tout droit, a coupé la route d'une camionnette et a poursuivi sa course sur le terre-plein central en forme de petite colline, une pelouse envahie de nains de jardin dégoulinants de pluie. Ma jambe gauche a effleuré Atchoum. La bécane a décollé et s'est élevée par-dessus l'herbe trempée, pour rebondir plus loin sur le bitume dans un crissement de pneus. Will a remis les gaz.

– OK, le rond-point, j'avais pas vu ! a-t-il crié.

– Là, regarde, c'est l'arrêt du car !

Will s'est immobilisé près du petit Abribus délabré planté au milieu du trottoir. Le lieu était désert. Mon téléphone a sonné. C'était Marcelin.

– Marcelin, on est à l'arrêt du car !

– Alors vous l'avez loupé de cinq minutes ! J'ai consulté l'itinéraire du car. Prenez la direction de Crocjean. Il s'arrête dans le centre-ville avant de reprendre la route de la Marquèse…

La moto est repartie à travers l'eau noire des flaques qui n'en finissaient pas de grossir. J'ai jeté un œil sur la droite et j'ai constaté que le mur barbelé, qui m'avait pourtant semblé infini, n'était plus là. À sa place, un terrain vague s'étalait et se fondait dans la pluie. De l'autre côté, les maisons se faisaient rares. Enfin, nous sommes sortis de Bessans et nous avons emprunté une route étroite qui courait à travers bois, jusqu'à Crocjean. La moto est entrée dans le bourg en pétaradant. Dans le centre-ville, l'arrêt de bus se dressait au bord de la grande place, où les pistes de pétanque s'étaient changées en couloirs de sables mouvants. Personne n'attendait là. Will a encore accéléré et nous a propulsés jusqu'à la place de l'église avant de sortir de la ville. Une route parfaitement droite et plate se déroulait devant nous. Il m'a semblé que la pluie redoublait. Bientôt, tout au fond, les silhouettes grises des collines ont émergé du néant. Devant les hauteurs, deux petites ombres sont apparues au bout du ruban noir.

– C'est le car ! s'est exclamé Will. La voiture de Mollard Boy est juste derrière lui !

– Il va suivre le car jusqu'à la Marquèse, ai-je répondu, et il n'aura plus qu'à cueillir Annie lorsqu'elle descendra, et on ne pourra rien faire... Il est plus fort que nous...

– Il n'y a qu'une seule façon d'éviter ça, a rugi Will en poussant le moteur à pleine puissance.

Petit à petit, la moto a rattrapé son retard sur les deux véhicules. Les lanternes rouges de la voiture de Mollard Boy brillaient comme les yeux d'un dragon. Nous n'étions plus qu'à quelques dizaines de mètres derrière l'auto lorsque le car a commencé à gravir les collines. Au pied de la première côte, le dragon a disparu dans le virage.

– Qu'est-ce que tu veux faire exactement, Will ? On ne pourra pas les...

– J'ai une idée, mais il faut que tu descendes avant !

– Pourquoi ?

– Parce que c'est trop dangereux !

– Quoi ? Espèce de crétin...

J'ai relevé ma visière. La pluie froide m'a fouetté le visage. J'étais terrifiée. La moto s'est engagée sur le virage qui montait vers les collines. Sur le bord de la route, les sapins noirs ruisselaient. J'ai serré Will aussi fort que je le pouvais.

– Je ne descends pas... Rattrape-le !

Il n'a pas répondu, mais il ne s'est pas arrêté. La route slalomait entre les arbres. À chaque tournant, les pneus dérapaient en poussant des cris qui se mêlaient au hurlement du vent dans les épines, au rugissement infini de l'eau contre le sol. Soudain, à la sortie d'une courbe, les yeux du dragon se sont ouverts. La voiture était là, juste devant nous, à quelques mètres. Elle talonnait le car qui roulait à très faible allure dans la pente. Will a dû freiner pour ne pas percuter la berline noire. J'ai senti ses muscles qui se contractaient. D'une main tremblante, j'ai rabattu ma visière.

– Au prochain virage, a-t-il aboyé, accroche-toi !

Vingt mètres avant, Will a accéléré brusquement pour doubler la voiture de Mollard Boy. Le moteur a mugi. Puis nous nous sommes rabattus entre le car et la berline dans un sifflement de pneus, juste au début du virage. Derrière, les roues de la voiture ont hurlé à leur tour. La route n'en finissait pas de tourner, comme si la chaussée avait subitement décidé de se replier sur elle-même. Lorsque le corps de Will a tressailli contre moi, j'ai réalisé qu'il avait perdu le contrôle. J'ai perçu son cri rauque malgré le casque, par-dessus le tumulte des engins et de la pluie déchaînée. Mes doigts se sont enfoncés dans le cuir du blouson. La bécane a quitté la route et a plongé dans le précipice de terre noire. Nous ne touchions plus le sol. Je n'ai pas crié, mes dents étaient bien trop serrées, verrouillées. Je crois que j'ai fermé les yeux pendant deux, peut-être trois secondes. Jusqu'au choc : d'abord le bruit des pneus qui ont éclaté, puis le gémissement métallique du châssis qui s'est tordu, et la douleur dans mes cuisses, qui est remontée dans mon ventre. Will a crié à nouveau. J'ai ouvert les yeux. Nous dévalions la pente de terre, de bosses, de pierres et de racines géantes. Le moteur s'était tu. Un sapin gigantesque fondait sur nous. Will a tenté de l'éviter par la droite. La roue arrière s'est bloquée, a dérapé, puis a sauté sur une pierre. J'ai senti mon corps décoller, tournoyer sur lui-même, glisser sur la terre, puis enfin s'immobiliser. J'avais la tête qui tournait. Le vacarme de la course-poursuite et de l'accident s'était évaporé. À sa place, l'écho d'une déflagration rebondissait contre les parois de mon crâne. J'ai tenté de me redresser. Quelqu'un m'a saisie par le bras et m'a aidée à m'asseoir et à relever ma visière embuée. Petit à petit, j'ai retrouvé mes esprits. Will était agenouillé sur le sol brun et humide, face à moi. Je ne pouvais distinguer qu'un rectangle de son visage un peu comprimé par le casque. Il me semblait terriblement pâle. J'avais mal aux jambes, aux épaules, mais apparemment j'étais en un seul morceau. Et lui aussi. De grosses gouttes blanches tombaient lentement des branches basses dans un décor d'épines, d'écorce et de brume. Dans ma tête, l'écho de l'explosion s'était changé en sifflement aigu que rien ne semblait pouvoir faire taire.

– Tu n'es pas blessée ? a-t-il demandé dans un souffle.

– Non, je ne crois pas... Qu'est-ce qu'il s'est passé, Will ?

– J'ai voulu lui faire une queue de poisson dans le virage pour qu'il sorte de la route, mais je pensais que je pourrais redresser la moto avant de sortir de la chaussée. Nous allions trop vite, les roues se sont bloquées et...

– Will, c'est quoi ces traces ? l'ai-je coupé en désignant la pente.

Le flanc de la colline était parcouru d'une large traînée, un sillon de terre labourée, de ronces déchirées, d'herbes écrasées, de branches cassées et de débris métalliques. Nous nous sommes relevés tous les deux.

– Ben, c'est la trace de notre...

– Il y a plusieurs traces, Will...

Nous nous sommes approchés de la lisière du bois où se perdaient les traînées. La pluie s'était calmée. Le brouillard épais et sale rendait la forêt fantomatique. Au détour d'un bosquet, juste derrière un fossé, le cadavre de la moto gisait sur le sol. La roue avant, dressée vers les cimes, était tordue. J'ai juste eu le temps de noter que la trace de glissade se prolongeait au-delà de la bécane et se perdait dans les sapins avant que Will ne me saisisse le bras et ne m'entraîne. Il s'est accroupi derrière un tronc noir et luisant. Je me suis collée à lui.

– Il a dévalé la pente lui aussi ! a-t-il chuchoté.

Je me suis redressée pour risquer un coup d'œil et j'ai aperçu la voiture de Mollard Boy au loin, en contrebas. Elle était immobilisée en travers d'un petit sentier. La portière du conducteur était ouverte. Une ombre est sortie du véhicule, en a fait le tour et s'est arrêtée devant la roue arrière droite.

– Tu as vu, a soufflé Will, on dirait qu'il boite...

L'ombre s'est remise en marche et s'est avancée dans notre direction.

– Aïe, il nous a repérés, ai-je chuchoté.

– Non, a dit Will. Il a vu la bécane. Tirons-nous à couvert !

Nous avons reculé silencieusement, puis nous nous sommes élancés vers un mur de sapins qui faisait face au bois dans lequel s'était échouée la voiture. Les silhouettes des arbres se découpaient en nuances de gris dans le néant. Nous sommes entrés dans le couvert où les racines rampaient sur le sol accidenté. Quelques dizaines de mètres après la lisière, un coteau abrupt se dressait, où la terre et les fougères laissaient place à la roche nue. Nous sommes montés à l'assaut de la pente. Parvenus au sommet de la butte, nous nous sommes figés. Devant nous, l'autre versant de la colline était un éboulis de pierres luisantes qui plongeait dans la brume.

– On va se fracasser dans ces rochers, Will !

Will s'est retourné pour scruter la lisière d'où nous venions. Une ombre lointaine se tenait dans la trouée, près d'un bosquet.

– Il faut y aller, je crois qu'il est arrivé devant la moto...

À cet instant, la sonnerie de ma messagerie a retenti.

– Arrg !... Il nous a entendus, fonce !

Je me suis précipitée dans la descente, un toboggan cabossé de roche, où couraient quelques racines. Derrière la dernière rangée d'arbres, un véritable précipice nous attendait.

– On est bloqués !

– Non, il faut continuer. Il y a à peine dix mètres de profondeur, on peut passer, suis-moi…

J'ai pensé aux pigeons et aux rats carbonisés et j'ai décidé de le suivre. Mes mains agrippaient ce qu'elles pouvaient : branches, pierres saillantes, souches à moitié pourries, tandis que mes pieds hésitaient, cherchaient les anfractuosités, tentaient de se fondre dans les pas de Will. Par je ne sais quel miracle, nous sommes parvenus jusqu'en bas et nous nous sommes engagés dans la pente plus douce, sous le couvert des arbres. Will s'est accroupi derrière un buisson épais, d'où nous pouvions observer la partie haute de la paroi de pierres. Tout près de nous, une petite rivière coulait. Je tremblais. *Comment est-ce possible ?* me suis-je demandé à moi-même. *Est-ce l'Altus qui a fait ça ? Pourquoi suis-je là, coiffée d'un casque de moto, dissimulée derrière une feuille de fougère dégoulinante de pluie, à prier pour ne pas être transformée en barbecue par un cinglé, alors que je devrais être…* J'ai consulté ma montre. Seize heures trente-deux. *Je devrais être au collège, à attendre avec impatience la fin du dernier cours de la journée.*

En haut de la petite falaise, entre les troncs, une ombre est apparue. La silhouette fine de Mollard Boy s'est approchée du bord, puis s'est engagée à son tour dans la descente délicate. Soudain, il a glissé, a émis un bref cri d'effarement et a chuté. Son corps a rebondi de roche en roche jusqu'au fond, à quelques mètres de nous et du petit cours d'eau. Nous ne pouvions pas le voir. Je n'osais plus bouger. J'ai jeté un coup d'œil à Will, qui semblait fixer un point invisible au-delà des branches pliées par l'eau. Ses yeux brillaient.

– Tu crois qu'il s'est cassé le cou ? ai-je chuchoté.

– Je... a commencé Will. Attends...

L'ombre de Mollard Boy s'est redressée lentement. À cette distance, je pouvais voir son visage déformé par la haine. Il a scruté les alentours. L'espace d'un instant, j'ai cru qu'il nous avait repérés, j'ai eu la sensation que ses yeux croisaient les miens. Puis son regard a changé de direction. Il a encore observé le sous-bois quelques minutes et s'en est retourné en boitillant vers la petite falaise qu'il a entrepris de remonter. Il a fini par y parvenir et a disparu.

– Ouf, a dit Will. On n'est pas passés loin d'être changés en bananes flambées...

– Nous ne l'intéressons pas. C'est Annie qu'il cherche, et l'Altus... Je ne sais pas si sa voiture est toujours en état de rouler, mais il va tenter de repartir pour la coincer. Il faut qu'on rentre à la Marquèse...

Tandis que je retirais mon casque, Will s'est relevé et s'est avancé prudemment vers la falaise, jusqu'au buisson où Mollard Boy avait fini sa chute, qu'il a inspecté longuement. Je l'ai rejoint.

– Regarde, Léa...

Son doigt désignait un objet noir coincé entre deux pierres, à demi caché par les touffes de graminées humides. Will s'est accroupi et a ramassé l'objet. C'était un pistolet. Pas un pistolet à eau ou à patate, ni un briquet de mauvais goût. C'était une vraie arme, dont les angles métalliques luisaient dans la pénombre grise. J'ai tressailli lorsque Will a fourré l'arme dans la poche de son blouson.

– Qu'est-ce que tu comptes faire avec ça, Will ?

– Je ne sais pas... Il a dû le perdre lorsqu'il est tombé. Il vaut mieux que nous l'ayons plutôt que lui, non ?

Il a retiré son sac à dos, l'a posé sur le sol et s'est assis contre un arbre. Puis il a lentement enlevé son casque et a entrepris de le faire rentrer dans la plus grande poche, parmi les cahiers de cours détrempés.

– On ferait mieux de remonter, maintenant, a-t-il dit. La moto est foutue, il va nous falloir au moins deux heures pour rentrer à pied.

– Pas par là, trop dangereux, ai-je répliqué. Et si c'était un piège ? et s'il nous attendait tranquillement, là-haut ?

– Tu as raison. On contourne ce massif à couvert de sapins, puis on rejoint la route.

J'ai sorti mon téléphone.

Nouveau message de Marcelin

Alors ?

J'ai tapoté rapidement une réponse tandis que nous nous mettions en route.

Annie est dans le car. Elle va arriver à la Marquèse.
Essaie de l'intercepter si tu peux. On a pu retenir MB

Après avoir crapahuté sur quelques dizaines de mètres à travers les ronces et les fougères, nous avons rejoint un sentier boueux qui serpentait entre les sapins. Il nous a fallu près de quarante minutes pour remonter la colline. Près de la crête où passait la grande route, la forêt s'ouvrait sur une prairie. Nous nous sommes avancés sur le tapis d'herbe d'où nous dominions la vallée. Un minuscule filet de fumée noire montait au-dessus des cimes et se diluait dans le ciel lourd. J'ai scruté le ravin avec attention. Une lueur fragile brillait tout au fond du gouffre, là d'où nous venions.

– Quelque chose brûle, a murmuré Will.

– La moto...

À l'instant où je prononçais ces mots, il m'a semblé percevoir un choc distant, comme le claquement d'une portière. Dans le sous-bois, non loin du feu, les yeux rouges d'un minuscule dragon se sont allumés.

– Il est encore là ? ai-je soufflé. Qu'est-ce qu'il fabrique ?

– La voiture avait l'air en mauvais état. Je crois qu'il a dû changer une roue. Et peut-être qu'il s'est rendu compte qu'il avait perdu son pistolet et qu'il l'a cherché.

– Alors tout n'est pas perdu, le car et Annie sont arrivés depuis longtemps, elle est en sécurité.

Au fond du précipice, les yeux du dragon ont brillé un peu plus fort quelques secondes avant de s'éloigner et de disparaître sous les aiguilles noires.

– Pas pour longtemps...

CHAPITRE 8.

L'ŒIL DE SAURON

– Tu crois que c'est l'arme avec laquelle il a tiré sur Sam ?

– Oui…

– Et si on amenait le pistolet aux gendarmes ?

Will s'est retourné vers moi. Le temps d'un éclair, dans la lueur écrasante d'un phare, j'ai aperçu ses traits tirés par la fatigue, et la trace brune du sang qui avait séché sur sa joue. Puis le camion nous a dépassés dans un grondement mécanique. Le souffle chargé de gazole m'a fait baisser les yeux. Lorsque je les ai relevés, il ne restait qu'un sillage rouge, déjà presque évanoui dans la brume. Le silence et l'obscurité nous ont enveloppés à nouveau. Nous marchions depuis une heure et demie sur le bas-côté boueux d'une route départementale. La pluie s'était calmée.

– Oui, nous leur apporterons demain. Ce soir, il faut trouver Annie. Elle a l'Altus, et elle est en danger…

J'ai regardé le ciel sans étoile. Dix-neuf heures passées. Encore une heure de marche avant de rallier la Marquèse.

Vers vingt heures, nous sommes enfin parvenus à l'entrée du village. Sur la route, nos téléphones avaient sonné à plusieurs reprises. Nos parents s'inquiétaient et cherchaient à nous joindre. Ne sachant quelle excuse, quelle histoire inventer, j'avais renoncé à répondre. Will avait fait de même. Les parents avaient déjà dû contacter le collège, la police, le FBI... Même si nous sortions vivants de cette histoire, il faudrait s'attendre à de rudes semaines pour la suite de l'année scolaire. Mais je m'en fichais éperdument. Je ne pensais qu'à Tom, à Annie, aux innocents morts dans les incendies de Merzeuil et d'Abaucourt. Aux innocents qui seraient toujours en vie si nous n'avions pas ouvert une petite boîte en bois un soir de printemps. Il fallait arrêter Mollard Boy. Nous seuls pouvions le faire. Et nous devions le faire. Nous n'avions que deux options : détruire l'Altus ou tuer Beuldecke.

– Allons directement chez Annie, a proposé Will tandis que la pluie reprenait.

J'ai envoyé un message à Marcelin pour qu'il nous rejoigne. Lorsque nous sommes arrivés, il était déjà là, planté sur le trottoir, sous un lampadaire, dégoulinant de pluie.

– Je suis arrivé trop tard pour intercepter Annie à la descente du car, a-t-il dit. Alors je suis venu ici, j'ai fait le tour de la rue, puis j'ai essayé d'entrer, mais la porte était verrouillée. Je suis rentré chez moi pour poser mon sac et vous attendre...

– La voiture de sa mère n'est pas là, ai-je noté. Elle doit être absente... mais il y a de la lumière, là-haut, dans la pièce du fond...

– C'est la fenêtre de la bibliothèque, a précisé Will.

– Si Annie est bien là, il faut essayer d'attirer son attention, a suggéré Marcelin. Mais si la porte était verrouillée tout à l'heure, elle doit toujours l'être...

Nous avons pénétré en silence dans le jardin et nous nous sommes immobilisés sur le perron, dans l'obscurité presque parfaite du porche. Marcelin a frappé, puis il a utilisé la sonnette, qui ne semblait pas fonctionner. Après quelques instants et plusieurs tentatives demeurées sans réponse, il a saisi la poignée et l'a tournée en poussant la porte vers l'intérieur. À notre grande surprise, elle s'est ouverte en grinçant. La lumière du couloir était éteinte. J'ai braqué la lampe de mon téléphone sur le battant interne de la porte, où étaient fixés trois gros verrous ouverts.

– Annie ? Annie ? Tu es là ? a appelé Marcelin.

Personne n'a répondu. Will a tâtonné sur le mur pour trouver l'interrupteur. Lorsque le lustre s'est allumé, le gigantesque escalier tournant est apparu. Marcelin a posé son regard sur moi. Ses yeux se sont figés un instant. Puis il a fixé Will et deux rides verticales ont fait leur apparition sur son front, juste au-dessus de la monture de ses lunettes.

– Qu'est-ce qu'il vous est arrivé, les gars ? Vous vous êtes battus ?...

J'ai regardé Will. C'est vrai qu'il avait une sale tête. Je ne devais pas être mieux.

– Allons-y, a murmuré Will.

Il s'est engagé dans l'escalier. Au premier étage, seule la pièce du fond était allumée. Nos pas faisaient grincer le parquet.

– Annie ?

Will est entré le premier dans la bibliothèque. L'instant d'après, il l'a aperçue et s'est précipité vers le fond de la salle.

– Annie !

Elle était étendue sur le sol près du bureau, entre plusieurs piles de livres « *F. O. A.* », vêtue d'une longue robe de chambre blanche. Nous nous sommes penchés sur elle. Elle semblait dormir. Dans la lumière chaude des lustres, la blessure qui ornait sa joue était terrifiante, plus nette et plus tangible que le reste de son visage, comme un dessin au feutre noir sur une aquarelle un peu floue. Je l'ai secouée doucement. Elle ne s'est pas réveillée.

– Qu'est-ce qu'elle a ?

Je l'ai remuée à nouveau, sans résultat. J'ai passé ma main devant sa bouche. Elle semblait respirer normalement. J'ai attrapé son poignet gauche pour prendre son pouls. Deux nombres à demi effacés avaient été inscrits au stylo bille dans la paume de sa main : *48-177*. Marcelin s'est levé et a regardé autour de lui. Il s'est approché du bureau, où étaient posés un verre d'eau à moitié vide et un tube de comprimés.

– Des somnifères… la boîte est vide…

J'ai sorti mon téléphone et j'ai composé le numéro des pompiers, tandis que Will tentait à son tour de réveiller Annie, en vain. Les deux garçons se sont approchés de moi.

– Alors ? a demandé Marcelin.

– Je suis en attente, ça ne répond pas…

– Ça répond toujours, les pompiers, c'est fait pour…

À cet instant, le téléphone de Marcelin a sonné.

– C'est Sam ! a-t-il dit en décrochant. Sam ?… Nous sommes chez Annie, tous les quatre, que… quoi ?

Marcelin s'est approché de la fenêtre et a écarté les rideaux. À travers les petites vitres carrées où ruisselait la pluie, une lueur d'ambre illuminait le centre-ville et montait vers le ciel sans étoile.

– Marcelin, que se passe-t-il ? a demandé Will d'une voix hystérique.

– Sam, non, Sam… Attends… Nous avons besoin d'aide, Annie, elle… Sam ? Sam ?

Il a consulté l'écran de son téléphone.

– Ça a coupé… Sam dit que l'école est en feu, et la mairie… et d'autres bâtiments…

– C'est pour ça qu'on n'arrive pas à joindre les pompiers…

– Il dit que lorsque les pompiers de la Marquèse sont arrivés sur place, leurs véhicules ont pris feu… Ce taré est en train de brûler toute la ville !

– Mes parents, me suis-je écriée, ils sont à la maison !

– Les miens aussi, a sifflé Marcelin d'une voix un peu tremblante.

– Il faut trouver l'Altus et le détruire, ai-je murmuré. C'est le seul moyen d'arrêter Mollard Boy… Le coffre doit être ici… commencez à fouiller la maison, je reste avec Annie et j'essaie de joindre le SAMU ou je ne sais qui…

– OK, a dit Will. Marcelin, tu prends le second étage, je vais voir au premier et au rez-de-chaussée.

Ils sont sortis de la bibliothèque tandis que je composais le numéro du SAMU. Je n'ai pas obtenu de réponse. Tous les standards m'ont mise en attente. Je me suis levée et je me suis rendue à la fenêtre. Il m'a semblé que le halo d'or s'étendait et s'intensifiait. Mon village était en feu. Mes mâchoires se sont serrées. Les larmes se sont mises à jaillir de mes yeux malgré moi. J'ai retiré mon sac à dos et mon blouson trempés et les ai jetés par terre avant de m'asseoir près d'Annie. Elle semblait paisible, allongée au milieu des livres. Je l'enviais presque. J'ai saisi un ouvrage et je l'ai feuilleté machinalement. Comment avait-elle pu lire, ingurgiter et comprendre ce charabia ? J'ai refermé le livre et l'ai posé sur la pile. Sur la tranche de la reliure de cuir figurait un chiffre doré : *32*.

– Mais quelle imbécile, me suis-je exclamée tout haut.

J'ai attrapé la main d'Annie pour regarder à nouveau l'inscription au stylo : *48-177*. J'ai fouillé les piles pour y dénicher le tome 48, je l'ai ouvert et feuilleté jusqu'à la page 177. Une gravure s'étalait sur une bonne moitié de la feuille jaunie. Le dessin représentait l'ourse de suie seule, perchée sur un arbre tordu. Il ressemblait à une illustration de Gustave Doré pour quelque fable de la Fontaine. Sous la gravure, un texte assez bref concluait les aventures de l'ourse et de son ami agneau.

Au soir de sa vie, l'Ourse de Suie se remémore ses amis perdus. Le premier, une Martre bien imprudente, qui a ouvert l'Altus une fois de trop. Puis se rappelle l'été brûlant et le terrible incendie qui a détruit la boiste. Ce jour-là, son ami Aigle Pêcheur planait par-dessus la lande jaunie de sec. Lorsque la boiste s'est changée en cendres, l'Aigle est subitement redevenu Agneau. Or, les Agneaux ne volent pas. Ils tombent et le sol les aplatit comme des galettes.

Perchée sur son arbre foudroyé, l'Ourse contemple la lune belle comme un disque d'oublie. La Martre ni l'Agneau n'a revus. Ce que l'Altus donne, il le reprendra un jour.

Ceux qui disparaissent se taisent à jamais.

Lorsque Will et Marcelin sont revenus quelques minutes plus tard, sans avoir trouvé le coffre, je leur ai montré le texte, qu'ils ont lu avec attention.

– Le feu, a murmuré Marcelin. C'est ce qui peut détruire l'Altus. Tout simplement. Si seulement nous l'avions sous la main, il suffirait de...

– Et que se passerait-il alors ? l'a coupé Will. Comment peux-tu être sûr que...

– Je ne suis sûr de rien, pas plus que toi, a répliqué Marcelin d'une voix sombre.

– De toute façon, il faut le trouver, ai-je dit. Il est forcément ici, elle l'a pris chez Mollard Boy.

– On a fouillé toute la maison, a répondu Will. Peut-être qu'elle l'a laissé en chemin ?

– Et si elle l'avait déjà détruit ? a suggéré Marcelin.

Will s'est approché de la cheminée et a dégagé le pare-feu avant d'inspecter l'âtre.

– Cette cheminée n'a pas servi depuis longtemps... Quant à la cheminée du rez-de-chaussée, elle est condamnée.

– Et si Annie avait brûlé le coffre dans la maison, on l'aurait senti.

– Et si elle l'avait détruit, la moitié de la ville ne serait pas en feu.

Will s'est approché de la fenêtre.

– Regardez...

Dans le lointain, au bord de la ville, quelque chose de gigantesque brûlait.

– La grue, a soufflé Marcelin, c'est la grue rouge...

– C'est un message pour nous, ai-je dit. Il nous appelle.

– Il pense que nous lui avons volé le coffre. Il a mis le feu partout parce qu'il est enragé. Et maintenant il veut qu'on le rejoigne pour lui rendre ce qui lui appartient. Si nous n'y allons pas, il va continuer...

– C'est lui qui nous a volé le coffre !

– De toute façon, nous ne l'avons pas, ce coffre...

– Non, mais nous avons ceci, a dit Will en sortant le pistolet de sa poche.

– Qu'est-ce que c'est que ça ? s'est exclamé Marcelin. C'est un vrai ?

– Oui, c'est celui de Mollard Boy.

– Mais nous ne savons même pas nous en servir et… c'est de la folie !

– On déverrouille le cran de sécurité, on vise et on tire en appuyant sur la gâchette… c'est la seule chose à faire. Personne ne nous écoutera, personne ne nous croira. La Marquèse est en train de flamber ! Qu'attendons-nous ? Qu'il tue d'autres gens ? Qu'il brûle nos maisons avec nos parents à l'intérieur ?

Nous sommes restés silencieux longtemps, un temps interminable. Je ne pouvais détacher mes yeux de la grue qui brillait au loin, qui se dédoublait, se démultipliait à travers mes larmes. Lorsque j'ai fermé mes paupières, la croix de feu ne m'a pas quittée.

– Il a raison, a fini par dire Marcelin d'une voix atone. On ne peut pas rester sans rien faire… Il faut l'affronter…

– À la grue ? a sifflé Will.

– Non, ai-je dit. La police, les pompiers vont aller à la grue, ou sont peut-être déjà sur place. Il nous attend ailleurs.

– Le chantier de la mine, a murmuré Marcelin.

– Oui, ai-je conclu. Allons-y… J'envoie un message à Sam pour lui dire où nous allons. Je ne pense pas qu'il puisse nous aider, mais on ne sait jamais…

**

Le chenal ressemblait à une rivière déchaînée, un torrent de montagne après un orage. Dans les faisceaux des lampes, des bûches, des sacs de gravats, des morceaux de buissons, des plaques de tôle, des bidons, des planches et une multitude de déchets filaient, emportés par les eaux brunâtres et bouillonnantes. Plus haut, dans les collines, le bourdonnement des pompes automatiques qui évacuaient l'eau de la mine recouvrait presque le murmure de la pluie et le chant des flots. J'ai regardé ma montre. Il était minuit quinze. Comment le temps avait-il pu passer si vite ? Nous avions laissé Annie, inconsciente, étendue sur le sol de la bibliothèque, avant de traverser le village où brûlaient encore quelques maisons, où s'égosillaient les sirènes. Puis nous nous étions glissés dans le quartier nouveau, nous nous étions fondus dans l'ombre des porches, jusqu'au secteur dix-sept de la mine. Nous avons utilisé une pince coupante dénichée dans le garage du manoir pour pénétrer sur le chantier, parce que nous savions qu'il serait impossible de passer par le chenal après quinze jours de pluie ininterrompue. Une chaussure filait comme un horsbord incontrôlable sur l'écume. Je l'ai regardée se perdre dans les remous avant de remonter à la surface et disparaître au loin. Au-dessus, le ciel était comme un bloc infini de charbon. L'idée même que les étoiles puissent avoir existé autrefois semblait insensée. J'ai éteint la torche de mon téléphone.

– Éteignons aussi nos lampes, Marcelin, a dit Will. Nous sommes proches.

Marcelin s'est exécuté. Les ténèbres nous ont enveloppés. Will s'est approché de moi et m'a pris la main. Il y a glissé un objet froid, dur, lourd.

– Qu'est-ce que tu fais, Will ? ai-je soufflé.

– Le cran de sécurité est déverrouillé, enfin je crois... Prends-le, tu feras mieux que moi, a-t-il murmuré.

– Non, Will, je...

– CChhht, a sifflé Marcelin. Quelque chose brûle, par là...

Il avait raison. Dans le ciel de suie, derrière les collines invisibles, un nuage de fumée illuminé par les incendies du centre de la Marquèse colorait subtilement l'horizon vers l'ouest. Mais il y avait autre chose, tout près de nous, un halo de lumière un peu vacillante qui éclairait les bordures et les sillons du chemin de terre menant au puits-arène.

– Ça vient de la maison détruite, a chuchoté Will.

Nous avons avancé à pas de loup. À mesure que nous nous éloignions du chenal, le grondement de la pluie semblait s'amplifier. À mesure que nous nous approchions de la cave abandonnée, la lueur dansante prenait de l'ampleur. Nous étions visibles, désormais. J'ai remis le cran de sécurité de l'arme et je l'ai fourrée dans la poche de mon blouson. Enfin, nous sommes parvenus sur le plateau, à l'entrée du puits-arène. Deux lignes de feu parallèles traçaient les contours d'un sentier qui menait à la porte de la cave grande ouverte. Les flammes, pas très hautes, dansaient joyeusement malgré la bise chargée d'eau, comme pour nous souhaiter la bienvenue. Nous nous sommes immobilisés devant le chemin de lumière.

J'ai jeté un regard à mes amis. Will a passé ses mains dans les sangles de son sac à dos et a poussé un profond soupir. Marcelin a ajusté les montures de ses lunettes. Ils me semblaient plus âgés dans la lumière d'or. Soudain, les flammes ont changé de couleur. Elles ont viré au jaune citron, puis au vert, au bleu, au violet, et au rouge sang, avant de reprendre leur teinte orangée.

– N'ayez pas peur, entrez, nous a intimé une voix grave et douce sur un ton presque enjoué.

Dans mon ventre et ma poitrine, la boule de terreur avait repris ses aises. Elle était si grosse qu'elle ne laissait plus de place aux organes, plaqués, écrabouillés contre les parois de mon corps comme des sardines dans leur boîte.

– On n'entre pas là-dedans, a chuchoté Marcelin. On reste groupés.

– Non, au contraire, il faut qu'on s'éloigne les uns des autres, a objecté Will en reculant de quelques pas. Être plusieurs et dispersés, c'est notre seule...

Brusquement, les flammes sont mortes. La haie d'honneur s'est éteinte comme par l'action d'un interrupteur. L'obscurité nous a engloutis. J'ai reculé à mon tour de quelques pas, instinctivement. À l'intérieur de mon corps, la boule changeait de forme et se faufilait dans mes bras, dans mes jambes.

Quelqu'un s'est mis à courir, tout près. J'ai poussé un cri de terreur et je me suis élancée dans le noir, sans savoir pourquoi, ni où j'allais. À quelques mètres, un coup sourd a retenti. Marcelin a hurlé. J'ai trébuché et je suis tombée dans la boue. Puis j'ai entendu mon nom. C'était la voix de Will, lointaine, étouffée. J'ai lutté pour ne pas me mettre à gémir à mon tour. Je me suis aplatie autant que je le pouvais contre le sol noir et froid. Qu'il ne me voie pas, qu'il ne m'entende pas, c'était ma seule chance. J'ai écouté, au-delà des battements dans ma poitrine, au-delà du murmure de la nuit et de la clameur de l'eau et des sirènes. J'ai perçu ses pas, un peu plus loin, près de la dune. J'ai rampé en silence vers le bruit. Tandis que je progressais, le dôme noir de la colline se dessinait dans le ciel d'anthracite. Au pied de la dune, l'ombre d'une barrière en bois se découpait devant le halo de la ville. J'ai glissé sans bruit sur le sol invisible. J'ai sorti le pistolet de ma poche et je me suis redressée très lentement. Soudain, un aboiement sourd a éclaté. Un poteau s'est embrasé, puis les flammes se sont propagées comme des guirlandes le long de la barrière pour cracher leur lumière aveuglante sur les rides de sable humide. La silhouette noire de Mollard Boy est apparue devant le brasier.

– Je te vois maintenant ! s'est-il exclamé d'un ton joyeux.

Moi aussi je te vois, sale taré. J'ai pointé l'arme dans sa direction et j'ai appuyé sur la gâchette.

Clic, clic. Zut, le cran de...

Il s'est rué vers moi en poussant un grognement. J'ai bondi sur mes pieds et j'ai couru loin de la lumière au milieu des sillons boueux. Mais après quelques mètres, mes semelles ont rencontré le vide. J'ai basculé, j'ai dévalé la pente d'un talus dont j'ignorais l'existence. J'ai roulé sur le sable et les gravats jusqu'en bas. Je me suis redressée, je me suis mise à genoux. Mes doigts ont trituré l'arme pour trouver ce maudit cran. Il m'a semblé que le chenal bouillonnait furieusement un peu plus loin. Devant l'eau qui s'agitait, tout près de moi, une masse sombre encombrait le chemin de terre. J'ai entendu des pas précipités en haut du talus. Il était là, juste au-dessus, je percevais son souffle. Sur le pistolet, mon index a frôlé une petite molette pivotante, juste avant que la masse sombre au bord du chenal ne s'enflamme subitement. J'ai réalisé que c'était la voiture de Mollard Boy qui brûlait. Dans la lueur d'or, l'ombre de l'homme a jailli d'un buisson. J'ai pointé l'arme vers lui et j'ai tiré. Le *bang* du coup de feu a explosé au-dessus du vacarme de l'eau. L'ombre s'est effondrée en poussant un cri de douleur. Je me suis élancée sur le talus, à la recherche de Will, de Marcelin. J'ai crié leurs noms. Lorsque je suis parvenue à la dune noire, la barrière brûlait toujours. Derrière, un rire dément s'est élevé par-dessus le sable et la terre du chantier. Sur la barrière, les flammes jaunes ont pris une teinte rouge. Je me suis retournée vers le chenal. Un mur de feu s'est dressé devant moi en rugissant. J'ai poussé un hurlement et j'ai tiré vers l'eau furieuse, puis dans les flammes. Les coups de tonnerre ont résonné dans l'air humide, avant de se taire. *Clic, clic, clic.* Soudain, le mur de feu s'est dérobé devant la nuit et j'ai aperçu son visage, à quelques centimètres du mien. Il souriait. Son poing a décrit un arc de cercle avant de percuter ma tempe. Je me suis effondrée sur le sol sans un bruit.

**

Il a la voix étrangement douce. Ça a été ma première pensée. La première idée rationnelle qui m'a frôlé l'esprit tandis que je gisais recroquevillée dans l'eau noire, au fond de mon puits. Ce n'était pas un vrai puits, bien sûr, juste une sorte de prison imaginaire où ma conscience s'était enfermée, s'était isolée du monde, des souvenirs, des images et des bruits. À mesure que le puits rétrécissait, qu'il devenait moins profond, le monde s'immisçait dans ma bulle. Ses émanations, ses postillons m'effleuraient à nouveau. D'abord les souvenirs, ceux de la mémoire proche. *Son visage aux traits saillants. Ses mâchoires qui se contractent soudain. Son poing qui fuse. Un mur de feu et de sang qui se dresse devant moi et illumine le sable.* Enfin, tous les autres souvenirs. *Les phares des camions, la dégringolade à moto, le gros type chauve, ses doigts sur mon cou. L'Altus. Tom.*

Puis le bruit du monde, un peu confus, un peu déformé, s'est frayé un chemin jusqu'à ma conscience. C'était une voix d'homme un peu trop douce pour appartenir à un tueur-incendiaire-fou-furieux. Il parlait à Marcelin, comme si de rien n'était. Comme s'ils étaient tranquillement attablés à la terrasse ensoleillée d'un café en train de siroter un diabolo grenadine. *T'as quel âge ? Vous venez souvent traîner par ici ? Autrefois, la Marquèse, c'était un trou au milieu des champs.* Marcelin répondait par des grognements à peine compréhensibles. *Ouais. Non. Chais pas.* Sa voix à lui n'était pas douce. Elle sentait la peur. La terreur.

Le grondement lointain des pompes enveloppait leurs paroles de sa nappe uniforme. Entre les voix et les machines, une petite musique résonnait. Une grive musicienne, je crois. Était-ce déjà le matin ? J'ai enfin ouvert les yeux. Par-dessus l'horizon accidenté de collines noires, une bande grisâtre s'allumait. J'avais mal au crâne, au dos, aux poignets. L'homme s'est approché. Il paraissait satisfait et plutôt détendu, mais lorsqu'il s'est penché vers moi, une grimace de douleur a déformé son visage. Il a porté sa main à la manche déchiquetée de son blouson. Du sang coulait sur le cuir brun.

– Heureusement que tu vises très mal, a-t-il murmuré.

La pluie se perdait dans ses cheveux noirs et courts sans parvenir à les écraser, puis ruisselait le long de son visage. *Laque fixation intense* me suis-je dit intérieurement. Mollard Boy m'a gratifiée d'un sourire chaleureux. Il m'a dévisagée quelques instants avant de se redresser et de s'éloigner. J'ai réalisé que j'étais attachée à une structure métallique avec du fil de fer, le corps tordu et affalé sur je-ne-sais-quoi. Marcelin était à côté de moi, ligoté au même support. Il avait perdu ses lunettes. Dans la clarté de l'aube, je distinguais son œil gonflé.

– Où est Will ? ai-je demandé.

– Tu es couchée sur lui, a murmuré Marcelin d'une voix qui tremblait un peu. Je crois qu'il va bien, il respire normalement.

Je me suis redressée promptement. Ce je-ne-sais-quoi sur lequel j'étais vautrée, c'était Will, inconscient, roulé en boule sur le côté. Il était attaché lui aussi. J'avais dormi la tête contre son sac à dos.

– Will ! ai-je hurlé.

L'ombre de l'homme s'est approchée à nouveau. Il s'est accroupi devant moi.

– Tais-toi, m'a-t-il intimé. Il n'a rien.

Il a levé les yeux vers le ciel qui s'éclairait peu à peu. Derrière lui, à une trentaine de mètres, la silhouette massive et noire d'un tractopelle stationné sur le plateau barrait une partie de l'horizon. Au-delà, le chenal coulait en bouillonnant furieusement. Sur la gauche, dans le lointain, des cabanes de chantier alignées formaient une bande sombre sous les collines floues.

– Contrairement à ce que tu crois, je ne suis pas un monstre ni un fou. Je me suis donné du mal pour vous avoir. J'ai même dû brûler ma voiture à cause de toi, tu te rends compte ?

Il a soupiré. Un sourire a éclairé son visage. Un sourire charmant qui collait bien à sa voix douce.

– Je veux juste savoir où elle est....

– Qui ?...

Son sourire s'est élargi. Il a posé le bout de son index sur le haut de sa joue, près de l'œil, et l'a laissé glisser lentement vers le bas, jusqu'au coin de ses lèvres. Puis il s'est relevé, s'est éloigné de quelques pas pour s'asseoir sur une pile de pneus et a sorti son téléphone pour le consulter en sifflotant gaiement.

– Il cherche Annie, a chuchoté Marcelin.

Je me suis tournée vers lui. Il avait des yeux de musaraigne sans ses lunettes. Petits, ronds, tout noirs, perdus au milieu de son visage. Sa bouche tremblait. Des montures tordues et de petits bouts de verre jonchaient le sol entre ses jambes. J'ai tiré sur mes liens mais je n'ai réussi qu'à m'écorcher les poignets.

– J'ai peur, Léa... je crois qu'il va nous tuer. Je n'ai jamais eu aussi peur... mais je ne dirai pas un mot sur Annie, jamais.

J'avais envie de hurler. D'appeler mes parents, ou un superhéros, n'importe lequel, pour qu'on vienne nous délivrer. Les larmes ont jailli de mes yeux de façon incontrôlable. Je me suis concentrée sur mon souffle, j'ai tenté de respirer profondément, de me focaliser sur ce qu'il fallait faire, de dompter cette boule molle de terreur qui avait envahi tout mon corps. J'ai pensé à Mistaya, à ses crocs brillants.

– Jamais... ai-je répété à demi-voix.

**

Quelque part dans l'aube grise, j'ai failli me rendormir. *Comment est-ce possible ?* me suis-je demandé. *Piquer tranquillement un petit roupillon alors que nous sommes ligotés à la merci de notre pire ennemi. Alors que Will gît à côté de moi inconscient, peut-être agonisant. Alors qu'un pan de notre ville est réduit en cendres…*

– … Par notre faute, ai-je murmuré tout haut.

– Qu'est-ce que tu dis ? a chuchoté Marcelin.

– J'ai peur…

Il n'a pas répondu. À quelques pas de nous, Mollard Boy souriait toujours comme un enfant, apparemment passionné par ce qu'il regardait sur son téléphone. Peut-être le nouveau clip de son groupe favori. Peut-être une étude comparative des différentes marques de laque pour cheveux. Peut-être le récit de ses exploits à la une des gazettes numériques.

Si j'avais failli m'endormir, c'était probablement pour me réfugier dans le sommeil, tant tout semblait cuit, archicuit, carbonisé. Cette métaphore m'a un peu effrayée. J'ai réalisé que je n'avais ni vraiment dormi ni mangé depuis vingt-quatre heures. À présent, il faisait suffisamment jour pour que le tractopelle ne soit plus une ombre noire et nous dévoile sa belle couleur jaune.

L'homme s'est levé et a fait quelques pas vers nous, toujours armé de son délicieux sourire. Il s'est à nouveau penché sur moi.

– Vous vous connaissez bien, Annie et toi. Vous êtes amies, n'est-ce pas ?

J'ai baissé la tête sans dire un mot.

– Amies pour la vie ? a-t-il gloussé.

Je suis restée silencieuse. Il s'est assis en face de moi. Mes mâchoires tremblaient.

– Je t'ai posé une question, a insisté l'homme.

– Non, ai-je dit en pleurant.

Mollard Boy s'est redressé.

– Mais si, voyons ! s'est-il exclamé d'un ton joyeux. Annie ! Tu sais bien…

Il a orienté le téléphone dans ma direction. L'écran affichait une photo. Le selfie qu'Annie m'avait envoyé quelques jours auparavant. Son visage blême, ses yeux vides et éteints, la blessure hideuse qui la défigurait. J'ai réalisé que ce n'était pas son portable, mais le mien, que Mollard Boy consultait depuis plus d'une heure. Il a fait quelques pas vers le tractopelle et a levé les yeux au ciel.

– Il fait jour, maintenant, a-t-il dit. On ne va pas pouvoir rester ici pendant des heures. Dites-moi où elle vit, qu'on en finisse…

– On ne sait pas où elle habite, ai-je soufflé.

L'homme s'est replongé dans mon téléphone. Au bout de quelques instants, il a fait volte-face et s'est agenouillé devant moi sans quitter l'écran des yeux.

– Menteuse, a-t-il murmuré. *Derrière ma maison, tout au fond du jardin, il y a un petit portail rouge. Il donne sur l'impasse du Martyr…*

Il a jeté le téléphone sur le sol. L'appareil a rebondi sur la terre molle et s'est immobilisé, l'écran pointé vers le ciel, avant de prendre feu.

– Maintenant que je sais où trouver Annie, qu'est-ce que je vais faire de vous ? a-t-il demandé en s'accroupissant devant moi.

Au loin, un cri de rage a déchiré l'air. Les oiseaux se sont tus un instant, mais pas les pompes. L'homme s'est redressé et a observé le champ de terre et d'eau noire, du côté de la dune. À cinquante mètres de nous, peut-être cent, une silhouette fine s'avançait au-devant des cabanes de chantier. Je pouvais à peine la reconnaître à travers l'épais rideau de bruine. C'était une jeune fille vêtue d'une robe de chambre blanche. Ses pieds nus couverts de boue foulaient lentement le sol. Elle avait les deux bras tendus devant elle et serrait dans ses poings un objet qui ressemblait à un grand couteau de cuisine. Mollard Boy a éclaté d'un rire dément.

– Annie ? Nous parlions de toi, justement ! s'est-il exclamé en avançant dans sa direction.

Annie a pointé la lame vers lui et a poussé un nouveau cri de rage, juste avant que le couteau ne s'enflamme dans ses mains. Elle l'a jeté par terre et est tombée à genoux. Le rire de Mollard Boy s'est transformé en hurlement de joie.

– Pas besoin d'aller jusqu'à l'impasse du Martyr, alors, s'est-il esclaffé en portant la main à son blouson.

Il a sorti le pistolet de sa poche. Son rire s'est soudain tari.

– Tu n'aurais pas dû prendre ce qui m'appartient, a-t-il murmuré en mettant Annie en joue.

Il a tiré. Elle s'est effondrée. J'ai crié, tout comme Marcelin. Mollard Boy a rangé son arme et s'est dirigé vers Annie. À cet instant, j'aurais donné n'importe quoi pour pouvoir me défaire de mes liens, trouver une ruse, un levier que personne n'avait songé à actionner, mais je n'ai pu que hurler et pleurer, avec Marcelin. Will, lui, demeurait immobile, comme une statue bossue et tordue, couchée contre le sol.

Mollard Boy s'est penché sur Annie et l'a contemplée longuement. Puis il s'est relevé, l'a saisie par une cheville, et a tiré son corps inerte dans notre direction. Le fardeau traçait un sillon noir dans la terre molle. À mi-chemin, l'homme a semblé hésiter, se raviser, et a bifurqué vers le tractopelle. Parvenu devant l'engin, il a ouvert la portière de la cabine et a hissé le corps d'Annie à l'intérieur avant de claquer le battant métallique et de revenir vers nous. Le sourire n'était plus de mise. Ses yeux lançaient des éclairs.

– S'il vous plaît, m'sieur... a sangloté Marcelin.

L'homme s'est rué sur lui et l'a giflé violemment.

– La ferme ! Annie, où est-elle ?

Marcelin n'est pas parvenu à répondre. Son corps semblait parcouru d'ondes électriques. Il a bafouillé quelque chose d'incompréhensible. Mollard Boy l'a frappé à nouveau.

– Où ?

– Là ! ai-je rugi. Dans l'engin ! Vous l'avez tuée espèce de taré ! Vous l'avez mise dans l'engin !

– Non, a répliqué l'homme en se tournant vers moi.

Il s'est accroupi et m'a regardée dans les yeux.

– Annie a une sœur jumelle, n'est-ce pas, Léa ?

– Non, ai-je bafouillé.

– D'ailleurs, je ne sais pas laquelle des deux sœurs s'appelle Annie, et je m'en fiche. Je veux celle qui a pris ce qui m'appartient.

– Je ne sais pas, ai-je pleuré, Annie n'a pas de sœur…

– Ne mens pas encore une fois, Léa… Dis-moi où est l'autre sœur…

Il s'est redressé sans me quitter des yeux.

– … celle avec la balafre.

Lorsqu'il a prononcé ce dernier mot, le tractopelle s'est embrasé, tout entier, comme une vulgaire pomme de pin jetée dans une cheminée. À nouveau, j'ai gémi à m'en arracher les cordes vocales. La lueur aveuglante de l'engin en feu inondait l'aube grise.

– Je commence par toi, a aboyé Mollard Boy en pointant son index vers Marcelin. Dix secondes, c'est le temps que je te laisse pour répondre à ma question…

Les mâchoires de mon ami se sont crispées. Il n'a rien dit. Il avait fini de pleurer, de supplier. Il a poussé un grognement sourd, a baissé la tête et a fermé les yeux, comme pour s'évader de cette réalité.

– Dix secondes avec un compte à rebours, a dit l'homme. Un compte à rebours ! Parce que tout le monde aime les comptes à rebours !

Derrière lui, les flammes dévoraient l'engin de chantier et le nuage de charbon se répandait dans le matin tout neuf.

– Espèce de sale pourriture ! ai-je hurlé.

– Dix...

Marcelin a cessé de grogner et a soupiré longuement. Sa voix était étonnamment claire, dépourvue de sanglots, d'hésitation, d'émoi.

– Quel jour sommes-nous, Léa ?

– Neuf...

La chaleur du brasier rayonnait, me brûlait les yeux. Mollard Boy nous faisait face. Je ne distinguais presque pas ses traits, juste sa silhouette en contre-jour devant l'incendie.

– Huit...

– Quel jour ? Quelle date ?

– Sept...

Il m'a semblé que quelque chose avait bougé, dans la cabine, au-delà des flammes qui dansaient, au-delà du métal qui se tordait sous l'action de la chaleur, au-delà des pneus qui explosaient et des vitres qui se brisaient.

– Six...

– Le six septembre, je crois...

– Cinq...

Par-dessus l'épaule de Mollard Boy, j'ai aperçu une ombre qui se glissait hors du brasier, hors de la cabine dévorée par le feu.

– Quatre...

– Alors, c'était la pleine lune cette nuit...

– Trois...

C'était une ombre fine, une fille nue dont les vêtements s'étaient consumés, dont les lunettes avaient fondu. L'ombre s'avançait lentement vers nous, sans se presser, sans se soucier du temps qui passait, du décompte tragique des secondes. Elle a disparu derrière le corps de Mollard Boy.

– Deux...

Dans le lointain, des sirènes hurlaient.

– Un...

Elle était juste derrière lui à présent, presque collée à son dos. Il s'en est enfin rendu compte, mais trop tard. Un bras l'a enlacé, les doigts ont enserré son cou avec une force terrible. Il a poussé un cri étouffé, a tenté de s'échapper, mais l'ombre implacable l'a entraîné vers elle. Le nez de Mollard Boy s'est mis à saigner.

Le temps d'un éclair, j'ai aperçu le visage d'Annie par-dessus l'épaule de l'homme qui geignait et gesticulait. Son visage pâle, lisse et fin, sans la moindre cicatrice. Son regard a croisé le mien. C'était l'œil de Sauron, tremblant et frémissant. Ou peut-être l'œil d'un reptile tapi dans l'ombre. Ou l'œil d'un chat dont la pupille entrouverte ne laisse voir qu'un petit morceau d'âme.

Elle a soulevé l'homme qui se débattait en vain, l'a emmené.

Leurs silhouettes se sont éloignées, puis elles ont plongé dans le chenal. Les flots déchaînés les ont emportées.

Les sirènes se rapprochaient. Leur hurlement me donnait la migraine. J'ai fermé les yeux et je me suis endormie.

CHAPITRE 9.

NOVEMBRE ET CÆTERA

Décembre est arrivé. Je crois qu'il ne me reste plus grand-chose à raconter. Le jour est tombé. Les flocons dansent dans la lueur de la véranda ; je distingue à peine le halo de la lune. Je tripote mon téléphone portable, ne le quitte presque pas des yeux, comme si j'attendais un appel important. Une bonne nouvelle ou une mauvaise.

Vous connaissez sans doute ce tableau d'Edvard Munch, et ce personnage effrayant, debout devant le fjord, dont le visage est déformé par un horrible hurlement. Michaël Beuldecke avait cette même expression de terreur pure lorsque Annie l'a emporté. Ils ont disparu dans les flots bruns. Les eaux du chenal se jettent dans une rivière, qui se jette dans une autre rivière, qui se jette dans un fleuve, qui se jette dans la mer. On a retrouvé le corps de Mollard Boy dans le fleuve, un peu avant les vacances de la Toussaint. Quant à Annie, elle est rentrée chez elle le soir même, mais je ne l'ai jamais revue. Elle est partie en Allemagne avec sa mère.

Quelques minutes après la disparition d'Annie et de Mollard Boy dans les eaux du chenal, les pompiers sont arrivés sur place, secteur dix-sept du chantier Maloney Cops, pour un feu d'engin de chantier. Ils nous ont découverts là, tous les trois, ligotés à une remorque porte-conteneur. Marcelin et moi avons passé la journée à l'hôpital, parce que nous étions épuisés et déshydratés. Will y est resté trois jours, pour une commotion cérébrale sans gravité. Six maisons ont brûlé à la Marquèse. Sept personnes ont été blessées, dont une gravement, une jeune femme pompier.

Les quinze jours qui ont suivi sont passés sur ma vie comme une vague de chaos, une alternance de ténèbres absolues et de clarté insoutenable, de silence et de vacarme. Le vacarme de l'hôpital, des doigts sur les touches des claviers à la gendarmerie, des questions qui fusaient inlassablement, des sanglots. Le silence de la chambre où je tournais en rond, cloîtrée. Le silence de mes parents qui ne comprenaient pas. Le silence de Will, Marcelin et Sam, dont la compagnie m'était interdite. Le silence de Tom, de son absence.

Au bout de deux semaines, je suis retournée au collège et la vie a repris son cours. Ombre et lumière se sont mélangées à nouveau. Octobre est passé, puis novembre, *et cætera*.

Sam cherche toujours Tom, inlassablement, toujours plus loin. Mais Will et Marcelin ont perdu espoir. Ils ne le disent pas, mais je le sens. Chez Will, surtout. Quant à moi, ma plus grande crainte, c'est de devenir indifférente, de passer à autre chose, de vaquer à mes occupations. Alors, j'essaie de penser à Tom chaque jour. Pour me souvenir, mais aussi pour essayer de comprendre où il est, qui il est devenu. Je me sens impuissante. La clé est probablement dans l'Altus, mais lui aussi a disparu sans laisser de trace.

J'ai longtemps pensé qu'Annie avait toujours le coffre, mais je crois que j'avais tort. Comme je l'ai dit plus haut, je ne l'ai jamais revue, mais j'ai eu de ses nouvelles. C'était il y a trois semaines, à la mi-novembre. J'étais à la piscine, la piscine ultra-moderne qui venait d'être inaugurée dans le quartier nouveau de la Marquèse, pour que barbotent les chercheurs d'or. Faire des longueurs de bassin est devenu mon occupation favorite du samedi matin, une sorte de rituel. Lorsque je nage, je ne pense à rien. Et puis j'aime cette sensation de fatigue, cette robe de coton qui m'enveloppe lorsque je sors de l'eau. Ce jour-là, j'achevais de me rhabiller dans mon vestiaire lorsque le bip de mon portable a retenti. C'était un message un peu mystérieux en provenance d'un numéro inconnu.

Nouveau message de +*49*30 01014321

Un camion-poubelle m'a roulé dessus hier soir

J'ai répondu par politesse.

Bonjour, vous vous trompez sans doute de destinataire

Pendant que je me séchais les cheveux, la sonnerie s'est à nouveau fait entendre.

Ici on les appelle des *Müllwagen*

Cette fois, j'ai compris qu'il s'agissait d'elle. Un dialogue un peu étrange s'est engagé tandis que je rentrais à pied chez moi.

Annie, c'est toi ?

C'était un accident. J'étais sur la mauvaise voie,
il faisait sombre. Le chauffeur ne m'a pas vue.
Mon vélo a été transformé en Rubik's cube métallique
par les roues du Müllwagen

Moi je n'ai rien

J'aurais dû être changée en pizza
mais je n'ai pas une égratignure

Où es-tu Annie ?

Peu importe. Ça ne te dirait rien

Que s'est-il passé ce soir-là, Annie ?
Tu as ouvert le coffre ?

Elle n'a pas répondu à mon dernier envoi. J'arrivais juste à la maison, où le déjeuner était servi.

Quelques heures plus tard, au milieu de l'après-midi, Annie m'a envoyé un nouveau message et notre échange a repris.

Léa, pourquoi vous ne l'avez pas détruit ?

Nous n'avons pas l'Altus, Annie.
Je croyais que tu l'avais

C'est pourtant vous qui l'avez repris lorsque vous êtes venus chez moi ce soir-là

Nous ne l'avons pas. Comment sais-tu que nous sommes venus ? Tu étais inconsciente. Nous n'avons dit à personne que nous sommes allés chez toi, même pas aux gendarmes

Je savais que vous viendriez

Je vous ai laissé la porte ouverte

Et puis Will a oublié son casque de moto dans le jardin

Annie, pourquoi tu as pris des somnifères ?

Parce que l'Altus flotte sur nos rêves, tu ne le savais pas ?

J'ai éteint mon téléphone, l'ai posé sur ma table de nuit, et je suis allée faire une longue promenade sous la pluie. Je suis rentrée à la tombée du jour et j'ai passé le reste de la soirée à faire la cuisine avec mes parents. C'était une belle soirée.

J'ai consacré le dimanche à mes devoirs. En fin de journée, j'ai rallumé mon téléphone. Annie m'avait laissé quatre messages supplémentaires.

Tu sais Léa, je vais mieux, je n'ai plus peur

Peur de rien, de personne

Si un jour Tom revient, promets-moi de me le dire

Vous me manquez

**

Je ne lui ai pas répondu jusqu'à aujourd'hui. Je n'en ai pas eu le courage, pas eu l'envie. J'ai préféré reprendre le cours de ma vie.

Ce soir, je contemple la danse des flocons. Je m'installe au bureau de la véranda et je déverrouille l'écran de mon portable pour écrire un message à Annie. J'espère que ce ne sera pas le dernier.

Je promets

CHAPITRE 10.

LES ÂMES ERRANTES

On dit que la campagne se meurt. Que les bras et les âmes la délaissent pour aller s'entasser dans les grandes villes et leurs banlieues. Mais parfois, elle ne meurt pas. Elle se transforme, change de couleur et d'aspect. De nouvelles odeurs chassent les anciennes. Et puis il y a le vacarme des monstres que les chercheurs d'or dévoreurs de campagne réveillent de leur long sommeil. Les monstres enfouis dans la terre, dans les ventres, dans les âmes.

Je me suis déjà présenté au début de ce récit. Je suis Tom. Mais mes amis ne m'appellent plus ainsi. Au début, j'ai cru devenir fou. Mais j'étais déjà fou. J'étais déjà l'un de ces monstres.

Savez-vous qui est le plus dangereux, le plus abominable des monstres ? Moi je le sais. Ce n'est ni le vampire qui gratte le sel de la terre et boit son sang, ni le dragon incendiaire, ni même le loup-garou, le monstre de la pleine lune, empli de haine. Il existe un monstre bien plus terrifiant. C'est celui qui prend votre place. Selon les lieux et les âges, on lui a prêté différentes formes et différents pouvoirs ; on l'a appelé Ka, Etiäinen, Fetch ou bien Doppelgänger, mais peu importe son nom. Ce qu'il veut, c'est voler votre vie et vous faire disparaître à jamais.

Assis sur le bord du lit, Je regarde le poster punaisé au mur de la chambre. Ici, pas de Paul ni de John ni de George. Encore moins de Ringo. Les quatre musiciens ont laissé place à une moto rutilante, une Triumph Bonneville de 1959. Le soleil ardent de l'été fait briller ses chromes au bord de quelque route californienne. C'est étrange de contempler cette image si vaste et claire dans une pièce étriquée, que la nuit a déjà plongée dans la pénombre. À côté du poster, il y a un grand miroir. Je peux m'y contempler. Mes cheveux sont un peu trop longs.

L'Altus est celui que tu veux être. Il se cache au fond de ton cœur, tout au fond. Il est celui que ton anme ambitionne, convoite et espère en secret.

Lorsque j'ai compris ce qu'il s'était passé, au cœur de l'été, il y a une éternité, le monde s'est soudain effondré. Je me souviens de m'être éveillé dans ce lit, le matin du dix juillet. J'avais un abominable mal de crâne. Et puis j'ai vu la chambre autour, les poutres du plafond, la grande armoire à glace, le papier peint jaune clair, les posters de moto, le lit sans pieds ni barreaux et les draps aux motifs géométriques. Et j'ai vu mes mains. Un peu plus carrées, un peu plus veineuses, un peu plus brunes qu'auparavant. Mon cœur s'est répandu dans ma poitrine. J'ai bondi, me suis agenouillé face au miroir. J'ai vu son visage, et dans la glace, le visage s'est soudain étiré, écrasé, plié, déformé par une grimace de stupéfaction, de terreur, de douleur absolue. J'ai compris, j'ai tout compris et j'ai voulu hurler mais je n'ai pas pu. Un râle étrange, un son que je ne reconnaissais pas est sorti de ma gorge. Je me suis effondré sur le parquet et je suis resté là. Je lui ai demandé pardon. J'ai demandé pardon à mon meilleur ami, celui dont j'ai volé la moto, la maison, le corps, le visage, la famille, l'histoire et le futur. Celui dont j'ai volé la vie. Mais il ne pouvait pas m'entendre. Il n'était plus. Celui qui vole une vie n'est pas un voleur, n'est-ce pas ? Celui qui vole une vie est un assassin. J'ai pleuré jusqu'à ce que mes yeux soient secs.

Au bout d'un très long moment, je me suis redressé, j'ai saisi le téléphone posé sur la table de nuit, et j'ai parcouru le répertoire. À la lettre *T*, il y avait trois noms. *Tata Murielle, Tom, Tonton Jean*. Mon pouce a frôlé le deuxième nom, ce qui a déclenché l'appel. J'ai écouté les sonneries en tremblant. Personne n'a décroché.

Salut, c'est Tom ! Je ne suis pas dispo les gars, laissez un message après le bip.

J'ai mis fin à l'appel en gémissant. Puis j'ai appelé Léa. Elle a décroché après quelques sonneries. *Allô, Will ? Tu as pu joindre Tom ? Will ?...* Le son de sa voix m'a déchiré le cœur et l'âme. J'ai raccroché. Je ne pouvais pas lui dire, je ne pouvais pas leur dire, ils ne comprendraient pas, me haïraient, au moins autant que je me haïssais moi-même. C'était il y a cinq mois.

**

À nouveau, je lève les yeux vers le poster. Si Will avait ouvert l'Altus, il se serait peut-être retrouvé au guidon de cette belle moto. Léa serait peut-être derrière lui, agrippée à sa taille, et ses cheveux flotteraient dans la lueur jaune et bleue. Mais Will n'a jamais ouvert le coffre, c'est moi qui l'ai ouvert, c'est moi qui ai déclenché cette malédiction.

La messagerie de mon téléphone émet un bip discret.

1 nouveau message

Je frôle l'écran du doigt, le texte apparaît.

On va au ciné ce soir ? ;-)

Je ferme les yeux. Elle a mis un petit smiley souriant, parce qu'elle est triste, désespérée. Ce soir, au cinéma, nous ne regarderons pas de film. Elle me dira simplement qu'elle me quitte, et qu'elle est désolée. Elle ne m'aime pas. Elle n'aime que le souvenir d'un autre, qui s'estompe petit à petit.

Moi, je l'aimais. C'était un secret que je cachais à tous, y compris à moi-même. Mais l'Altus n'aime pas les secrets. L'Altus creuse, comme les chercheurs d'or, pour que les secrets affleurent et se répandent dans l'air, même s'ils empestent, même s'ils sont empoisonnés. Je l'aimais tellement que ça m'a rendu fou. Et cette chanson tournait en boucle dans ma tête, et me donnait la nausée.

I want you
I want you so bad
I want you
I want you so bad
It's driving me mad
It's driving me mad

Je pense à Léa. Je ne peux plus la regarder dans les yeux, parce que ses iris sont comme deux miroirs jumeaux de salle de bains. J'y vois le monstre à deux têtes. Son regard me foudroie, me met à terre, me traîne dans la boue noire. Une main se pose sur mon crâne, me fait courber la nuque. Une voix me chuchote dans l'oreille : *assassin*...

Je me lève d'un bond et je jette le téléphone contre l'armoire à glace en poussant un cri de rage. Le miroir se brise, mais personne n'entend, parce que l'homme qui croit être mon père est au rez-de-chaussée, dans le salon, et regarde la télévision, le volume poussé à fond. Et la femme qui croit être ma mère s'est absentée pour se rendre à son cours de yoga. J'ai terriblement mal à la tête, comme le matin où je me suis réveillé dans cette chambre pour la première fois. Je ramasse le téléphone parmi les débris de miroir. Lui aussi semble cassé. Peu importe, je ne répondrai pas à Léa. Je n'irai pas au cinéma, ce soir.

Je m'approche de la fenêtre. Il fait nuit. Dans trois semaines, c'est Noël. Quelques flocons dansent dans la lueur des lampadaires. Derrière le voile épais des nuages, je devine un halo parfaitement rond. Je ne sortirai pas avec Léa, parce que je ne suis pas celui qu'elle aime. Je n'irai pas au cinéma, parce que ce soir, c'est la pleine lune.

**

J'enfile ce blouson de cuir un peu élimé qui ne m'appartient pas vraiment. Je descends au rez-de-chaussée de la maison, puis je m'engouffre dans l'étroit couloir qui mène au jardin. Je le traverse et pénètre dans le hangar. Il fait frais, ici, presque froid. La pièce sent le pneu et l'huile de vidange. Des organes et accessoires de moto divers et variés encombrent le sol et les établis. C'est ici que Will passait une grande partie de son temps à bricoler avec son père, autrefois. Le hangar-garage résonnait de leurs rires et des pétarades des engins à deux roues. On pouvait aussi y entendre des blagues un peu nulles, des récits de courses mythiques, de grandes virées en bécane à la montagne ou sur la côte, et des mots étranges comme carburateur, guidonnage ou maneton. Depuis l'été, j'essaie de me soustraire aux séances de mécanique, en m'abritant derrière mes devoirs, ou tout autre prétexte qui m'évite de me retrouver dans cet atelier sacré avec le père de mon ami.

Je m'approche d'une grande armoire de cuisine que les parents de Will ont installée contre un mur pour y ranger les outils. Sur l'une des étagères sont posés une bouteille d'alcool à brûler et un briquet. Je les ai dénichés dans le bric-à-brac il y a quelques semaines et je les ai laissés ici au cas où j'en aurais besoin. J'effleure la bouteille en plastique du bout du doigt, avant de la repousser doucement vers le fond du meuble où elle disparaît dans l'ombre. Je sors du hangar en silence. Au-dehors, les rues sont désertes. Quelques guirlandes colorées brillent sous les porches. Il fait froid. Une infime couche de neige recouvre le trottoir. Mes pas y laissent leurs marques noires. Au-delà du lotissement, la lueur ténue des lampadaires laisse place à l'obscurité du sous-bois. Je sors le portable de la poche du blouson. L'écran est brisé mais la lampe fonctionne toujours. Son faisceau balaye les troncs rugueux. Une brise légère souffle dans le sous-bois. Quelques flocons se noient dans mes yeux.

Pourquoi ai-je pris la place de Will ? À cause de Léa, sans doute, mais j'enviais mon ami pour d'autres raisons. J'enviais ce qu'il était, ses passions, son humour, son bagout. J'admirais le gars qui n'avait peur de rien, celui qui n'avait pas hésité à défier Mollard Boy pour me protéger, plusieurs fois. Est-ce anormal, Altus, d'admirer ses propres amis ?

Je me rends compte que je viens de parler tout haut. J'éteins la lampe pour économiser la batterie du téléphone. Par ici, le sentier est un lit de petits galets gris sur lesquels la neige tente timidement de s'accrocher. Il trace son sillon plus clair au cœur des troncs noirs.

Au départ, j'ai suivi mes amis. Comme je n'osais pas leur dire la vérité, je les ai suivis dans leur stupéfaction, dans leur angoisse, dans leur colère, et même dans leur résignation. Je n'avais pas besoin de faire semblant d'avoir reçu une montagne sur la tête, parce que je l'avais vraiment reçue. Les larmes coulaient toutes seules et rien ne pouvait les tarir. Chaque jour, j'allais visiter mes parents – mes véritables parents, ceux qui croient avoir perdu leur enfant – et je tentais de les réconforter. Et leur chagrin m'emportait et m'écrasait comme un rouleau compresseur. Je me souviens d'un après-midi ardent, où, accablés par la chaleur, nous nous étions installés sur la terrasse, à l'ombre du grand pommier. Mes parents revenaient du commissariat, où la police leur avait présenté les derniers développements de l'enquête et des recherches. Ma mère avait préparé de la citronnade. J'avais siroté des milliards de litres de cette citronnade depuis que j'étais en âge de boire autre chose que des biberons de lait. J'ai levé les yeux vers ma mère et j'ai vu ses rides, celles qui sont apparues au coin de ses yeux pour aller se fondre dans ses joues, comme des sillons tracés par les rivières de pleurs. Je n'ai pas pu retenir mes larmes. Ce jour-là, j'ai failli tout leur dire, mais j'ai pris sur moi, je me suis accroché à quelques grains minuscules d'espoir. L'espoir de tout réparer, de tout arranger, de me réveiller enfin de ce cauchemar. Je leur ai écrit une lettre, pour leur expliquer que j'allais bien, que je reviendrais bientôt. Mais c'était insensé. Comment leur faire parvenir ce courrier ? D'où aurais-je pu le poster ? Comment aurais-je fait pour que la police ne retrouve pas ma trace, la trace de Will… Comment leur expliquer que tout était la faute de l'Altus ? Je ne leur ai jamais donné cette lettre.

Pendant des mois, je suis parti en moto « à la recherche de Tom », presque tous les jours, dans les bois, dans les champs, dans les villages alentour. Je maîtrisais mal l'engin : au début, je me vautrais dans chaque fossé, je butais contre chaque tronc. J'ai fini par détester cette stupide moto. Et puis, en réalité, je ne roulais pas beaucoup. Je faisais semblant. Il fallait bien donner le change, faire croire aux autres que je cherchais Tom. C'est Will que je cherchais. Mais pas dans les champs, pas dans les forêts, ni dans les villages. C'est dans ma tête que je le scrutais. Au lieu d'écumer la campagne, je me rendais à la Sablière, dans le petit bois. J'appuyais la moto contre un arbre, je m'asseyais sur la berge de l'étang, et je restais là tout le jour. De temps en temps, je pleurais. Parfois, je criais, pour évacuer cette douleur insupportable, ce remords. Mais le plus souvent, je réfléchissais, je me remémorais tout ce qu'il s'était passé, tout ce en quoi l'Altus nous avait changés. Pourquoi ? Et comment réparer ce qui pouvait l'être ?

**

J'arrive au bout du sentier. Il ne neige plus. J'essaie de me convaincre qu'il ne fait pas si froid, après tout. J'enlève le blouson et le pose sur le sol. J'allume la lampe du téléphone. Son faisceau blanc effleure les ronces, puis les dunes jaunâtres de la Sablière. Quelques touffes d'euphorbes jaillissent ici et là sur le désert de grains. Autrefois, il n'y avait que le sable ; aucune plante n'osait s'aventurer sur notre circuit de course. Mais il faut croire que les enfants d'aujourd'hui ne jouent plus aux billes. D'ailleurs, ils ne viennent pas ici, jamais. Plus personne ne vient ici, à part moi. Je me dirige vers les bosquets. Là où le désert de dunes se transforme en plage, la silhouette d'un arbre mort au tronc tordu se découpe comme une ombre chinoise sur le bleu sombre de la nuit. Au-delà d'une ultime rangée de bouleaux, les berges de l'étang se dévoilent. Les flots noirs ondulent presque imperceptiblement. J'éteins la lampe et m'assois sur la rive de terre durcie. En réalité, il fait vraiment froid, je dois me l'avouer. Je tremble un peu et lève les yeux vers les nuages. Leurs contours arrondis brillent de la lueur de l'astre. La lune ne se montrera peut-être pas, ce soir, mais elle est là, bien pleine, juste derrière. Elle veut que je le sache. Un peu de sa lumière me parvient. Les ondes de l'étang se couvrent de lait et d'argent.

Le coffre ne peut s'ouvrir dans les lieux clos. Pour une raison que j'ignore, il a besoin de l'éclat de la lune pour que la magie opère. Lorsque nous avons découvert l'Altus, nous avons tenté de soulever son couvercle dans la cave de la maison détruite, mais il était scellé. Quand je l'ai porté à Marcelin, mon ami l'a ouvert sans effort. Parce qu'il était dehors, exposé à la lune. La nuit des incendies, j'ai tout de suite compris qu'Annie avait ouvert le coffre. Je l'ai su, comme une évidence. Lorsque nous nous sommes mis à le chercher, je me suis dit qu'il devait forcément être dehors. Je me suis rendu dans le jardin du manoir sans le dire à personne et l'ai trouvé, près de la pergola, à peine camouflé sous un tas de feuilles mortes. Je l'ai fourré dans mon sac à dos à la place de mon casque de moto. Bien plus tard, je me suis réveillé dans une chambre d'hôpital. Les parents de Will étaient là. Ils étaient si inquiets. Ils m'ont embrassé en pleurant, puis ils m'ont raconté ce qu'il s'était passé, ou du moins ce qu'ils croyaient savoir. Tandis que le père de Will évoquait les incendies de la Marquèse, mon regard s'est posé sur l'armoire métallique blanche en face de mon lit, dont la porte était entrouverte. Quelqu'un (peut-être un brancardier ou une infirmière) y avait déposé mes affaires. Mes vêtements et mon sac à dos. À la forme du sac, je pouvais voir que l'Altus était toujours à l'intérieur. Que se serait-il passé si j'avais rendu le coffre à Michaël Beuldecke cette nuit-là ? L'aurait-il ouvert ? Aurait-il disparu comme la martre amie de l'ourse de suie ? Je ne sais pas, peu importe, car ça n'aurait pas fait revenir Will, et de toute façon, le destin de Mollard Boy était déjà scellé.

Je frissonne. Il me semble que la brise se lève. Il ne faut plus tarder, sinon mon courage va s'évaporer. L'humidité du sol remonte à travers la toile de mon pantalon. J'ai le derrière trempé et engourdi. Les pointes de mes chaussures baignent dans l'eau. Je sens une morsure glacée à travers les tiges et les semelles. C'est ici, au bord de l'étang, là où l'eau est si peu profonde qu'on y distingue la vase sableuse du fond, que Mollard Boy a jeté nos billes autrefois. C'est sur cette berge que j'ai brûlé la lettre que j'avais écrite pour mes parents. C'est sur cette plage que j'ai pris la décision de ne pas tuer l'Altus.

Oui, bien sûr, au début, lorsque j'ai réalisé ce qu'il s'était passé, j'ai voulu faire disparaître le coffre à jamais. Plus tard, j'ai compris qu'il pouvait être détruit par le feu, mais que ça ne servirait à rien, sauf à faire encore plus de mal, à nous consumer définitivement. Dans un jeu vidéo, je peux sauvegarder ma partie au fur et à mesure de sa progression. Si les choses tournent mal, je reviens à ma dernière sauvegarde. Et il est également possible de recommencer le jeu du tout début, d'effacer une mauvaise partie. D'après Annie et les fables de l'ourse, on peut faire la même chose avec l'Altus : si on le détruit, tout redeviendra comme avant. Mais il n'y a pas de sauvegarde intermédiaire, il faut revenir au début du jeu. Et ça, je ne peux m'y résoudre. Parce que avant d'ouvrir le coffre, Marcelin était cloué dans un fauteuil. Il ne supporterait pas d'en revenir là, même s'il ne veut pas l'admettre. C'est pour ça que je n'ai pas pris l'alcool à brûler et le briquet que j'avais préparés.

Je ne peux pas le détruire, alors je vais l'ouvrir à nouveau.

Je *dois* l'ouvrir. Il m'a fallu des mois pour prendre cette décision. Parce que j'étais pétrifié par la peur de cette malédiction promise par l'ourse de suie. Les pouvoirs magiques sont parfois associés à de terribles damnations. Pour les éviter, il faut suivre à la lettre certaines règles : ne pas croquer la pomme d'amour, ne pas s'aventurer du côté obscur, ne pas convoiter l'anneau, ne pas nourrir les

Mogwai après minuit, ne pas ouvrir l'Altus une seconde fois...

Si j'ouvre à nouveau le coffre, est-ce que je vais être aspiré par un tourbillon et sombrer jusqu'à la fin des temps dans un trou sans fond ? Est-ce que je vais simplement disparaître à mon tour, avec le corps de Will ? N'ai-je pas déjà disparu, aux yeux de tous ?

Au fil des semaines et des mois qui passaient, j'ai compris que Will n'était plus là, que je ne le retrouverais pas, ni dans les champs, ni dans les forêts, ni dans ma tête. Quant à moi, je n'existe presque plus. Celui que j'étais s'est perdu, abîmé dans le mensonge, les remords et le chagrin. Et ces tourments ont tant grossi qu'ils sont désormais bien plus forts que la crainte d'une malédiction. La malédiction a déjà eu lieu, de toute façon.

Il y a un mois, un peu avant la pleine lune de novembre, je m'étais décidé à ouvrir le coffre, mais je me suis dégonflé au dernier moment. Cette fois-ci, je tiendrai, j'irai jusqu'au bout.

Je me lève, j'allume à nouveau la lampe et l'oriente vers mon visage. En contemplant mon reflet dans l'étang, je tente de me convaincre que Tom a disparu de ce monde. Parce que si Tom a disparu, il ne peut disparaître à nouveau.

**

J'enlève mes chaussures et j'avance dans l'étang. L'eau glaciale me brûle les jambes. Il y a des milliers d'abeilles sous la surface. Leurs dards se plantent dans ma peau. Je tremble comme une feuille sèche. Encore un pas, puis deux. Mes genoux s'enfoncent sous la nappe noire. J'ai soudain envie de hurler. Il me semble que les bruits nocturnes de la forêt se sont tus, pour écouter plus attentivement mes clapotis, mon souffle rapide et râpeux. J'ai de l'eau jusqu'en haut des cuisses. Mes pieds n'en finissent pas de fouler la vase tendre. Autour de ce corps qui n'est pas vraiment le mien, les ondes argentées s'éloignent à l'infini. Il faut avancer encore, je suis trop près de la berge. Encore un pas. La pointe de mes orteils tâte le fond, mais il n'y a plus de fond, et je bascule soudain vers l'avant. J'allonge mon autre jambe pour rétablir mon équilibre. Des gerbes d'écume fluorescente jaillissent autour de moi. Enfin, mon pied touche la vase visqueuse. J'ai de l'eau jusqu'au nombril. Les dards des abeilles se sont changés en poignards qui se plantent dans mon ventre. Mes mâchoires claquent si fort que mes dents menacent de se briser. Je hurle le nom de Will dans la nuit et je lui demande à nouveau pardon. Puis je reprends ma route de ténèbres et de froid. Au bout de quelques mètres, je m'immobilise. Je suis suffisamment loin, à présent. Je me baisse, je trempe mon bras dans l'eau pour chercher à tâtons, tout au fond, le sac-poubelle lesté de briques que j'ai jeté ici, il y a des mois. Je cherche pendant de longues minutes en grognant de douleur, mais soudain une mâchoire se referme sur ma main. Je crie, je me débats, je glisse et tombe tout entier dans l'étang. Le liquide glacial rentre dans ma bouche.

L'écume m'encercle. Le vacarme de mes râles déchire la nuit. Enfin, mes pieds trouvent un appui et je me relève. Je sors ma main de l'eau. Dans la pénombre lunaire, je peux distinguer le sang noir qui coule le long de mon bras. Là aussi, il y avait un monstre caché dans l'ombre, peut-être un silure, ou bien un piranha, un requin blanc ou le Sarlacc. Je ne sais plus qui est celui qui saigne. Est-ce moi ou Will ? Mes forces m'abandonnent. Je tombe à genoux, je suffoque, je pleure, je demande pardon, encore. Dans cette position, j'ai de l'eau jusqu'au menton, ma poitrine est prise dans un étau de glace, les poignards me lacèrent la peau. Je sens que je suis parvenu tout au bout, que le sommeil m'appelle, qu'il est temps de renoncer. Je lève les yeux au ciel. Le voile s'est levé. La lune me regarde, elle brille de mille feux, désormais. Je lui demande de l'aide, mais elle ne répond pas. Elle se moque de moi, de mes petites histoires. Elle a d'autres choses à faire, plus importantes, sans doute. Une boule de colère explose dans mon ventre, qui me donne la force de me relever. Je fais demi-tour. Il n'y a pas de Sarlacc, ni de piranhas, ici. Juste des sangsues, quelques vers de vase inoffensifs et des poissons rouges. Je fais quelques pas en direction de la rive et je me penche à nouveau. Enfin, je le trouve, le bout de câble électrique qui m'a déchiré la main. C'est le câble que j'ai enroulé autour du sac-poubelle pour le fermer. Je le saisis et je le traîne vers la berge. Je sors de l'eau et m'effondre sur le sable. Mes doigts s'enfoncent dans le plastique. Des ruisseaux de sang incarnat coulent le long de mon bras.

Je sors le coffre du sac-poubelle et je le pose sur le sable. Mon corps est parcouru de spasmes incontrôlables. Pour me réchauffer, j'enfile le blouson sec avant de m'asseoir en tailleur devant l'Altus. Je ferme les yeux et je soupire profondément. J'imagine que je suis sur une plage, en été. Les vagues n'en finissent pas d'aller et de venir. Mes doigts s'avancent en tremblant et se posent sur le couvercle. Mon pouce se plaque contre la face avant et exerce une pression légère sur le bois. Prudemment, je tente de le soulever. L'Altus frissonne et s'ouvre sans résistance.

Le soleil bleu me fait baisser les yeux.

**

Le vent tiède souffle si fort que je peine à garder les yeux ouverts. Dans le ciel d'encre, les lucioles s'éloignent vers le néant. J'en compte des milliers, de toutes les couleurs : bleues, rouges, vertes, mauves, blanches. Lorsque mes paupières se ferment, je reconnais l'odeur de savon et de moisi. Les miroirs jumeaux brûlent. Ils se sont brisés sous l'action de la chaleur. Je cherche le monstre à deux têtes, mais il s'est probablement caché. Les murs de la salle de bains s'effondrent, se changent en poussière. Sur la plage, le ciel d'argent m'éblouit. Je m'affaisse lentement. Mes genoux touchent le sable fin. L'horizon tremblant vomit des nuées de goélands noirs. Les nuées grossissent jusqu'à recouvrir entièrement le ciel. Leurs ténèbres se posent sur moi.

**

Au milieu de l'été, l'Ourse de Suie s'en retourne à la rivière. Son regard se pose sur les flots frais qui coulent entre ses pieds. Un Poisson d'Argent l'observe. Des bulles nacrées s'accrochent à ses nageoires.

OURSE DE SUIE : Poisson d'Argent, n'as-tu peur que je te mange ?

POISSON D'ARGENT : Si tu me manges, je deviendrai à mon tour l'Ourse Blanche.

L'Ourse de Suie se penche pour contempler ses pieds que l'eau de la rivière a lessivés, révélant son pelage de neige.

OURSE DE SUIE : Ce que l'Altus donne, il le reprendra un jour.

POISSON D'ARGENT : Ce que l'Altus prend, le rendra-t-il un jour ?

L'Ourse ne répond pas. Elle relève la tête pour admirer le ciel bleu posé sur les cimes.

POISSON D'ARGENT : Lorsque Agneau est devenu Aigle, où est partie l'anme de l'Aigle ?

OURSE DE SUIE : Elle s'en est allée loin, bien loin. Elle flotte avec les autres anmes errantes. On aperçoit leurs couleurs dans le ciel lorsque la lune se cache. Poisson d'Argent, ne savais-tu que l'Altus flotte sur les rêves ?

POISSON D'ARGENT : Comment faire revenir une anme errante ?

L'Ourse de Suie soupire et s'assoit dans la rivière. L'eau joyeuse s'accroche à son pelage et se charge de suie.

OURSE DE NEIGE : Avec force bonté, force courage.

Plus que je n'en ai jamais eu.

**

Je me réveille en douceur. La mélodie s'écoule lentement entre les replis de mes draps, comme une rivière de miel et d'or. C'est un air que je connais, mais que je n'ai pas entendu depuis longtemps. C'est une chanson qui parle d'un trésor, d'un long chemin, d'une quête. Lorsque mes yeux s'ouvrent enfin, la musique s'est évaporée. Un rayon gris s'échappe de la jointure des rideaux et dessine une porte entrouverte sur le mur opposé. À travers l'entrebâillement, John me contemple de son regard railleur. Je me redresse sur le lit. Mes mains sont un peu plus petites qu'hier. Je crois que ce sont mes mains. Je ne saigne plus. La blessure du Sarlacc-sac-poubelle n'existe plus ; elle n'a jamais existé sur cette peau. Je me souviens d'avoir ouvert le coffre, pour la seconde fois, la nuit dernière. Le monstre à deux têtes n'était plus dans le miroir. J'ai vu les âmes errantes danser, puis s'éloigner lentement, au-dessus de l'océan. Lorsque la vision s'est interrompue, le froid m'a saisi. Les doigts griffus de l'hiver m'ont pressé jusqu'à ce que mes os s'entrechoquent. J'étais sur la berge de l'étang, couché devant le coffre fermé. La lune était voilée, à nouveau. J'ai fourré l'Altus dans le sac-poubelle troué et je l'ai balancé dans l'eau. Enfin, je crois. J'avais tellement froid, et tellement sommeil. Je ne sais pas comment je suis revenu, ni où je suis revenu…

Je me lève et je marche jusqu'à la fenêtre. Il a beaucoup neigé cette nuit. Une couche de quelques centimètres recouvre les trottoirs, les voitures et les toits de la Marquèse.

Derrière moi, un bruit me fait sursauter. Des notes de guitare et d'harmonica. Cette chanson, à nouveau. Je me retourne pour scruter la pénombre. *Je veux vivre, je veux donner*, chante une voix haut perchée, avant de s'interrompre brutalement. Je comprends que cette chanson, c'est la sonnerie de mon portable. C'est aussi le son qui m'a tiré du sommeil, tout à l'heure. Je m'approche du bureau et en ouvre le premier tiroir. Le téléphone est à l'intérieur, posé sur une pile de cahiers. Je le saisis lentement. Je sais que les gendarmes ont rendu l'appareil à mes parents après l'avoir analysé. Je déverrouille l'écran et consulte l'historique des appels. Il est vide, à l'exception de quatre appels entrants.

4 appels non répondus de Will. Aujourd'hui, 7 h 45, 7 h 47, 7 h 58, 8 h 13

Mes jambes se mettent à trembler. Des larmes brûlantes jaillissent de mes yeux. Je sanglote bruyamment, et mes gémissements se transforment en cris que je ne peux contrôler. Mes genoux se posent sur le sol. J'entends des pas sur le parquet et une voix un peu lointaine, derrière la porte, dans le couloir.

— Il y a du bruit, Patrick, tu es en bas ? Il y a du bruit dans la chambre de...

Je tente en vain de dompter mes sanglots. La voix et les pas se rapprochent. Ils s'immobilisent de l'autre côté de la porte. Je peux distinguer la silhouette des chaussons de ma mère dans l'interstice sous le battant.

— Tom, c'est toi ?

La voix se déchire, comme un voile fragile.

La poignée s'abaisse et la porte s'ouvre lentement.

L'AUTEUR

Alexandre Robert habite en Seine-et-Marne avec sa compagne et ses deux filles. Chercheur et enseignant en biologie, il occupe actuellement la fonction de professeur d'écologie au Muséum national d'histoire naturelle où il étudie les espèces menacées d'extinction (plantes et animaux). Passionné par les littératures de l'imaginaire, il publie avec *L'Altus* son premier roman.

Ce livre est imprimé sur du papier
issu de forêts gérées durablement.

N° d'éditeur : 118780/10287088
Achevé d'imprimer sur Roto-Page
en février 2023
par l'Imprimerie Floch à Mayenne
N° d'impression : 101935
Dépôt légal : mars 2023
Imprimé en France